JN154646

MEMORY'S LAST BREATH
Field Notes on My Dementia
by Gerda Saunders

Japanese translation rights arranged with The Karpfinger Agency, New York
through Tuttle-Mori Agency, Inc., Tokyo

アメリカでできたわたしの家族へ —— 多くなりすぎて、もはや一人ひとりの名前をあげることはできないが、こころの友であり、もはや血を分けた家族だと思っている。

ソルトレイク・シティ在住のサンダース家の人びとへ。そして、カニエ、アリヤ、ダンテと、彼らをわたしたちオウパとオウマのところに連れてきてくれた人たちへ。

そしてもちろん、どんな苦難のときも守ってくれる岸壁の守護神、ピーターへ。

著者の手記

２０１０年、61歳の誕生日の直前に若年性認知症の診断を受けたとき、こころの痛みも怒りも恐怖も疑問も表に出さなかった。仕方なかったのだ。仕事があり、夫も子どもも孫も友だちもいた。わたしには生活があった。しかし、死 —— わたしの場合はまずはこころの死 —— の宣言を受ければ、人生に疑問が湧いてくるものだ。実際のところ、記憶とは、人格とは、アイデンティティとは、いったい何なのか？　自己とは何だろう？　理性が消えうせても、まだ自己は存在するのだろうか？　わたしにとって、こうした疑問に取り組む手段はいつでも書くことだった。自分を見つけるために書き始めて、この本はできあがった。

診断を受けた九ヵ月後の２０１１年7月、ユタ大学ジェンダー研究副部長の職を退任したとき、同僚がお別れのプレゼントとして美しい革の手帳をくれた。わたしはそれに日々の失敗談を書きとめることにした。コンロで鍋を焦がしたこと、一時間に髪を二回も洗ったこと、前夜に準備しておいたキャセロールを焼くのを忘れたこと。科学的な経歴があることにちなんで、この手帳に「認知症観察ノート」と名づけた。わたしは、人類学者なのだ。認知症患者という奇妙な部族の一員を観察するという課題を与えられているのだ。本物の科学者のように、客観的でなければならない。めそめそ、くよくよしてはならない。ただ、事実を記すのみ。

この「客観的」執筆を始めて一、二ヵ月すると、認知症に関する個人的な話も書き始めた。客観性なんてくそくらえだ。内側から湧き出る物語を書かずにはいられなかった。数ヵ月後、気づけばエッセイになっていた。親友でライターの、シェン・クリステンソンとカースティン・スコットによる愛と鞭の編集を受けた後、そのエッセイを夫のピーター、子どもたちのマリッサとニュートン、その配偶者たち、それから数人の仲のよい友だちに見せた。うれしいことにみんな、他の人にも見せるべきだ、もっと書くべきだと言ってくれた。

二つ目のエッセイには、さまざまな形態の認知症に関する神経科学的研究をまとめたものを載せた。書いたものを集めると本になるかもしれないという考えが、だんだんと形になってきた。観察ノートを書き始めて一年半が経ったとき、三つのエッセイが完成していた。精神的に疲れ果てていて、生活を楽しむエネルギーはほとんどなかった。わたしのワーキングメモリ、つまり、電話で誰かが住所や番地などを言うのをメモするために覚えておくといった少量の情報を頭の中に置いておく能力は、ほとんど機能しなかった。心理テストを受けると、ＩＱが低下していた。本を書くことには、果たしてこの損失を埋め合わせるほどの価値があるのだろうかと疑問を感じ始めた。残された「良い何年か」を、それに費やしてしまってよいのだろうか？

執筆にのめりこむのはやめにした。２０１2年9月から、書き上げたエッセイをまとめて出版できそうなところを探し、「自分が誰だかわからなくなる前に自分を語る —— わたしの認知症」として『ジョージア・レビュー（ＧＲ）』の２０１3年冬号に掲載された。それはさらにその後、発行部数の多いオンライン雑誌の『スレート』に再掲載された。ノンフィクション雑誌のお勧めリストのトップかトップ近くにランクインしていたとはいえ『スレート』の編集者が、学術雑誌に載ったわたしのエッセイに気づいてくれたのは、まさに幸運だった。ダン・コイスは並の編集者ではない。文化欄の編集者として『スレート』に入ったが、再掲載できるものはないかと常に学術雑誌に目を通しているのだ。コイスが2014年のライターズ・アンド・ライティング・プログラム学会の出版社ブースをぶらぶらしていたとき、GRのブースを担当していた編集者が2013年冬号を渡してくれたそうだ。ダンいわく、GRの編集者は、わたしのエッセイを「特にべた褒め」していたという。(『ジョージア・レビュー』のすばらしいスタッフに幸あれ!)

驚いたことに、ニューヨーク大学医学部のニュースレターや『ビジネス・インサイダー』、『ニューヨーカー』などが、『スレート』に掲載されたエッセイについてレビューが載せたり推薦したりしてくれた。注目がわたしのエゴをくすぐった。読者からコメントや質問や連絡をもらうと気持ちが広がった。特に認知症の家族がいる人たちからのメッセージにはこころを動かされた。認知症についてわたしが書いてきたものが世の中で役に立つという家族の考えは正しかったのだ。おそらく、自分自身の経験を書いているなかで、多くの認知症患者が経験する混乱や恥ずかしさやこころの傷やしぼんでいく自己イメージに、光を当てることができたのだろう。カルバン主義に火がついた。本を書き続けることはわたしの義務なのだ。思いがけないことに、ニューヨークの著作権代理人のケイト・ガーリックからメールを受け取った。ケイトの監視の下、さらにエッセイを書いた。ケイトのおかげで、自叙伝がほぼできあがった。でも、まだ足りなかった。わたしの人生の大きな部分が抜け落ちていた。

それから二年間、時には原稿に絶望して投げ出しそうになったけれども、ケイトになだめすかされて加筆し、修正した。自分の人生まるごとを垣間見ることのできる原稿ができるのだということだけを楽しみに、書き続けた。２０１６年2月、ケイトは原稿をアシェット・ブックに売った。思慮深い完璧主義である担当の編集者のポール・ウィットラッチのおかげで、どこかしまりのなかったわたしの原稿が、あなたが今手に取っている本にまで整っていった。

この本は、わたしの個人的なストーリーに、神経科学者や神経心理学者やその他の医学研究者や医療関係者が心血注ぎ込んで積み重ねてきた、多数の科学を加えたものである。

自分自身が認知症を患っている人、愛する人が認知症を患っている人、医療関係者、人生の大きな転機の後に自分探しをしている人、わたしみたいに好奇心の強い人、つまり、もっと知ればもっと愛することができると感じる人、そんな人たちに読んでほしいと思っている。

ゲルダの認知症日記、１巻、2011年３月から2014年５月

目次

装幀=新曜社デザイン室

1章　自分が誰だかわからなくなる前に自分を語る

61歳になる五日前の2010年9月21日、脳微小循環障害の診断を受けた。脳微小循環障害は、アルツハイマーに次いで二番目の認知症の原因であると言われている。やや無遠慮な神経学者が言うには、わたしはすでに「Dementing（認知症になっている）」らしい。憶えている限りでは、わたしは「認知症」に動詞形があるなんて知らなかった。わたしはボケている、あなたはDement、あの人はDement、彼らはDement、みんなDement。六年経った現在、この外套はこれ以上なく、わたしの背中にぴったりとしている。

最初、診断を受けたことに目をそむけようとしたが、心底そうはできなかった。そのときすでに認知症の症状のことを知っていて、どう考えても自分に当てはまっていたからだ。それに、母親にも精神的解離があって、82歳で亡くなるまで、だんだん現実を把握するのが難しくなっていった。それなのに、なぜか医者の言葉がずいぶんと不協和に響いた。この診断が本当にわたしのアイデンティティを脅かすものであると理解するのには、長い時間がかかった。

40代に英語の博士号を取得するなかで啓蒙哲学者について知り、ジョン・ロックやウィリアム・ヒューウェルが捜し求めたものに興味を抱いたことがあった。ロックの言う、「わたしたちのすべてのアイデアが始まる源泉」である。この探求は二人の男を、エデンの園からのアダムの追放にまで引き戻した。ロックは、堕落したアダムを「すべてが新しく、彼のことを知らない『見知らぬ国』」で迷子になったと言う。ヒューウェルは、アダムを、新しく出会った物体や概念に「それぞれ異なる、ふさわしい」名前をつけて、堕落後の方向づけをする最初の仕事を行った者として描いた。

このことに関しては、わたしにも少しばかり経験がある。1984年、夫のピーターと二人の子どもと一緒に南アフリカからソルトレイクシティに移住してきた。文化的な語彙を身につけた住人たちにとっては何でもない状況でも、暗号を解かなければ理解できなくて困ったことがあったものだ。たとえば、知人が自分の飲み物を持って家に来る。どのように対応すればよいのかわからなかった。南アフリカでは、もてなしの基本のなかでもっとも重要とされるのが、淹れたてのお茶だった。それを抜きにして、どうすれば知り合いから友だちになれるというのか？　自分の家の裏庭で、子どもたちがスプリンクラーの周りを裸で駆け回るままにしている人がいる。子どもの赤ちゃんだったころの裸の写真を飾っている人がいる。性的な虐待だと客人に思われるかもしれないのに、なぜそんなことをするのだろう？　友人の家ですばらしい夕べを過ごす。なのに、車まで見送りに来ないで玄関先でさようならを言われてしまう。なんとも寂しい気持ちにならないのだろうか？

50代半ばまでには、こうした社会の暗号をほとんど読み解いた。コーヒーにしよう、は近所のスターバックスに行こう、の意味だと理解した。友人関係をとても大切に築いてきたので、今では家族のような関係になった。もう、自分が外国人だと感じることはほとんどなく、これまでに確立してきたアメリカ人の自己の中にうまく収まっている。しかし、60歳にもならないのに、また自分がある種の異国人であるかのように感じ始めた。今度は、わたし自身さえ知らない人種だ。

仕事上の物忘れで困ったと最初に思ったのは、ユタ大学ジェンダー研究所で副部長をしてきたときのことだ。企業でしばらく働いた後に50代で着任したポジションだった。創世記のやっかいなヘビみたいに、ワーキングメモリの不具合がわたしの知性のエデンの園に忍び込んだ。ワーキングメモリとは、足し算のときに繰り上げる数字を覚えておくように、複数の段階で使用する情報を維持し、処理する能力のことだ。

２００２年、企業を去って、学術の世界に入ることを決めた。25パーセントも給料が下がったけれど、教えるのが大好きだったからだ。夢の職に就いてから五年もしないうちに、授業のときに不穏な兆が現れ始めた。ディスカッションの流れがわからなくなる。生徒の考えを導こうとして何を言いたいのか忘れてしまう。知っていたはずの小説や作者の名前を忘れるだけでなく、自分の子どもの名前が思い出せないことも度々あった。授業の終わりになってから、予告していたプリントや宿題を配っていないことを学生から指摘されることも珍しくなかった。

授業のために原稿を用意することにしたが、それでも記憶が混乱して、自分が何をしているのかわからなくなることがあった。医師の診断を受けることはまだ考えていなかったが、プログラムディレクターには記憶困難について打ち明けた。彼女はうまく調整して、授業の担当を減らしてくれた。すぐに一年に一クラスだけの担当になり、退職前の最後の二年間は、教える仕事はまったくせず、昔企業でやっていたみたいに管理業務とミーティングだけに没頭した。

管理業務にあっても、ボロボロの記憶のせいで困難続きだった。ウーマンズ・ウィーク委員会の集会で最初に議長を務めたときは、進行を把握するために詳細な議題を作成した。歓迎の挨拶、自己紹介、過去に扱われたテーマのレビュー、今年のブレインストーミングのアイデア、などなど。歓迎の挨拶と過去のテーマのレビューの間のどこかで、わけがわからなくなった。誰かが話していた。彼の声は遠く、口からは意味をなさない音が流れ出していた。わたしはパニックになった。議題のどこにいるのかさっぱりわからなくなり、絶望的な気持ちで自分のメモを調べると、「自己紹介」という言葉が目に留まった。話者が話し終えたとき、自己紹介をしましょう、と提案した。その言葉が自分の口から跳び出した瞬間、もうすでに順番に発言を始めていることを思い出した。正しい決断ができなかったのだ。学術界への大罪を犯したのだと実感して、体が内側から震え始めた。ウーマンズ・リソース・センターの同僚が恥ずかしさを和らげようと助け舟を出してくれた。「一度にすることが多すぎて、混乱するのも無理はないですよ。」テーブルを囲むみんながうなずいた。思いやりが伝わってきたのと同時に、全員が失態に気づいたのだと思い知った。

こんなふうにして、どんどん下降していった。わたしの頭がこんなふうにしか働かないのなら、退職しなければならない。

認知症観察ノート

2011年2月5日

ジェンダー研究所の退職祝いで、研究所からこの手帳をもらった。ここに今後の脳の衰退について記していく。くよくよしない、めそめそしない、絶望しない、ただ、真実のみを記すのだ。

2012年3月3日

土曜日のショッピングモールで、万引きしそうになった。腕にズボンを一着掛けたまま、メイシーズの店を出てしまったのだ。モールの反対側にあるディラードの店内でようやくそのことに気づいた。説明しようとこころを決めて、急いでメイシーズに戻ったが、店員がひとりもいなかったので、元の場所に戻した。それに気づいた人はいなかった。

2012年3月8日

日用品の買い出しをするボブとダイアンを乗せていった（ボブが昨年脳卒中を起こしてから、彼らの息子のボビーが車のキーを取り上げたので、それ以来彼らを送り迎えしていた）。買い物が終わったら、車のキーが見つからなかった。車のドアはロックされておらず、キーはイグニッションにささったままだった。家に帰ると、ボブとダイアンの家に寄るのを忘れて、うちの車庫に入ってしまった。この前老人たちを買い出しに連れて行ったときは、ベアに言われるまで信号が変わったことに気づかなかった。彼女は86歳だ。

家でも物忘れが多くなった。家族や親しい友だちに話すと、「年寄りの物忘れ」と一蹴された。当

時20歳そこそこだった子どもたち、マリッサとニュートンすら、同じようなしくじりをしたことがあると言う。しかし、失敗が重なるにつれ、もっとも身近な家族たちは変化を認めざるをえなくなり、60歳が近づくころには、医師の診断がつくくらいに、障害がどんどん加速しているかもしれないと同意した。わたしは、医師に診てもらうことを考え始めていた。母親の精神崩壊の状態が絶えずこころにあった。

1996年2月のある日、南アフリカのプレトリアの老人施設で、わたしの母、スザンナ・キャサライナ・スティンカンプがひどく錯乱した状態で徘徊しているのが見つかった。母は、看護師によって戸建ての家から病棟へと連れて行かれ、そこから妹が予約したリトル・カンパニー・オブ・メアリー病院へと移された。数日後にわたしが病院に到着したとき、母には娘が地球の反対側からやってきたことはわからないようだった。品行方正な母が、「クソみたいなことを書く娘です」とわたしを看護師に紹介した。クソみたいというのは明らかにわたしの短編集を指していたので、わたしのことを認識はしていたようだ。スザンナはまた、自分の身体機能がみんな大丈夫だと宣言し、天使を見たとか、「熱を下げるために」自分自身に水をかけたと言った。家族に対しては以前の愛らしい性格のままであったが、黒人の看護師に対する態度にはアパルトヘイト後の自由主義の面影はなかった。高飛車で、偉そうで、無礼に振る舞った。

行動が激変したにもかかわらず、母が認知症だと口にしたのは、医者である弟のボショフだけだった。検査は存在するが、無理に公式な診断をする必要はないというのが担当医の考えであり、わたしたち兄弟もそれに同意した。それは、母が病気だった当時の南アフリカの医療の慣習に即したものであったが、これを書いている15年後でも、基本的に変わっていない。この意図的なローテクな考え方においては、スザンヌは老化の典型的な精神的減弱を経験しているのであり、その振る舞い次第でどれぐらいのサポートが必要かが決められる。こうして、母の二回目の子ども時代は、名前のないままに始まった。

錯乱の後も状態はあまり変わらなかったので、母に高度な介護が必要なのは明らかだった。妹のラナが母の家を売りに出し、家具を処分し、母に必要な24時間ケア付きの「老人ホーム」の個室を見つけてきた。誰もが驚いたことに、最初のひどい錯乱から一年も経たない間に、母は混乱状態から抜け出した。「抜け出した」とき、母は、自由もプライバシーも許されない場所にいることを断固として拒否した。幸いなことに以前住んでいた高齢者居住地の家はまだ売れていなかったので、ラナはそこにもう一度母を住まわせた。

しかし、家に戻ってからのスザンナはしょっちゅう転倒し、時には怪我をした。料理にも問題があった。妹のテルティアは、母が肉を生のままで食べているのを発見したことがある。担当の看護士は、母が小さな発作を何度も繰り返しているのではないかと疑っていた。週二回掃除と付き添いに来てもらい、施設のスタッフに注意深く監視してもらった上、共同食堂で毎日三回食事をとるというオプションをつけていたが、数ヶ月後には、もはやひとりで生活するのは明らかに不可能なレベルまで、母の機能は低下していた。家でうまくやっていると母は言い張ったが、家族の協力のもと、ラナは、母を半独立と監禁の中間ぐらいのレベルの老人ホームに入れた。スザンナは、ひとりで図書館に行ったり近隣の人たちを訪ねたりできることを知って、引っ越しを受け入れた。

母のスーザン・スティンカンプとわたし。2004年ケープタウンに移った直後。わたしたち家族は南アフリカの西ケープのグルート・ブラックの妹ラナと義弟バズ・ロイナーの別荘に集い、クリスマスを過ごした。

最初の崩壊から八年後、母の混乱がひどくなりコストがどんどん上がったので、テルティアの手配で、当時80歳の母をもっと田舎にあって、価格が安く、しかしすばらしいケープタウンの介護施設に移した。母が最後の二年を過ごしたケープタウンは母が大学時代を過ごし、父と恋に落ちた場所だ。母は、子どもの名前は忘れても、父との恋だけは忘れていなかった。

母の衰退は、名前もつかないままに進んでしまった。それでは、わたし自身の錯乱には何をすればよいのだろう？　母の死から十数年の間に、認知症について多くのことがわかってはきた。しかし、怪しげな情報を除けば、結局、認知症や知的機能が徐々に衰退する症状には、治療法はないのだ。つまり、着替えや食事をするといった日常の活動ができなくなるほど思考が低下し、問題を解決し、感情をコントロールする能力が失われ、現実と存在しないものの区別がつかなくなるといった症状を避ける方法はないのだ。

「治療」にはほど遠いが、アルツハイマーやその他の認知症の進行を遅らせると考えられている薬物がある。しかし、予備的に調べたところ、これまでにピーターとわたしが聞き知っていたことと変わらなかった。たとえどんなにきちんとコントロールした状態でも、患者の衰退を遅らせることのできる薬などない。それだけではなく、診断を受けてしまうと、医師でライターのアトゥール・ガワンデが「歯止めの利かない治療」として描いた迷宮に迷い込んでしまうおそれもある。とはいえ、わたしたちは明かりに引き寄せられる蛾のように知りたくてたまらないタイプの人間だ。疑惑の確認は準備に役立つかもしれない。得体の知れない暗雲が行く手を阻むのであれば、それに備えて高額な治療費や、生活の質の低下や、人生を適切なときに終わらせる方法を計画できる。

2010年、最初の診察には一緒に来てほしいとピーターに頼んだ。かかりつけ医は、診断についてのわたしたちの疑念を丁寧に聞いてくれた。生活の質に関する一方的な考え方を聞いてくれ、彼女の薦めるMRI検査を受けることについてじっくり考えさせてくれた。スキャンの結果、「白質病変」が見つかった。微小血管が詰まっているために、脳のその周辺のエリアに血液が届いていないことを示している。コレステロールと血圧を下げる薬は、詰まりの進行を遅らせるので脳血管性認知症に効果があるという知識をインターネットで得ていたが、エボン先生はそのとおりだと認めた。しかしまずは、わたしの記憶障害と脳部位の関係を確認しなければならなかった。

神経科医と神経心理学者によるたくさんのテスト。何万円もの現金が飛んでいき、神経科医は頭を抱え、呪いの言葉を発した。医師は、二年間隔で後二回神経学的評価を受けなければ、公的に認知症と診断することはできないと言った。

だが、わたしにはわかっていた。わたしは認知症だ。ボケている、ボケているのだ。

2011年8月11日と2011年8月15日の認知症観察ノートを振り返って

2011年8月に二回、わたしはノートに、完全に気が狂ってしまったと思った時――たぶん、数分間のことだろう――のことをメモした。最初の記録では、午後、休憩しようとしていて、黒と赤のアルファベット文字がまぶたの裏に流れるのが見え続けたと書いた。

数日後に書いたメモは、二人がけのソファの自分の場所に座って、『ボタニー・オブ・デザイア』という本を読んでいたときのことだ。読み始めてすぐ、ページをめくろうとして、左手の親指と人差し指でつかんでいたところに穴を開けてしまった。数ページ後、今度は乱暴にページを引っ張りすぎて、端っこを引き裂いてしまった。

文字が流れたことを思い出して、すぐさま、ページを破ったことと関係していると思った。だがその週の終わり、次週の薬を準備していたとき、文字が流れた前日に、二人とも薬を飲むのを忘れていたことにピーターが気づいた。短期の記憶喪失による不安改善の薬を突然やめたために、幻覚症状が起きたようだ。原因がわかってよかった。ますます狂ったのかと思った。

視覚がおかしくなったのが薬を飲み忘れたせいだとすると、気が楽だ。でも、これまで十五ヵ月間つけているノートに記録されている奇行のすべてを説明するほど、薬を飲み忘れてはいない。普通でないことや理屈の通らないことをしたと気づいたとき、ちょっとおかしくなったと感じはするが、たいていは気が狂ってしまったとまでは思わない。わたしは、きつねみたいに気がふれたのかしら？　それともルイス・キャロルのチシャネコみたいに？


アリス（チシャネコに質問して）：「どうしてあなたは自分がまともじゃないってわかるの？」

チシャネコは言った。「まず、犬はまともだって認めるかい？」

「そう思うわ。」とアリスは言った。

チシャネコは続けた。「それじゃあ、犬は怒っているときうなり声を出し、喜んでいるとき尻尾を振る。しかし、わたしは喜んでいるときにうなり声を出して、怒っているときに尻尾を振るんだよ。だから、わたしはまともじゃない。」

「それは喉鳴らしって言うのよ、うなり声じゃないわ。」

「何とでも言えばいいさ。」


それとも、メキシコの現代画家のフリーダ・カーロみたいに、「狂気」を望ましい状態に変換してしまったのだろうか？　カーテンの後ろで「わたしが望めば何でもできる？」カーロ：一日中花を生ける。痛みや愛や優しさを描く。他の人たちの馬鹿さ加減を笑いたいだけ笑う。そしたらみんな、「かわいそうに、彼女気が狂っちゃったよ」って言うんだわ」。

それとも、ドン・キホーテを見習うべきだろうか。人生そのものがばかげているなら、狂気などどこにあるというのか？　現実的すぎるのが狂気かもしれない。夢を放棄すること、それこそが狂気であろう。正気すぎることが狂気であろう。そして、狂気の中の狂気は、人生の理想の姿を見ずに、あるがままを見ることだ！

この先待ち受ける狂気の手本を誰にしようが、シャルル・ボードレールと同じように、もうすでにわたしは「狂気の羽に風を感じていた。」

精神の不調に日々悩まされることになる何年も前のことだ。ジェンダー研究に携わるより前で、まだ企業で働いていたとき、仕事でサウス・キャロライナ州ローリーに行った。南アメリカでピーターと一緒に働いていたコンピュータ・デザイナーのジャックが、当時そこに住んでいたのだ。（原注：この物語に関係する場所や人の名前やその他の情報は、わたしの思い出物語の中心となる、本書ではファナスとして登場する人物の希望によって変えてある。）

南アフリカにいたころ、ピーターとジャックは時々一緒にランチに出かけたり、仕事の後飲みに行ったりしていたが、わたし自身は会社主催のイベントで何度か彼と奥さん（ここではデュプリー夫妻と呼ばせてもらう）と顔を合わせたことがある程度だった。両方の家族が合衆国に移住してから、ピーターとジャックはたまに連絡を取り合い、それぞれの州に溶け込もうとして経験したことをあれこれ話していたので、南アフリカにいたときよりもデュプリー家についてよく知るようになった。

ローリーに到着すると、デュプリー夫妻がホテルまで迎えに来て、家に連れて行ってくれた。そこで、他の南アフリカ人たちと一緒に夕食をいただいた。故郷を思い出させる南ア式バーベキューの後、男性パートナーと一緒にバーベキューに参加していたデュプリー夫妻の友だちが、自分がどうやってゲイなのだと気づいたかという話をした。ここでは彼をファナスと呼ぶことにする。

１９５０年代にファナスは、南アフリカでも特に保守的な社会的政治的思想を持つ厳格な大家族の中で育った。ファナスは、憶えている限り、常に善良な人になりたいと願い、家族や教会や学校の保守的な基準に従っていた。高校を卒業後、軍に入ったのだが、そこで初めて、「ホモ」「クイア」、その他この国の11の公用語のうちの一つの英語のみならずアフリカの言語でも広まっている、ありとあらゆる軽蔑語に出会った。おかま、ゲイ、オネエ、バラ族、変態、その他彼自身口に出すのがはばかられるようなこうした言葉には、すでに何世紀にもわたって封じ込められてきたネガティブな意味がこめられていたため、これらの言葉が指す人たちは神を冒涜する不自然な人たちであり、これまでの人生で信じてきた善とは真っ向から対立するものだとファナスは信じて疑わなかった。だから、すぐに軍の仲間たちと一緒になって、異性愛者の兵士の目から見て行動やしぐさが目立つ不運な少数派の人たちを、冷やかしたり脅かしたりした。

兵役を立派に終えたファナスは、故郷や軍と比べると社会的に保守的ではないビジネスの世界で働き始めた。そこでたくさんの友だちができた。その中のひとりの女性 ―― エルサと呼ぶことにしよう ―― と非常に親しくなり、多くの時間を共に過ごすようになった。次第に彼女と歩む将来を考えるようになり、その考えにすっかり有頂天になった。エルサは両親が気に入りそうな女性だった。きっとよい母親になるだろう。しかし、ファナスは若く、お金がなかったので、その夢を彼女に語ることはなかった。

ある日の仕事の後、ファナスとエルサはいつものように一緒に飲んでいた。友情の温かさと心地よさにすっかり夢中になって、ファナスはうっかり「僕たちの将来」という言葉を口にしてしまった。エルサは驚いて身を引いた。しばらくしてようやく姿勢を正すと、彼女はファナスを引き寄せ、手を握り、優しく愛のこもった声でこう言った。「ファナス、わたしたちに一緒の将来なんてないのよ。あなたはホモですもの。」

デュプリー家のパーティーでファナスがこの話をしたとき、カップがソーサーの上でカタカタと音を立てた。彼はそれをサイドテーブルに置いて続けた。「エルサがこう言ったとき、世界中の光が消えた。なんとも言えない、濁った灰色の霧が周りに立ち込めた。わたしの人生は形をなくし、不毛なものとなった。」

その場は沈黙に包まれた。ファナスは続けた。「長い長い時間の後、世界の光が戻ってきた。人生の中に色が戻ってきた。現像中のポラロイド写真みたいに、物の輪郭が少しずつ形を現した。僕は安堵のあまり、ヘリウム風船のように膨らんでいくように感じた。」喜びが彼の口から目へと広がり、そのメタファーを口ずさんだ。「ホモ風船。僕はホモ。僕はホモ。」

神経科医からわたしの脳の運命について聞いた後の数日間、夢の中で関連のないことが起こるみたいに、ローリーのデュプリー家での晩の出来事が意識に浮かび上がってきた。表面的でうろ覚えの19世紀のフロイトの夢分析についての知識を駆使しても、そのとき自分の人生に起ころうとしていたこととその出来事の間に何か特別な関係があるとは思えなかった。しかし、何ヶ月も考えていくうちに、ふと気づいた。あの思い出は、医師から検査結果について説明を受けたその瞬間から，自己認識や自分のまさしくアイデンティティが激しく変化し続けているという感覚と関係しているのだ。その記憶がわたしの潜在意識の下からとうとう抜け出して、ファナスのストーリーとして形を現したのはそう驚くことでもない。もっと正確には、ファナスのストーリーというより、ファナスのストーリーの中核部分、つまり、わたしがファナスについて調べて学んだものを、他の友だちやジェンダー研究の学生たちから聞いた数々のカミング・アウト・ストーリーの詳細で補ったものだ。

医師がわたしのおかしな部分に診断名をつけてから、二つの別々の円のような自己イメージがあった。一つは道理をわきまえて生き、死んでいく女性、もう一つはチャールズ・ディケンズの小説の中の狂った女性のような、病気になってからのわたしの母である。その二つの円がベン図の交差のように徐々に重なり始めた。その重なった部分の中で、疑り深いわたしの耳にも届くように、自分自身にカミング・アウトしていたのだ。わたしはボケている。わたしはボケている。わたしはボケている。

2章　量子的パフアダーと記憶の断片

わたしは、あの「すべてが新しく、何一つ知らない」「見知らぬ国」へと入り込み続けている。そこでは、過去と現在と未来の自分がそれぞれ隔離されている。50歳後半に差し掛かるまでの過去のわたしは、本当に記憶力が良かった。中流階級に生まれたことや、健康であること、南アメリカや合衆国で白人であるゆえに与えられた生まれついての特権の数々と同じように、それを当然のことのように思っていた。これらの特権にふとちょっとした罪悪感と感謝を抱くことはあっても、日々の暮らしの中では深く考えることなどなかった。ただ、わたしの一部だったのだ。

短期メモリが落ち始めてからというもの、つまり現在、なぜ？どこ？わたしは誰？と悩む。ベッドから飛び出して、家の外に出て、ガレージのドアを見つめる。あれ、いったい何をしに来たのだったかしら？　今いるのは何の店だっけ？　突然地軸が傾いてしまった世界の中で迷子になっている「わたし」さんって、いったい誰？

現在感じる困惑は、過去にも波及する。毎日一日の終わりには、ピーターと手を握りながらワイングラスを片手にビデオを見るのだが、前日の夜のビデオを見終わったかどうかという議論が毎日繰り返される（わたしは見終わっていないことに自信があるのだが、ピーターは見終わったと言い張る。エンディングを思い出させられると、彼が正しいことを認めざるをえなくなる）。こんな状態から考えると、十三年前の十七年目の結婚記念日の思い出は生き生きとしているけれど、本当だったと言えるのだろうか？　でもそれはまだ、目を閉じればビデオのように生き生きとしているのだ。ピーターはニュートンと留守番しており、わたしは、知力オリンピックの全米大会に出場する娘と女友達のキャシーとアンナに付き添って、ユタ州のヴァーナルのモーテルにいた。子どもたちはその次の日優勝した。六十年前の、南アフリカのスティンカンプ家の牧場での子ども時代の色鮮やかな思い出はどうだろう？

１９５３年、わたしが4歳のとき、父のボショフが家族の農場で祖父を助けるために、家族でケープタウンから８００マイル北東のトランスバール州に引っ越した。シカゴとカンザスの農場がぜんぜん違うように、そこは生まれ故郷とまったく違っていた。父は、13歳からウィッツ大学の学位を取得して五年間エンジニアとして働いた間、農場から離れて住んでいた。ずっと後まで気づかなかったことだが、父は自発的ではあるにせよ、見習いに逆戻りしたことになる。父の兄のクートもやはり十数年間離れて暮らし、その間に工学を修めたが、農業に戻って、彼らの父親によって農業の神秘に招き入れられていた。クートはわたしたちが移り住む数年前に見習い期間を終えており、すでに何年か、自分の土地で農業を営んでいた。彼がさしずめわたしの父のメンターだった。父は自分の土地で訓練を始めた。そこで収入をあげられるようになったら、自分の土地に家を建て、わたしたち家族はそこに移る予定だった。それまでの間、両親、きょうだい、わたしは祖父母の古い家に住んでいた。そこから父は毎日農場まで7マイルを運転して行き、時には何度も往復した。

父を含めて、五人のスティンカンプ家の子どもたちのうちの三人が当時その牧場に住んでいて、その後すぐに叔母が英国から帰ってきて四人になった。おじさんたち、おばさんたちと、新生児から4歳まで全部で九人のいとこたちが徒歩圏内または車でほんの数分のところに住んでいた。7歳になるまでには、牧場の中で父が受け継いだ100エーカー、または100モルゲンの土地の一角に、両親が自分たちの家を建てた。モルゲンとはオランダ語で「朝」という意味だ。1モルゲンはひとりの人間が一匹の雄牛を使って午前中に耕すことができる大きさの土地で、アメリカンフットボール場の4分の3ぐらいの大きさにあたる。100モルゲンの一部はわたしたちが来るまでに耕され、農作物が植えられていたが、その地域の歴史としてわかっている限りでは、それまでその土地に定住した白人はいなかった。1838年にスティンカンプ家がそこで農業を始めたとき、この地域の原住民であるツワナ語を話すバフォケン族がまだわたしたちの土地に住んでいたかもしれないが、わからない。

スティンカンプ家の祖先は、他のフォールトレッカーに加わった。フォールトレッカーとは、ナポレオン戦争の間の1806年に、オランダから植民地を奪った英国の支配に耐えかねて最初にそこを去った人たちである。

フォールトレッカーである祖先たちは、不満を抱えた農民たちの一団に加わり、牛が引くワゴンに荷物を積み込んで、北に向かって出発した。何百もの家族がこのグレート・トレックまたはグレート・マイグレーションと呼ばれる、未開の奥地への大移動に参加した。道中、彼らは土地を奪うためや通行するために、優れた武器で原住民たちと戦った。原住民たちの投げ槍やこん棒や先のとがった棒に銃で戦ったのだ。1838年2月17日、ブッシュマン川のほとりで野営していた一団は、トランスバール州のバフォケン族の祖先であるソト族の兵士たちに襲われた。そのとき6歳だった祖母方の祖先のひとりは、隠れていた川岸のぬかるみの葦の茂みから、両親や兄弟たちが槍に刺され、こん棒で殴られて死んでいくのを見たという。その女性が帽子をかぶって陰気な顔をして家の中で撮った写真と家族の伝説によれば、彼女は名誉の勲章のように、トラウマをまとっていた。言い伝えによれば、彼女は死ぬまで、決して笑わなかったという。

フォールトレッカーのスティンカンプ家の人びとは、ラステンバーグ地方に定住した。そこをまだ支配していたバフォケン族は、生活が厳しく、新参者を雇い主として歓迎した。彼らは、その農地に牛の牧場という意味のビーステクラールと名づけた。１９３０年代に祖父が獲得し、１９５０年代に父が受け継いだ農地は、フォールトレッカーの入植地から25マイル離れたところにあった。

１９５６年にできたわたしたちの新居は、１８４０年代の葦を粘土で覆ってできたビーステクラールの最初の住居と同じぐらい質素なものだった。L字型の離れ家で、「本物の」家が建った後に倉庫にするはずの建物であった。屋根は金属の波板で、床はコンクリートだった。母の主張により、通常の倉庫の覗き穴にしては大きな窓と天井が付けられた。結局のところ父にお金が入ることなどなかった。倉庫が完成してからすぐに母屋を建てようとはしたが、掘ってコンクリートを流しこんだ基礎ができただけで、それ以上工事が進められることはなかった。この仮設住居、環境だけは良かった。とりわけ、地平線までの見晴らしはすばらしかった。北と東には、ブラックヒルロックと呼ばれる低い丘が連なり、南と西には、弧を描いてわが家を丸く囲むマガリスベルフ山脈が続いていた。母はこのすばらしい景色に魅せられて、農地にカラスの巣という意味のクラーイネスと名づけた。

当時の風習に従って、家長が自分の土地を子どもたちに分けたとき、父は土地と一緒にスティンカンプ家が代々雇ってきた二人の黒人労働者を「引き継いだ」。イサク爺（オウ・イサク）とナアルド爺（オウ・ナアルド）という、年季奉公人と呼ばれる労働者だ。彼らの名前に入っている「オウ」は、「年老いた」という意味であり、通常尊敬を表しているのであるが、わたしたち白人は彼らに対して無礼な態度をとることが多かった。たとえば、おばさんのひとりは、耳が聞こえないナアルド爺が後ろを向いているときに、大声で指示し、爺が反応しないことに怒ってそのとき洗っていた水差しの石鹸の泡だらけの水を彼の背中にぶっ掛けた。

母はソーシャル・ワーカーで、「非白人」と共に働いていた。炭鉱冷却のエンジニアの父は、政治的にリベラルな（つまり、人種差別反対の）ウィットウォーターズランド大学を卒業した。想像にすぎないが、両親は１９４９年のアパルトヘイト政策の農場バージョンを生で体験していた。実際のところは、農作業道具の支払いから労働者たちの初年度の給料まで、すべてを支払うために銀行から借りた莫大な借金を返すことができるかという心配で、両親は日々頭がいっぱいだったに違いない。それでも父は、大きな夢を持っていたことで乗り切ることができたようだ。その証拠に、機械エンジニアを辞めて農場に来た兄と科学的な分析やメソッドや理論を使ってタバコや小麦の栽培を近代化するという夢について、いつも熱く語っていた。

農場は、母にとってはよりつらいものだったに違いない。カラハリの羊牧場で育った母は、思春期のころから割りに合わない田舎暮らしから抜け出したいと考えていた。その上、スティンカンプ家の祖父母世代や同じ世代の女性からは、子育てのしかたからビートを生で出すその食べ方に至るまで、すべてがおかしなよそ者と見られ、争いが絶えなかった。さらには、設備もひどかった。ケープタウンでは電気が通っていたが、農場ではろうそくとランプ、そしてお湯を沸かすのには石炭ストーブが使われた（幸いなことに、料理ストーブには天然ガスが使えた）。

母にも夢があった。農場は母にとって想像力豊かな精神を描くキャンバスだった。引っ越してきてすぐ、家の裏に一本の柳の木を植え、正面玄関の飾り気のない漆喰壁の前にはブーゲンビリアを植えた。未舗装の道を運転してわが家に向かう訪問者を、家の前の花の庭と芝生が出迎えた。母は、ベッドルームに続く長い廊下へ通じる別の「玄関」の内側に、空っぽになった麻でできた小麦の種袋をぶら下げた。わたしたちはそこに、植物や花や虫の死体やネズミの骨など、何でも飾りたいものをピンで留めてよかった。リビング兼ダイニングルームには生花がなかったので、母は枯れた枝や豆の鞘や雑草など素敵だと思うものを何でも使って、当時4歳だった弟ほどもある大きな飾りを作った。同じように集めた雑多なものでオブジェを作って自分たちの寝室に飾るようにと、子どもたちにも促した。

両親への政治的、経済的、技術的制約をよそに、わたしたち子どもは新しい生活を思いっきり楽しんでいた。いとこたちは徒党を組んで、枝木で家を建てたり、草で覆われた土堰堤をダンボール箱に入って滑り降りたり、鳥の巣から卵や雛を盗んだりして遊んでいた。それは、ケープタウンの街のちっぽけな二つの裏庭の間で近所の子どもたちとしたかくれんぼより、よっぽど楽しかった。

クラーイネスに引っ越すころには、子どもは四人になっていた。当時7歳のわたしと5歳のラナの姉妹に、4歳のクラシエともうすぐ2歳のキャレルの二人の弟が増えていた。弟たちが一つの部屋を一緒に使い、わたしたち姉妹がもう一つを使った。数年後に弟と妹がひとりずつ増えたときにも、この男女別の部屋にそれぞれ加わった。15歳のとき、わたしのボーイフレンドがヨハネスブルグから訪ねてきたのだが、そのときも男部屋に詰め込まれた。

キャレルがまだ赤ちゃんのときは、当時はまだ大人の監視が甘かったおかげで、年上の三人は身の毛のよだつ冒険（とわたしたちは思っていた）に出かけた。少し大きくなると、キャレルもこの冒険メンバーに加わった。冒険のなかで、3キロメートル家から離れた岩山で見つけた洞窟に、家から持ってきたロープを使って降りたこともある。残念なことに穴は深くなかったが、穴の中にはまだ毛皮の切れ端が付着したジャッカルの骨があった。同じ岩山で、6歳のいとこのカトリエントジーが、紙でできたランタンのミニチュアみたいなスズメバチの巣に誤って触れてしまったこともある。何度も刺されて、つかんでいた岩から手を離してしまい、2メートル近くも下の地面に落ちて腕を折った。足の速い8歳のラナと6歳のクラシエが助けを呼びに戻る間、10歳のわたしは事故現場の責任者となってしまった。助けがくるまで、カトリエントジーの頭をひざに乗せ、耳元で思いつく限りの言葉をかけて元気づけた。何度も意識を失いそうになるのをなんとか阻止しようと、オレンジを絞ってジュースを彼女の口に含ませた。

しかし、その後話題にのぼった回数から考えると、武勇伝の中の武勇伝は、39匹の猛毒のパフアダー殺戮に違いない。パフアダーは、毒腺を持つクサリヘビで、アフリカ大陸のほぼ全域に生息する。その毒が細胞をひどく破壊するため、噛まれると激しく痛み、腫れあがる。その後壊死が広がり、十二時間から二十四時間の間に死亡する。現在では、パフアダーに噛まれても、数時間以内であれば、解毒剤によって救命処方をすることができるが、今でも人口が多くない地域においては解毒剤が手に入らないことが多く、処置しなければ、たいてい一日以内に死んでしまう。解毒剤で処置をしたとしても、処置を行うスピードや、解毒剤の品質や、噛まれた場所によっては、壊疽によって手足を一本かそれ以上失うことも少なくない。

オールド・ハウスに引っ越してくると、すぐにヘビについて学び始めた。家族や労働者の誰かがヘビを殺すと、ぐちゃぐちゃになった死体を見ながら授業を受けるのだ。裏の階段の上でとぐろを巻いて日光浴しているのをおばさんが見つけたヘビはブラック・マンバ。実際のところ茶色なのだが、口の中が黒いためにその名前がついている。いとこのヘンドリックがイチジクの木登りをしていたとき、頭上の枝からぶら下がってきて驚かせた細いヘビは、緑色のブームスラング。木のヘビとも呼ばれ、茶色のものもいる。祖母の園丁が熊手で殺した。ピカピカ光る赤褐色で、貯水タンクのそばのバケツと同じぐらいの高さまで首を持ち上げて、フードみたいに頭の周りの皮膚を広げるのはコブラ。わたしたちが生きたままで見せてもらった唯一のヘビがモグラヘビだ。毒を持たないので、黒光りするうろこやとがった頭を撫でさせてもらえた。

そのヘビは、まだオールド・ハウスに住んでいたときの一番強烈な記憶となったが、実際に見たことはなかった。ある朝、祖父の雇い人が幼児の娘を連れて助けを求めてわが家にやってきた。その前日に、娘はパフアダーに噛まれたのだった。伝統的な信仰治療薬を使ったが、娘の腕や手はもはや手だとわからないほどに腫れあがっていた。とても苦しそうだったが、娘は泣き声すらあげなかった。目は開いていたが、口の端のあわ立った唾を吸っているハエを払いのけもしなかった。祖母が車で医者に連れて行ったが、娘は帰ってこなかった。医者がブリッツにある黒人用の病院に送るよりも前に、死んでしまったのだった。

それからしばらく、大人たちは、家を出る前には靴を履きなさいと言うようになった。パフアダーに気をつけるようにと警告が続いた。父があんまり大げさにパフアダーの説明をするものだから、次の日は家から出られなくなってしまいそうだった。父が怪談調に語る。「パフアダーはどこにでもいるのだ。しかし、やつらは怠け者だから、おまえたちを追いかけてきたりはしない。だから、怖がらせないように一歩下がるか、それとも踏んづけてしまうかは、おまえたち次第だ。やつらを見つけるのは難しい。木の陰に溶け込んでしまうからな。目を凝らして、ヘビ皮が光るのを見つけるんだ。ヘビがおまえたちを先に見つけたら、舌をちょろちょろさせておまえたちの匂いを嗅ぐ。こんなふうにS字型に巻いてこの高さまで首をもたげるから、おまえたちにもそれが何だかわかるだろう。」言いながら、指をとぐろのように動かして、わたしのひざのすぐ下ぐらいの高さのところに線を描いた。「やつらが空気を吸って、頭を膨らませ、シューっと音を立てながら吐くのが聞こえるだろう。」父は頬を膨らませてヘビの膨らんだ頭を真似し、唾を飛ばしながらシューシューという音を真似た。「もしそうなったら、できるだけ早く家に帰って、わたしやママや他の誰か大人を呼ぶこと。そうすれば殺してやるから。」

でも、記録破りのパフアダー殺しがあったその日は、毒蛇のことなどすっかり忘れ去っていた。わたしはそのとき11歳で、寄宿学校に入る少し前だった。その朝、ジャムの缶を太い木の棒にくっつけて竹馬を作ったので、試乗をするために、当時7歳の一番上の弟のクラシエと一緒に家から180メートルほど離れたはらっぱに出かけた。120センチぐらいの岩山に鉛筆立てぐらいの大きさの隙間があって、そこにヘビ皮のかたまりが突き出ているのを見つけた。灰色がかった茶色の背景に黒いシャブロン柄が光っていた。

岩山の中のヘビに気づくと、それが何か見分ける暇はなかった。わたしたちは竹馬から飛び降り、父とイサク爺の名前を叫びながら家に駆け戻った。パパがタバコ畑に出ているとに気づいたのは、家に帰ってからだった。でも、家にいたママが確認のために一緒に岩山に来てくれた。

ヘビが本物で、本当に巨大だと確認すると、ママは行動に移した。ヘビは最初に見つけたときからまったく動いていなかったが、ママはわたしたちにヘビを見張っているように言って、イサク爺を呼びに行った。イサク爺はシャベルとツルハシを持ってきて、わたしたちと一緒にヘビを見張った。その間にママは、銃を持っている父の兄のクートおじさんを呼びに行った。見物者は増えたが、ヘビはぴくりとも動かなかった。ようやくクートおじさんが到着して、そのヘビがパフアダーであることを確認した。クートおじさんの妻のウィエントジーおばさんも、興奮しながら一緒にやってきた。ヘビが見たかったわけではなかったが、指の隙間から覗かずにはいられなかった。「素敵なハンドバッグになるわ」とおばさんは言った。そのうちパパもやってきた。やじうまがみんな弾丸の届かない平たい岩の上に集まると、クートおじさんが銃を撃った。

弾丸がヘビを貫通すると、皮が破裂して、中から30センチぐらいのヘビの赤ちゃんがうじゃうじゃと出てきて、岩山から下の踏み固められた草の上に這い降りてきた。何百匹もいるように見えるウネウネ、クネクネと動く小さなパフアダーに埋め尽くされて、地面が動いているように見えた。生きているものに混じって、銃弾が当たった断片もまだ丸まったり身をよじったりして動いていた。動物を殺すことには慣れている農場の人は、ほとんどみんながすばやく行動した。ウィエントジーおばさんと母（後にボショフとなる赤ちゃんを妊娠していた）とわたし（それまでに何匹かの生物を殺したことはあったが、もう嫌だと思っていた。それとも怖かったのかも？）以外は、棒や大きな石やイサク爺の農具の中の何かを手にとって、ヘビの赤ちゃんを殺し始めた。棒を持った人たちがヘビの赤ちゃんを草の中から放りあげて平らな石の上に載せ、石やツルハシや鋤を持った人たちがそれを殴ったり刻んだりして殺した。殺し屋たちが、笑い、金切り声を上げ、吠えながら岩の上で砂だらけになりながらがんがんと道具を打ちつけている向こうで、傍観者たちは気をつけて！と叫んでいた。生まれたばかりのパフアダーでも、人間の大人を殺せるぐらいの猛毒を持っているからだ。

岩山でのヘビの虐殺が終わると、赤ちゃんヘビと母ヘビの残骸が並べられた。虐殺現場に散らばる破片を地面に並べると、端から端までの長さが一匹分ぐらいになった。復元して数えてみると、38匹の赤ちゃんがいた。母ヘビを含めると39匹だ。自分の所有する自動車修理工場とガソリンスタンドに働きに行っていたクリスジャンおじさん以外は誰もカメラを持っていなかったので、現場を写真に収めることはできなかった。その日の終わりにはもうヘビはいなくなった。イサク爺がタバコ乾燥小屋で母ヘビをローストし、食べる価値のない赤ちゃんヘビは焼いてしまった。皮も骸骨も残らなかった。

この話は、一族の伝説として四世代に受け継がれている。もう父母はいないが、六人の兄弟とその配偶者や子どもたちや孫を含めて、伝承者は四十人近くに膨れ上がった。わたしの子どもたちやそのいとこたちは、この話を聞くたびにヘビの数が増えているんじゃない？と文句を言う。しかし、わたしたち兄弟は現場にいたのだ。その中の一握りがごちゃ混ぜになっていたかもしれないが、39まで数えるのをちゃんと聞いていたのだ。
さて、さて、さてと、おはなしはおしまい。

認知症観察ノート

２０１１年８月24日
浴室の蛇口の上に上げる動作と横にする動作を組み合わせてすることができず、冷たい水が出せなかった。仕方ないので、キッチンでプラスチックの水差しに水を汲んだ。

２０１２年５月16日
ラ・フロンテーラにて、ウェイターが目の前に置いたビアジョッキを理解することができなかった。それがビアジョッキだということはわかったのだが、ひっくり返してあるという事実を呑み込むことができなかったのだ。正しい向きで置かれたジョッキにガラスのふたがされているのだと思って、ふたを外そうとした。どうやってふたを外せばよいかとピーターに聞いたら、ジョッキをひっくり返してくれた。それでようやくわかったのだ。友だちも一緒にいた。

２０１２年５月24日
旅行でやってきたザイオン国立公園にて、ガスコンロの説明図がうまく読めない。やかんを温めるつもりが、油の入った鍋を温めていた。幸いなことにニュートンが見ていたので、惨事には至らなかった。

まだ働いていたときにずっと楽しみにしていたことがある。ほとんどできあがっている小説を出版できるように整え、何年もの月日と調査を注ぎ込んできた二冊目を完成させることだった。しかし、2011年8月に退職してから、それに取り掛かる気になるまでには六ヵ月もかかった。ジェンダー研究所での最後の数年間の経験で、怖くなっていた。300ページもある小説を編集し、さらにもう一つ再開するのなんて、無理なんじゃないだろうか。働いていたとき、執筆に精神力のほとんどすべてを使い果たすようになり、家族や家庭生活にはエネルギーが残っていなかった。

大学でのわたしの仕事には、とにもかくにも書くことが付きまとった。プログラムのeメール、オフィスでの回覧、議事録、推薦状、その他公式書類。退職するまでの最後の期間、そういった比較的短くて自己完結した内容の執筆はかろうじてこなすことができた。しかし、かつて大好きだったもっと長い研究に関する執筆は、本当に、本当に難しくなっていた。退職後の執筆プロジェクトについて一、二ヵ月考えた結果、仕事の執筆とは違って自分の目的のために執筆・編集するなら気楽なんじゃないかと思えるまでは、書きかけの本の修正はしないと決めた。かわりに、進行中の認知症に苦しむなかで起こる変化についてのエッセイを書き始めた。認知症については診断を受けるまでに少し勉強していたが、わたしが書きたかったのは、半ば個人的で半ば調査目的のものだった。それには、脳とその機能についての知識が足りない。もっと勉強しなければならない。半年の間に、仕事に関係していたストレスと疲労からは回復してきていた。少なくとも、自分の頭が前よりもましに動くかどうか試す価値はあるだろう。

実際、前よりもましになっていた。退職してから長いこと休んだからというだけではなく、自分が選んだテーマであり、今回は書く内容に情熱があったからだろう。あいかわらず面倒なメモ書きは必要ではあったが、前よりは集中できた。ゆっくりではあるが着実にページは増えていった。最初のエッセイができあがると、もう一つ書き始めた。その当時、理由はわからなかったが、この仕事はわたしにとって非常に重要なものとなっていた。四年経った今から振り返ると、ゲルダの最後の抵抗みたいなものなのだと思う。

四章ほど書き上げたとき（この本の章は、もともとわたしの書いたものと順序が違っている）、期待以上の成果を上げることができたのだが、そのこと自体を不思議に思った。それまでに書いたものを読み返して、自問した。「なぜまだ書けるのだろう？　もしかして、認知症は嘘なのだろうか？」ノートの中には、日々積み重なる恥ずかしい行動や、会話の最中にわけがわからなくなってしまうなどの記録が増え続けているし、それは認知症の初期の典型的な症状である。それらの失敗もまだ残っている執筆能力も、矛盾はしているが、どちらもわたしの物語の一部だ。なぜそんなことが起こるのだろうか。以下は、わたしが自分でデザインし、自分で履修した神経科学入門コースの成果のレポートである。

日常生活を自立して送ることが不可能な認知症患者が、深く染みこんだ知識構造や知的技能を保持することは可能か？

このレポートは五つのパートで成り立っている。（1）記憶とは何か、それは「真実」とどのように関連しているのか？（2）「39匹のパフアダー伝説」の真実についての調査。（3）なぜわたしはまだ執筆することが可能なのか、生活に関わるある領域の能力が失われているにもかかわらず、他の能力を保ち続けている似たような患者は他にも存在するか？（4）ヘビ殺戮事件の二人の目撃者と話を聞いたひとりの、eメールによる事後コメント。（5）ヘビ殺戮事件の年長の目撃者と、まだ生まれていなかった話を聞いた人の、さらに後のeメールでのコメント。

パートI　記憶とは何か、それは「真実」とどのように関連しているのか？

情報源：インターネットで入手可能なピアレビューのある神経科学分野の論文、一般的なサイエンス雑誌、そして自己観察。

結果：「記憶」という言葉を聞くと、通常、長期記憶のことだと考える。しかし、出来事は記憶作成の二つの段階を経てようやく長期記憶として保持されるのである。一つ目の段階は知覚段階である。そこでは、知覚として認知して、捨てるか保持するかという判断をするのに必要なだけの間、短期記憶に保持する。二つ目の段階は、「価値付与」テストである。それまでに長期記憶に貯蔵されたものの中からその知覚に関連するものをすべて呼び戻し、それらを組み合わせて新しい更新された情報パッケージとし、更新するだけの価値があるかどうかを決める。それに合格すると、長期記憶として使われる脳領域に貯蔵される。そうなれば、記憶は何年も、もしかしたら死ぬまで保持されることとなる。

短期記憶は、その名のとおり、そう長くは存在しない。保存に使うことのできる脳の資源には限りがあって、12秒から13秒程度の四つから六つ程度の「チャンク」と呼ばれるまとまりの情報しか保存できない。たとえば電話番号のように知覚をいくつかのチャンクに分けて頭の中で何度も繰り返せば、短期記憶の時計をリセットすることになり、記憶の保存時間をいくらか伸ばすことができる。しかし、すべての知覚がそう簡単にチャンクに分けられるわけではない。ごく単純な知覚ですら、多大な情報を生み出す。概念や経験といった認知表現や、視覚イメージ、音、触覚、嗅覚などやそれを組み合わせた感覚データや、嫌悪やプライドや恥や幸福などの感情などである。このように複雑な情報は、さらに注意をそそぐほど重要だとみなされない限り、30秒ほどで消えてしまう。

記憶の中でもわたしの認知症の影響が著しいのは、短期記憶の一部の「ワーキングメモリ」と呼ばれるものであり、処理をする間に頭の中に少量の情報を保持する能力のことである。今朝、着替えが終わってから、服に合わせて選んだピンクのジルコニアのイヤリングを寝室のクローゼットの鏡を見ながら付けた。二階の洗面所に行って化粧をしているとき、片方のイヤリングを失くしてしまったことに気づいた。来た道を探しながら一階の寝室まで戻った。イヤリングは、耳の後ろでイヤリングを

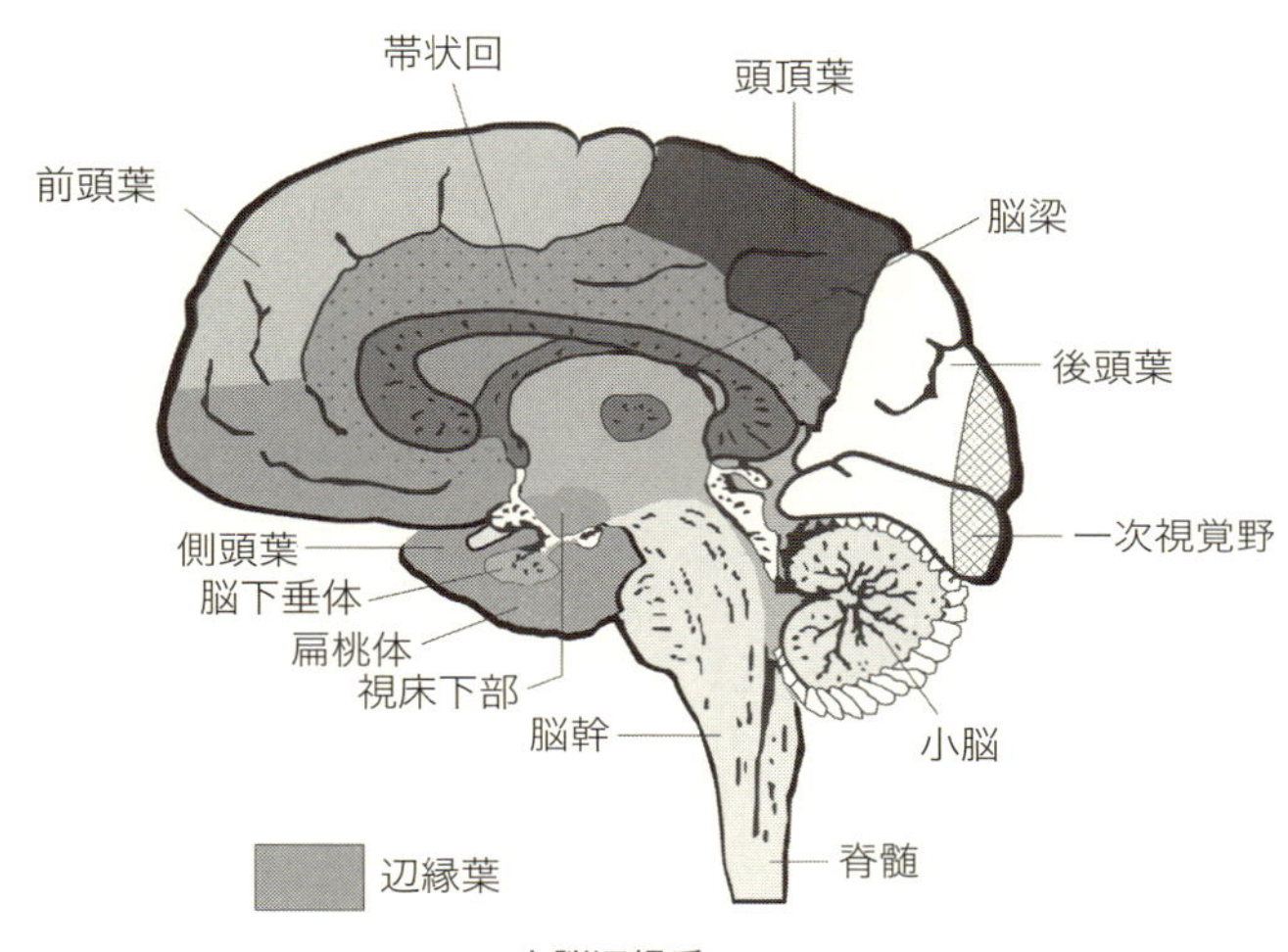

大脳辺縁系

留めるキャッチと一緒に、クローゼットの鏡の横の棚の上に載っていた。一つ目のイヤリングをつけた時点で注意が逸れてしまって、二つ目のことを忘れてしまったのだ。晩御飯の料理をしている最中に、ごみを持って外に出て、すぐに植えたばかりの植物に水をやり始め、茹でていたブロッコリーを焦がしてしまったこともある。効率的で、目的意識を持った人間だったはずなのに、次から次へとふらふらと、いろんなことをやり散らかす人間になってしまった。コーヒーに入れるミルクを出そうと思って冷蔵庫の前まで来て、頭が真っ白になってしまうこともある。そんなとき、何をしようとしていたのか思い出すことができずにその場に立ち尽くして、マクベス夫人みたいに手をもみながら、自分に問うのだ。「わたしは何をしようとしているのかしら?」

長期記憶と短期記憶は、同じエリアに保管されるが、そのエリアは、脳内のあちこちに散らばっている。言葉や概念や数字などの認知情報は、いわゆる高次の脳機能を司る領域の前頭葉の灰白質に貯蔵される。視覚、聴覚、触覚情報も前頭葉に貯蔵されるが、嗅覚情報だけは嗅球に貯蔵される。嗅球は、短期記憶から中長期記憶に変換する上で重要な役割を担う大脳辺縁系の中にある。

大脳辺縁系の主な機能は、ホルモンを管理することである。つまり、感情を司っている。それが、記憶システムがうまく機能するためにその領域が非常に重要な役割を担っている証拠である。強い感情が伴った認知ほど、強烈な長期記憶となりやすいのである。

感情の強さが記憶形成に重要な役割を果たすことは、機能的ＭＲＩ（ｆＭＲＩ）などの新たな神経科学装置を使用することによって、ここ十年でわかってきたことである。記憶を作ったり、再想起したりする際の活動中の脳の働きをｆＭＲＩによって観察することができるようになった。「感情を伴わない記憶は存在しない」というのは、「感情は理性の敵である」という伝統的な見解からの革新的な飛躍である。この考えが、現代の脳科学にパラダイムシフトを起こした。「感情を理解せずに思考を理解するなど不可能である。」

もう少し深く掘り下げるために、脳の神経細胞のニューロンや、脊髄や、神経インパルスの伝達に特化した神経のレベルで自分に何が起こっているのか探索することにした。わたしの記憶が保管され、呼び出され、また再保管される道に、どんな不具合が起こっているのだろうか？　忘却とは反対とも言える障害の研究のなかで、興味深い考え方があった。心的外傷後ストレス障害（ＰＴＳＤ）は、恐ろしい出来事を忘れることができないために普通の生活を送ることができなくなる障害である。忘却と同様、細胞のレンガと脳の漆喰を使って説明することができる。

長期記憶を作り、呼び出し、変更するのをサポートする電気回路は、広大な土地を縦横に走る送電線のような機能を果たしている。「配線」を構成するニューロンは、互いに反応しやすくなっていて、一つのニューロンが発火すると、それ以外のニューロンも同時に発火する。こうしたニューロンは、「自分の電気的興奮を伝達しやすくする」パーツを備えている。大脳辺縁系は、ある記憶が保持するに値すると決定すると、ホルモンを分泌する。そのホルモンによって、活性化された回路に沿ったDNAを活性化し、たんぱく質でできたブロックを作り始める。そのブロックが追加の受容体や神経伝達物質などを形成して、物理的にニューロン間のつながりを強め、長期的に記憶を保持する脳の能力を強化する。

一度長期記憶への道が敷かれたからといって、その記憶が永遠に生き残れるという保障はない。継続的にメンテナンスされなければ、中期記憶で終わってしまう。典型的なニューロンのたんぱく質は、短ければ二週間ほどで破壊され始める。つまり、「すべての長期記憶は、常に消失の危機にある」のだ。不安定化したニューロンを継続的に補修することを、「再固定化」と言う。

精神科医たちは、何十年もの間、患者がトラウマ体験から立ち直るためには、記憶回路が再固定化されなければならないと考え、失敗を繰り返しながらも、恐怖記憶を和らげることを可能にする薬物群を発見した。恐怖が和らぐと、正の強化をする技術や助言を通して、新しい経路が形成されるようになるのだ。そのため、治療がうまくいくと、患者はトラウマとなった体験自体は憶えているが、それに伴う恐怖や怒りやその他のネガティブな感情は弱まる。

ｆＭＲＩ研究によって、トラウマに関連した障害の治療に効き目がある薬物群全般がどのように働くかがわかってきた。患者がつらい出来事を思い出しているときに感情が保管される領域において、長期記憶の保持たんぱく質のＰＫＭゼータの働きを阻害するのである。つまり、古い回路の信号を強化する部分が取り払われることはないが、記憶は薄れる。

記憶とは、神経科学者たちがもともと考えていたような「作られたままの形で保持される」ものではなく、「作られた後、呼び出されるたびに再構築される」ものであることがわかってきた。これは大きな影響を与える発見である。過去について考えるたび、「脳の中の細胞の形状はほんの少し変化し、その基本となる神経回路が変化する。」つまり、記憶は思い出すたびに変わるのだ。

この発見は、記憶とは「ビデオカメラのようなもので、見聞きした出来事を正確に記録し、後から再生して検討することができる」という、いまだに広く信じられている記憶モデルとは相反している。これは多くの疑問を呼び起こす。もしかすればその答えは、広い範囲に影響が及ぶものかもしれない。記憶呼び出しに関するこの新しい理論が正しいとすると、目撃者証言の正確さを信頼する法制度の立場はどうなるのか？　個人的なことを言うと、神に誓って本当だと思っている、わたしのパフアダー物語の信憑性はどうなるのか？

パートII　「39匹のパフアダー伝説」の真実についての調査

情報源：ヘビ殺戮の二人の目撃者と伝え聞いたひとりへの、ｅメールインタビュー。

結果：パフアダー事件に関しては、子どものころの写真も家族の記録もなかったため、実際に目撃した兄弟たちとその話をずっと聞いて育った弟の両方に、この事件のわたしの記憶をチェックしてもらった。

メールのやりとりは、わたしの64歳の誕生日の次の日の、２０１３年9月27日に始まった。今では50代60代になる弟や妹が全員参加した。まず、わたしが憶えている事件をおさらいし、半分のヘビを一匹と数えていた可能性もあることを説明した後、「当時すでに生まれていて、ヘビ殺しの現場に行けた人」に、彼らの憶えている事件の真相を送るようにアフリカーンス語で依頼した。わたしはeメールの最後を、まん中の弟と、この小さなプロジェクトについて電話で話したときに彼が口にした概念スキーマを引用して、締めくくった。「キャレルが、あまりにうさんくさい事実の多いこの事件に素敵な名前をつけました。「量子的パフアダー。」ヘビ皮の財布に、あなたの量子を投じてくださいな。」

すぐに怒涛のように返事がきた。

２０１３年9月27日、クラシエ

半分のヘビを1匹とカウントしたのだとしたら、19匹と半分のヘビがいたことになるね。ちがう、小さいのが39匹だった。ヘビが撃たれたのが石の山だったという姉さんの説明はおかしいと思う。一番大きい石にドリルで穴を開けて、ダイナマイトでぶっとばしたんだ。なぜか、何のためかは知らないけどね。

2013年9月27日、キャレル

ゲルダは二つのヘビのエピソードをごちゃ混ぜにしてるんじゃないかな。断片的な記憶を一緒くたにしている。パフアダーとマンバの記憶の融合だ。

クラシエと同じ意見なんだけれど、実際には僕と彼と、たぶんデュアードかウィリーが石の山におしっこしていたときのことだよ。「ぎゃあああ」っていう叫び声をあげてから、一かたまりになって、まったく節操もなく狂ったように土堰堤の上の草むらを走って、当時僕らが信頼できると思っていた大人に知らせにいった。クートおじさんが最初に到着したけれど、残念ながら武器を持っていなかった。もともと弟（父のボショフのこと）とは違って落ち着いているからね。おじさんがヘビを見張っている間に、あの道の向こうのマルティーンズ・バーナードさんだったかな、とにかく別の近所の人から12ゲージのショットガンを借りてきたんだよ。後で聞いた話では、クートおじさんはヘビの横にパイプの煙を吹きかけていたらしい。まあ、やっつけるまで、うっとりさせておこうとしたんだろうね。

ここからは、僕の記憶はだいたいゲルダのと一致する。

2013年9月27日、クラシエ

そう、キャレルの話は僕が憶えているとおりだ。鋤とイサクに関しては憶えていない。それは別の件じゃないかい？　もし、デュアードがそこにいたんなら、彼の父親がたくさん銃を持って現れてたはずだよ。

キャレルのマップ

2013年9月27日、キャレル

正直なだけの人間には、他人のはっきりした記憶を否定したりできないさ。そうするには、賢くて度量の大きいことが必要なんだ。パフアダー事件の物的証拠は五十年前にタバコの乾燥窯ができて破壊されたからね。残っているのは、記憶って呼ばれる壊れやすいパピルスだけなのさ。

このシナリオにそこまでの思い入れはないけど、修辞的な目的のためだけになら自分自身の記憶を疑うという考えは面白いね。

この事件の注釈つきのマップを作って送るよ。

キャレルは、上のグーグルマップを送ってきた。すると、その返事にクラシエが、「僕の憶えている農場」というタイトルのエクセルで作られたマップを送ってきた。

キャレルは地図と一緒に、「ヘビ殺しの僕の記憶の詳細を記した」というメモ付きの図を送ってくれた。キャレルは、その図に「キャレルの戦場」というタイトルをつけた。（コンピュータ事業家として成功するのに絵の才能が必要なかった

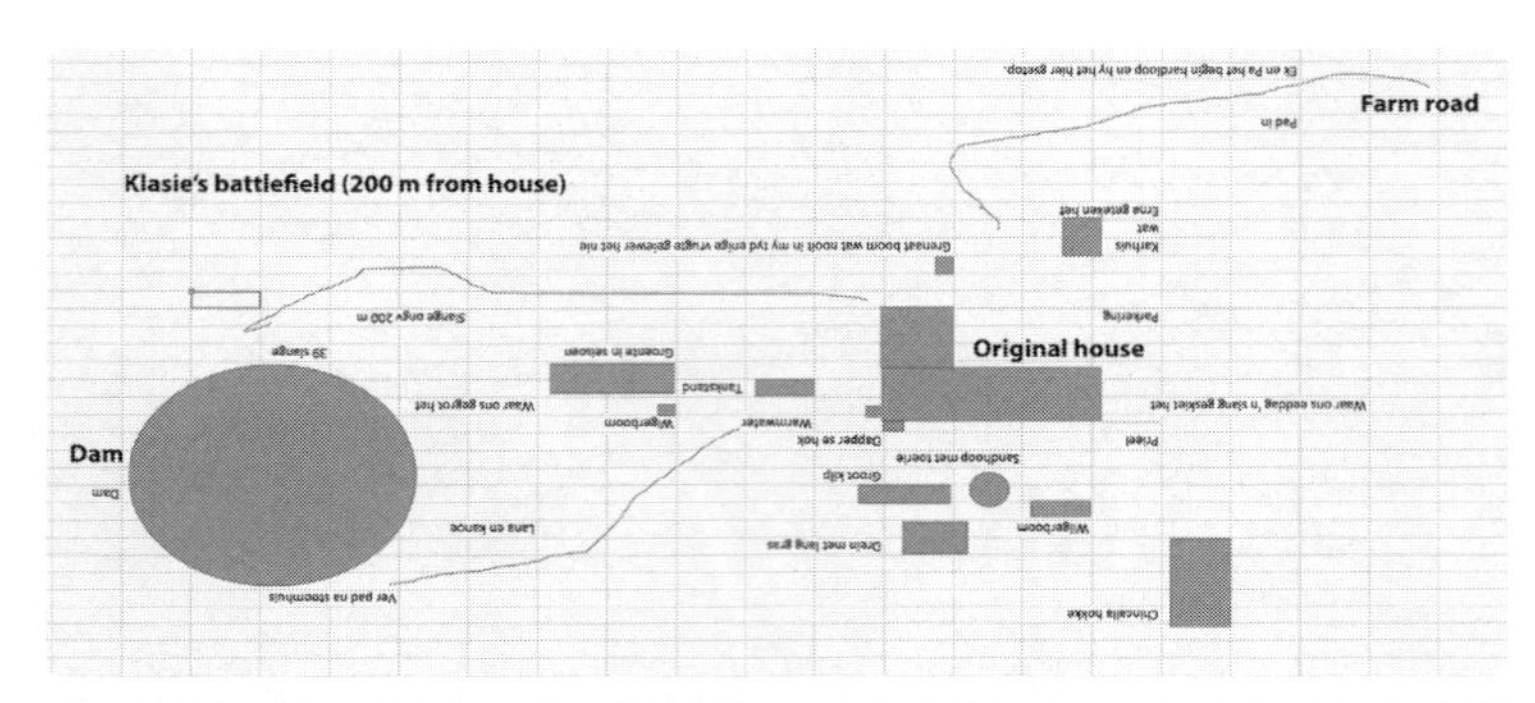

クラシエのエクセルのマップ。「僕の憶えている農場」キャレルのマップと方向が同じになるように、クラシエのマップを垂直方向と水平方向で逆転させた。そのため、もとのラベルが上下左右逆さまで鏡映になっている。

キャレルの戦場

のはラッキーだ◎。)

2013年9月27日、ボショフ(ヘビ事件のときまだ生まれていなかった)

これは歴史である。歴史であるがゆえに、一番よく知っているのは僕だ。事件のことを思い出すことはできないが、見ていた何人もの人たちから何度もこの話を聞いている。だから、自分の個人的な観察が他の人たちの客観性に影響しないという点で有利である。

そこには39匹のヘビがいた。パパ自身が22口径のピストルでヘビを撃った。

「歴史とは、間違いなく、あいまいな記憶が不十分な記録と出会ったところで生まれる。」

――ジュリアン・バーンズ『終わりの感覚』

2013年9月27日、ゲルダ

ボショフ、あなたの客観的歴史によって、銃がわたしたちのパパの手に渡ってよかったわ。銃はちょっと短くなってしまったけれどね。男性社会でなかったら、歴史はどうなるのかしら?

2013年10月1日、キャレル、題名「パフアダーへの最後の乱射」

クラシエ、君の地図はまったくすごいな。間違っているのは、ダムは丸ではなくて、僕の地図の青い線で示す四角だったってことぐらいだな。

パフアダーの僕の記憶に関しては、二点がまだ触れられてないし、解決もされていない。(1)クラシエに質問：ヘビを最初に見つけたとき、誰がその場にいたのか？ (2) 地形確認のための現場検証は僕が請け負う。アスペルガー家のメンバーより（家族の数名は自閉スペクトラム症である。幸いなことに高機能の方だ。そのうち数名は自己診断だが、それ以外は精神医学的に診断を受けている）。

2013年10月1日、ゲルダ

キャレル、あなたの地形確認は一緒に確認する兄弟の数と同じぐらいの値打ちがあるわね（義務的なスマイルフェイス☺）「そう言っただろう？」って言える相手がそこにいないのに、正確であることにはどんな意味があるのかしら？

クラシエ、あなたの地図にわたしの現場を頭の中で当てはめてみたら、ぴったりだったわ。ということは、天地万物の何かについて、わたしたちが合意したってことかしら？ キャレル、あなたの地図の殺戮現場は家から遠すぎる。2票対1票ってことよね！

でも、戦場のスケッチに関しては、わたしの風景はキャレル、あなたのと驚くほど一致するのよ。だから50－50の引き分け。でも、二十人も見物人がいなかったのは間違いない。クートおじさん、ウェントジーおばさんにイサク爺、それにわたしたちの家族は全員いた。でも、黒人の子どもたちはいなかったわ。この点では、もしかしたらアパルトヘイト下の黒人軽視がわたしの記憶をゆがめたのかもしれない。

結論：会話が続くうちに、みんなの記憶は他の人たちの意見に左右され、出来事の主要なポイントではほぼ意見が一致するようになった。大まかな殺戮現場の位置、生きている赤ちゃんへビが出てきたこと、ヘビの数、銃が使用されたことと、ヘビの赤ちゃんを殺すために現場で手に入る道具を何でも使ったこと。話し合いのなかで意見を曲げないことは誰しもにあったが、他の人たちの意見を完全に否定する人はいなかった。

パートⅢ　なぜわたしはまだ執筆することが可能なのか、生活に関わるある領域の能力が失われているにもかかわらず、他の能力を保ち続けている似たような患者は他にも存在するか？

情報源：ピアレビューのある神経科学の論文、一般的なサイエンス雑誌の記事、医療専門家へのインタビュー、自己観察。

結果：「振りをしている」ように見える人は、わたしだけではなかった！　たとえば、カウンセラーをしている友だちが、母校の元哲学の教授の話をしてくれた。その教授はもはやお風呂に入ること、着替えること、自分で食べることすらできないのだが、前の同僚たちが訪ねてくると、普通に哲学の討論を進めることができるのだそうだ。神経学に関するピアレビューのある研究でも、「認知症患者に予想外に残る認知機能」を報告しているものがある。たとえば、『ブレイン』という神経学雑誌の中で、ジュリア・ヘイルストーンとロハニ・オマールは、アルツハイマーではない認知症のセミプロのチェンバリストの症例を紹介している。彼は事実上、「口頭でも、文書でも一切言葉を理解せず」、「口がきけず」、「コルク抜きや音叉など物の機能」を理解することができないにもかかわらず、「技術的に難しく、構造的に複雑な曲を表現豊かに弾く」ことによって、「楽器を弾くための運動能力」や「楽譜を読むための視知覚能力」、「記号表記を解釈するのに必要な認知能力」を有していることを証明してみせた。

認知症体験記の調査中、デイヴィッド・シェンクのアルツハイマーについてのベストセラーである『健忘』に出会った。シェンクは、調査をしているなかで、モリス・フリーデルに出会った。モリスは社会学の教授で、59歳でアルツハイマーの診断を受けた。診断を受ける四年前の教員としての最後の年は、わたし自身と気味が悪いほど似ていた。

…彼は、生徒たちが授業中に言ったことを覚えられなくなってきた。その後、母親としたばかりの会話が思い出せなくなった。神経心理学者のオフィスでは、前日の夜に見たばかりの映画について話せなかった。一般的なテストを受けると、ＭＭＳＥ（ミニメンタルステート検査、医師の診療所で行われるテストで、患者の時間感覚、三つの関連しない言葉を検査者が言った後すぐに繰り返す能力、物の名前を言う能力、指示を読んで従う能力を確認する）では満点だった。脳のスキャンでの結果は芳しくなかった。

一年間遠隔でのやりとりをした後、ニューヨーク大学のアルツハイマー学会で、シェンクはフリーデルに対面した。そこでフリーデルは「アルツハイマーにおけるリハビリの可能性」というタイトルでポスター発表を行っていた。次の日、一緒にランチを摂りながら、フリーデルは自分にとってリハビリは、「ひざや腰の手術を受けた患者が経験するような気持ちで取り組む激しいもの」ではなく、「それに適応することによって、認知的消失を最小限にして進行を遅らせるものだ」と説明した。彼のメソッドでは、「自信をつけるため」の非常に簡単な課題を行い、そこから「新しい簡単な方法で問題を解決する」という挑戦をする。

ランチの後で、フリーデルは、シェンクに尋ねた。「今日までにお話ししたことがありましたっけ？」

つまり認知症では、次のようなことが起こるらしい。ある知識構造をマスターし、知的スキルを習得するために人生を捧げてきた人間は、日常生活において完全に自立できない状態になってからも、この専門知識にアクセスする能力を保つことができることがある。これがわたしにも当てはまるのだと信じたい。しかし、書くのがどんどん遅く難しくなってきているのが現実だ。これまで、最後の章だと考えている現在の章を除いて六章を書き上げたが、一日八時間、メモをとり、辞書を引きまくり、意味ある文章をどのように組み合わせるのかを考えるためにはさみとテープでカットアンドペーストし続け、執筆仲間のシェン・クリステンソンとクリスティン・スコットの厳しくも愛ある編集を受けて、三年半も費やしてしまった。

もしかしたら、認知症ではこんなことも起こるのかもしれない。ある知識構造をマスターし、知的スキルを習得するために人生を捧げてきた人間――別の言い方だと高い教養を身につけた人間――

は、初期の段階ではしばらくの間、病気を補填する「大きな『思考能力』」を使うことができる。しかし、メール・オンライン（訳注：英国の大衆新聞サイト）のレポーターのジェニー・ホープの記事によると、イェシーバー大学のアルベルト・アインシュタイン医学校での研究では、大学の卒業生の認知症が明白に現れると、「最低限の教育を受けた人よりも50パーセント速く記憶の低下に悩まされる」ことがわかったという。

わたしの父：教育とは、常に頼りになるものだ。
わたしの母：夢見るのはやさしい。けれど、まぬけは失敗する。
アインシュタイン：速いほど収縮する。
ドナ・キホーテ：ほとんど寝ずに本を読みすぎたので、とうとう彼女の頭は干上がってしまい、完全に正気を失ってしまった。

パートⅣ　ヘビ殺戮事件の二人の目撃者と話を聞いたひとりの、eメールによる事後コメント

2013年10月1日、ゲルダ

ボショフ、あなたがダリーンから引用したジュリアン・バーンズの一文は、「事実」と記憶の装飾の組み合わせをうまくたとえているわね。「そして、長く生きれば生きるほど、わたしたちの説明に異議を申し立てる人は少なくなる。人生とは、人生そのものではなく、自分の人生について語る物語

にすぎないのだと思い出させてくれる人がいなくなるのだ。」

　聖書の解釈書を読んだとき、本格的に宗教に疑問を持ち始めたのよ。そこに聖書の各節の書かれた日付が書かれていて、聖書のすべてが後で書かれた説明なのだとわかったの。短いもので六十年から七十年、長いものだと何世紀か後に書かれているのよね。それなら、出エジプト記7章のヘビの書はどうなのかしら？

10　アロンがつえを、パロの前に投げると、それはヘビになった。
11　そこでパロもエジプトの魔法使を召し寄せた。彼らも、その秘術を持って同じように行った。
12　しかし、アロンのつえは彼らのつえを、飲み尽くした。

キャレルル、あの地図をよく見てみると、あなたが一晩で賢くなってあなたの記憶がどんどん良くなったのがわかったわ。あなたのヘビ物語は、今では残りのわたしたちの物語をすっかり飲み込んでしまった。神の力を見て頑なになったファラオとは違って、わたしたちみんながあなたの現場検証に立ち会ったときのスレルクストルームの水を割るキャレルル・モーゼの話を傾聴するわ。（義務的スマイル☺）

2013年10月1日、キャレルル

　僕は「現れ出た真実」に満足しているよ。ヘビの変身現場に関する僕たちの福音書を一緒に考えるのを楽しみにしているよ。

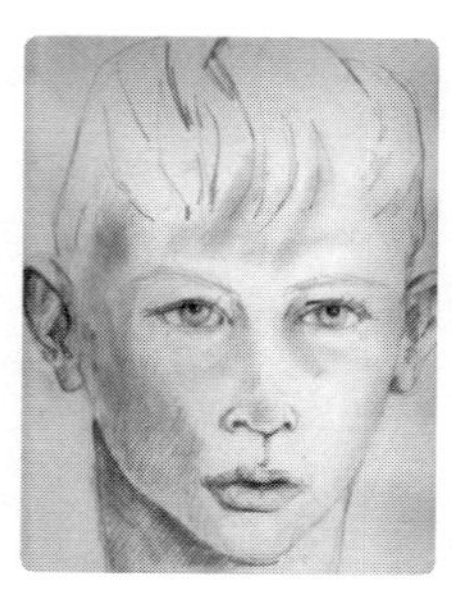

クラシエ、8歳。キャレル、6歳。（学友のアーナ・シュッテ（現在はバーバー・デ・シュッテ）が牧場に来たときに二人の弟をスケッチしたもの）、30代のボショフ、自画像（『ボエトマン』2000年）

パートV　ヘビ殺戮事件の年長の目撃者と、まだ生まれていなかった話を聞いた人の、さらに後のeメールでのコメント。

2014年9月2日、ゲルダ、題名「パフアダーが再び死のふちから蘇る」

本の執筆中。今書いている話は、「わたし」の真実。だって、年齢で考えれば、きっと一番よく憶えているのはわたしよ。記憶が言葉と強く連合していることから考えると、7歳と5歳だったクラシエとキャレルよりも、11歳だったわたしはずっとたくさんの言葉を知っていたからね。

パフアダー万歳！
研究レポート終わり。

研究レポートの最終章
パートVI　もろい記憶

クラシエとゲルダ。2002年南アフリカで

2014年10月9日、ゲルダからアメリカの家族へのeメール

今日、愛する弟のクラシエが60歳で亡くなりました。非ホジキンリンパ腫と診断されてから二週間後のことでした。クラシエの娘のヴィーダが、アメリカ時間の3時に電話で伝えてくれました。彼が亡くなったとき、奥さんと娘たちとまま娘たちと孫たちが側にいたそうです。テルティアとミッキーもその場にいて、電話をくれました。クラシエは、人生の最後の日々をモルヒネが痛みを和らげている合間に子どもたちをよじ登らせて過ごした居間のソファで亡くなりました。

クラシエ、わたしの大きな弟よ、小さかったころから大好きだった弟よ、今も愛してる。

どうやら、39匹のパフアダー虐殺の目撃者たちの陳述の相違は、記憶に関する現在の神経学的モデルで説明できそうだ。口頭や文書で話を読み聞きするたび、ただ考えるなどによって記憶を呼び出すたび、それは変化し再固定されるのだ。しかし、ノートに記したわたしの別の物語の正確性を確認する試みは、そううまくいかなかった。

事項：ある友だち、いや、ありがたいことに今では親友とも言える友だちは、数十年前に彼が語ったカミング・アウトのストーリーをわたしが話すのを聞いて「実にひっくり返るほど驚いた」。よく調べてみると、どうやらわたしは、彼の話を他の誰かの話と合体させていたようだ。そのために、彼が性的問題に関して実際よりもずっとうぶだと思っていたようだ。

事項：認知症の診断がつく一年以上前、子どもたちが赤ちゃんだった時代の人形を、息子のニュートンとその妻シェリルの娘のアリヤに間違えてあげてしまった。わたしはてっきり、父の名をとってボッシーと名づけた新生児サイズの男の子の人形を、その前に娘のマリッサに新生児サイズの女の子の人形をあげたのと同じく、ニュートンが生まれたときに彼に買ってやったものだと思い込んでいた。だから、子どもたちがどちらの人形もマリッサのものだと訂正したとき、「ひっくり返るほど驚いた」。さらに、ボッシーはただの人形ではなかった。マリッサが病院にきて初めて弟に会ったとき、新生児のニュートンが姉にプレゼントしたものだった。育児本に書いてあったとおり、赤ちゃんの弟がやってきたことによって寂しい思いをしなくてすむように、マリッサにも自分の新しい赤ちゃんをあげたのだった。（原注：兄弟の競争を阻止するこの計画の効き目は、当たり前だがそれほど期待できるものではないと後でわかった。）それほどに念入りに計画した出来事を、どうして忘れてしまったりできたのだろう？　様子を見るために過ごしていた新生児室から看護師がニュートンを運んできたときに載せていたキャスター付きのベビーベッドのニュートンの横に、わたしがボッシーを置いているところが写真に残っている。その上、この出来事からはほんの三十五年ほどしか経っていない。だとすれば、五十年も六十年も前に起こった出来事に関するわたしの記憶には、何が起こっているのだろうか？　おどおどしながら、2歳のアリヤに、オウマ（孫はわたしをこう呼んでいる）の勘違いについて説明し、間違えて渡したプレゼントを返してくれるように頼んだ。ありがたいことに、アリヤは男の子の人形はきれいな服を着ていないから楽しくないと思ったらしく、すんなりと事が運んだ。

もはや記憶にはほんのわずかしか記録できないのに、わたしの語る物語が真実だと保障することなどできるのだろうか？　もちろん、できるわけがない。慰めにもならないが、先端の神経科学者たちによると、自分の話のすべてが「厳密にそのように起こった」と誓える人など皆無だという。もっとも誠実なライターですら、過去について誇張して書いてしまうことがあるというのだ。わたしの思い出が「厳密にこんなふうに起こった」かどうか、他の回顧録の筆者以上に自信が持てないのも当たり前のことだ。実際のところ、認めようが認めまいが、消えつつある記憶は、わたしの物語すべてに影を落としている。

しかし、ドン・キホーテの17世紀の翻訳者がセルバンテスの主人公について主張するのと同じように、わたしの嘘も「物語の中の嘘つきがつくような、非常に創造に富んだものではない。」ファルスタッフ（訳注：ヴェルディ作曲のオペラ、ファルスタッフの主人公）の嘘と同様、「生みの親に似て、単純で、地味で露骨な嘘なのだ。簡単に言うと、バレバレの嘘である。」

自分が間違っているかもしれないと思っているにもかかわらず、なぜ回顧録形式で書こうとするのだろう？　そのジャンルの執筆者たちはいつも、「真実をゆがめている」とか作り話だ、とかオプラ（訳注：アメリカでの人気トーク番組のカリスマ的司会者、オプラ・ウィンフリー）が禁止しているような完全なでっちあげだ、とか糾弾される危険にさらされているというのに？

それは、利己的な理由である。縮小していく自分自身を以前の自分で補う手段なのだ。脳トレゲームをするよりも、わたしにはやりやすいし、向いていると思ったからだ。

書くことによって、幼少期のころに少しの間戻り、キャレルの詩がぴったりと当てはまっていたときの自分を思い出すのだ。キャレルは「ハイマート」という詩で、最初の自分を表現した。「まっすぐなタバコの畝によって形作られ……そこでは土壌が深く、豊かでしっとりとして、黒かった。」聖書のずるがしこいヘビとは違って、子どものころの「あのヘビ」は、楽園からの追放を手引きするのではなく、不思議の国にもう一度連れて行ってくれる。「しおれた作物と疫病と冬の寒さが重なって」父の夢が砕け散るまでの間、わたしの精神が花開いた不思議の国だ。いったんこころが「宝の島」に引き寄せられると、取り巻いている山々の向こうの世界を探求し、強欲にそれをわがものにし、この両手で時間を握りしめ、それを胸にしっかりと抱くのだ。

書くことによって認めるのだ。「すべてが新しく、知らないものに囲まれて」年老いていく「未知の国」の一番上にある巣の中から、格子もついたても何もなく広がる世界についての、空高く舞う鳥の目から見た告解。わたしを混乱させるこの世界が広ければ広いほど、「土壌が深く、豊かでしっとりとして、黒い」ちっぽけな場所に逃げていきたくなる。そこには、「まだわたしの欲望が山々によって閉じ込められたまま」で、もし迷子になるとしても、それはただ天国の美しさについて考えているだけで、天が魂を最初の住処へと導いてくれるのだ。

書くことによって自然の法則を内在化するのだ。人間が理解し、記憶することのできない命令。子どもながらに、クネクネ動く無数の生き物が死んで動かぬ長細い39匹になったのを目撃したと直感する真実。情熱を抱いた量子物理を学ぶ若い女性だったわたしが、知的に吸収した真実。今や運命に打ちのめされた精神を持って受け止めなければならない真実。時間は一方通行だ。前に進むだけ。

書くことによって、世代循環における自分の立場を受け止めるのだ。わたしの身体、脳、細胞などすべては、熱力学の第二法則に従う。わたしの中に閉鎖されたシステムの衰退、崩壊は、その部品たちがもはやお互いに結合していることができなくなって、それらを産んだ要素へと戻るときまで続く。

深く、豊かで、しっとりして、黒い。

別の言い方をすれば、わたしは書くのだ。真実というもので死なないように。

3章　消えていく自己の文法

認知症で短期記憶が壊滅状態になった今でも、南アフリカでの子ども時代のことは、鮮烈に詳細に記憶している。

まだ家族の農場のすべてが新鮮だった時期のある日曜の午後、タバコの苗の育ち具合を見に行くのに、父がわたしを同行させてくれた。誇らしい気持ちで中古の青いジープの助手席に乗り込むと、父は二本轍の道に向かって走り出した。最近の農機の行き来によって草原の中に刻み付けられた道に差し掛かると、轍の間に茂る背の高い草が車の底部をこすった。車はしばらく走って、タバコ炉を過ぎ、揚水機を過ぎて、道路の上で停まった。

パパがひざの上に抱き上げてくれたので、窓から外を見ることができた。めがね越しの父の目がヨザルの目みたいに大きく見え、父のタバコの煙がわたしの髪に香りをつけた。車のドアの青の向こうには、聖書の表紙みたいに黒い土壌がでこぼこしながら地平線まで延びていた。でこぼこの真っ黒から二十歩ぐらいのところに、小さな白い地面が太陽の光できらめいていた。小さな砂の山か、ケープタウンにいたころ砂浜で大きい女の子たちが作っていた背の高いダムみたいに、てっぺんが丸くなっていた。つま先とつま先の間で砂がモコモコしているような気がしてきて、「遊びに行きたい」と言った。パパはドアを開け、大きく弧を描きながら、わたしを車線の横の草の上に下ろしてくれた。
柔らかい足に草がチクチク刺さるので、パパの毛むくじゃらの足につかまった。ケープタウンでは
いつでも靴と靴下を履いていたのだけれども、いとこたちみたいにたくましくなると決め、その朝は
教会から出てすぐに靴を脱ぎ捨てたのだった。説教が終わって車に乗り込むと、いつものようにママ
がわたしと妹に言った。「ママを見習いなさい。昼食が終わるまでは、教会用のよそいきの服を着て
いるのよ。」靴と靴下についてはすでにあきらめたみたいだった。パパは駐車場を出るよりも前にネ
クタイを外し、ジャケットを脱いでしまっていたけれど、それについては何も言わなかった。パパ
は家に帰るとすぐに、よそいきのズボンを脱ぎ捨てて、普段着のカーキの短パンに着替えてしまった。
豆の木ぐらいの背丈の人が教会に行ったとわかるしるしは、もう黒い牛革の靴と靴下だけだった。教
会服への抵抗と科学的世界観を足してみて、父が無神論者なのだという答えを出したのは、何年も先
になってからだ。その日曜日にはそんなことにはちっとも気づかなかった。わたしはピンクのドレス
のスカートをパンツの足の穴のところに突っ込んでたくし上げ、用心深く黄色と茶色のわらが突き出
ているじゃりじゃりした土の地面に踏み出した。
「どこへ行くんだい、ゲルタちゃん?」パパが呼んだ。
「お砂で遊ぶのよ」とわたしは答えた。
「砂って?」パパが聞いた。
「ほら、あそこ。」その距離からは白いビーチみたいに見えるものを指差した。
父がしゃがんで、わたしを抱き上げた。白いところを指差しながら、あれは数日前に植えたタバコ

の苗床で、チーズクロス（チーズを包むのに使われる綿布）で覆って針金で留めてあるのだと説明した。父は発芽について語り、粉みたいな種をわたしの手のひらに一つまみ載せて、「ベリンキーズ」だと教えた。

その瞬間、あらゆるシーンがパズルみたいにはまった。苗床の柔らかいチーズクロスがダイニングルームのテーブルから落ちて折り重なっていったのを思い出した。テーブルでは、ママが白い布をつなげて縫うために一日中ミシンをカタカタ言わせていた。リビングルームでは、妹のラナとわたしがまだ縫っていない布の上で領土を奪い合っていた。ママが手伝いを呼ぶときだけ、柔らかい巣から飛び立つのだった。ミシンのところまで飛んでいくと、ママが布の長い長いベールをわたしの頭の上にうまく載せる。わたしは羽みたいに両手を広げ、外側の茶色の芝生のチクチクする向こうの端まで滑降し、そこで月を離れる雲みたいにベールが滑り落ちるままにするのだ。その間、ラナは次の布を細い腕の羽に固定し、ミシンのハンドルが再びガタガタ言う前にママが手首をさすっている場所まで引きずっていった。

その日、大地の中で、黒い土のはるか上でパパの腕に揺られながら、苗床に向かっていた。わたしの耳の中で父が呼吸をし、わたしの胸を父の鼓動が打ち、畏敬がタバコの煙みたいにわたしの周りを渦巻いていた。たった一つの言葉の力なのだ！　たった一つの言葉で、砂が布に変わるのだ！

ベリンキーズ。

英国作家のアイリス・マードックは、驚くべき多作で、一生に二十六作の小説を出版した。その上、五つの哲学書、六つの戯曲、二つの詩集も執筆した。マードックの散文は鋭い観察に滑稽な奇怪さが交じり、毒のあるユーモアと予想できない筋のひねりで全体が彩られている。物語の中で、不屈の登場人物たちは見せかけの礼儀正しさを剥ぎ取られる。タマネギをむくように彼らの自己が一層一層剥ぎ取られ、多くの言語がこだまする空洞の中核が暴露される。

十五作目の小説である『ブラックプリンス』でマードックは、自己の中核のこだまを、贖罪の楽器であり信仰を精製したものではあるが、神への唯一の道であると描写した。彼女のペンのもと、言葉を通して贖罪が救い出される。わたしの自己とは、単にわたしが語るものにすぎず、わたしの言葉の痛みに目覚めることによってのみ自己であることを主張するという贖罪の喜びに到達することができる。

『ブラックプリンス』の主人公であり語り手であるブラッドリー・ピアソンは、恋する相手の20歳の女性のジュリアンに、『ハムレット』を芸術作品としてもっとも愛する理由を説明する。「『ハムレット』は言葉なんだ」とブラッドリーは言う。「そして、ハムレットは、創造の舞いを舞う神の生贄なんだ。」神とはシェイクスピアその人である。ハムレットを創造し、それから、マードックのイメージでは、生きた身体から皮を剥ぎ取ってハムレットの自己を空っぽにした。それでは、シェイクスピア自身がハムレットの痛みを受けるのではないのかとジュリアンが尋ねたところ、ブラッドリーはこう答えた。

もちろん…しかし…ここでの愛が初めてであるかのごとく言語を発明したので、彼は痛みを純粋な詩に変えることができたんだ…彼は、言葉の純粋さを…何か滑稽なものに［変えてしまう］…シェイクスピアは苦悩の中で泣き叫び、身悶えし、舞い、笑い、叫ぶ。そして彼はわたしたちを笑わせ、絶叫させるのだ…救いは、言葉は究極的には神聖であるということだ。

言葉や発言や執筆と自身の関係から、マードックは、言語がなければ自己はなく、言語の媒介的役割がなければ「究極の神聖」への道はないと信じるようになった。そのため、彼女の作品の特徴は、創造力を駆使した豊かな語彙であると言われているのも不思議はない。しかし、後期の小説では、かつては欠くことのできないアイデンティティの一部であった、異常なまでに博識な語彙が激しく減少した。

１９９５年にマードックの最後の小説となった『ジャクソンのジレンマ』が出版されると、文学批評家たちだけではなく、長年の愛読者たちもショックを受けた。語彙が貧相になったことだけではなく、一貫性が欠如するなど、奇妙な点があったのだ。スーザン・アイレンベルグは『ロンドン・レビュー・オブ・ブックス』（訳注：隔週刊のイギリスの書評誌）において、長い間マードックの作品の特徴であった「トーンの完全さ、出来事と洞察との無造作で機知に富んだ調和、情熱と形式のリズムや配置の巧みなバランス」が失われてしまった、と書いた。熟練の証は、つまらない「散文的…教訓主義…奇抜さやたとえ話や魔法への依存」に取って代わられた。『ジャクソンのジレンマ』の出版の後に公の場に姿を現したマードックは、しばしば混乱しているように見えた。１９９７年、みんなの気がかりは、医師の診断によって確定された。77歳になる英文学の第一人者は、アルツハイマー病であった。

認知症は、彼女のアイデンティティのみならず、人生そのものを二年という短期間のうちに完全に消し去ってしまった。後になってみれば、彼女の過去の行動や文章の中にその兆しがあったことは、言語学者でも神経科医でも夫にでも誰にでも明らかだ。夫のジョン・ベイリーは、1993年までさかのぼって彼女の日記を読み、彼女らしくないことに衝撃を受けた。マードックとベイリーとの関係は、ベイリーが彼女の個人主義を限りなく尊重していることで成り立っていた。四十五年にも及ぶ結婚生活には、彼女の情事を大目に見なければならないという条件まであったのだ。晩年、マードックは、彼への感情的な依存が肥大していると宣言していた。それは、以前の頑固な彼女が少しずつ変わってきたこと、もしくは崩壊していることを意味していた。ベイリーのことを愛情をこめてパスと呼び、「おお、友よ、友よ。ティーカップよ、スプーンよ、パスへの情熱がどんどん増している」と書いた。マードックの死後、ベイリーは、A・D・ホープの詩のおかしな言い回しを借用して、最後に一緒にいた期間、彼とアイリスは「どんどん近く離れていった」と言った。

『ジャクソンのジレンマ』が出版された二年前の1993年の日記では、はっきりとおかしくなっていたことにベイリーは気づいた。「考えたり書いたりするのが難しくなっている。勇気を持て。」四年後、アルツハイマーと診断されたころ、マードックはあからさまに不吉な手紙を書いた。「愛するあなた、もうすぐしばらくどこかに行ってしまいます。お元気で…。」その手紙を脇に置き、二枚目を取り出した。「愛するあなた、もうすぐしばらくどこかに行ってしまいます。お元気で。」三枚目にはペンのしみが数個付いていたが、意味のあることは何も書かれていなかった。

病が言葉と理性を蝕んでいくにつれ、マードックは書こうとしなくなっていき、しばらくすると、意味がわからないことを話すようになった。理解できたのは、深く深く、長く長く彼女を愛した人だけだった。ある日、アイリスはパスのひざに手を置いてこう言った。「あたまだ愛あた？ まだあた？」ベイリーは、自分の頬を優しく撫でる彼女の手から、この呪文に込められた愛を読み取った。

1950年代の南アフリカの白人の子どもたちはみな、十代になると全寮制の学校に入った。だから、わたしもそうするものだと思っていた。わたしは5歳から学校に行き始めて、その後飛び級したので、同級生たちより二歳年下だった。だから子ども時代の比較的自由な時期からの離脱は、1961年の1月、11歳の誕生日の三ヵ月後に訪れた。

1950年代の南アフリカの白人の子どもにとって、学問での成功は文化的な義務であった。この暗黒大陸でわたしたちの人種が飛躍することが、愛国的使命だった。わたしの両親の教育至上主義は、それをはるかに上回っていた。知的な発達を本質的な善とし、それこそ高潔な人間性の証と捉えていたのだ。日照りや雹やヨトウムシの襲撃が続いて、父の銀行への借金はどんどん増えていた。子どもたちに着せる服は、手作りかもう少し余裕のあるいとこたちのお下がりだった。それでも、両親はわたしたちに毎日勉強させた。毎日、朝食から寝るまでの間に少しでも時間があれば、父が計算や代数や科学を教えてくれた。母が夕食後に本を読んでくれたので、学校が始まるよりも前に英語を学び始めた。外国から注文して取り寄せた子ども用の古典の本の中には、『白い牙』『ロビンソンクルーソー』

『宝島』といった定番のものに加えて、イーニッド・ブラニトンの冒険シリーズなどがあった。冒険シリーズは、寄宿学校の準備にも役立った。（農場の黒人の子どもたちにとって、こんな期待などまったく無縁で夢にも考えないことなのだと気づいたのは、それから何年も経ってからのことだ。通学のために道路の路肩を、舞い上がる埃で足を真っ黒にしながら走る彼らを、わたしは六年間バスの上から見下ろしていた。）

寄宿学校はブラニトンの小説に出てくるものとは似ても似つかぬものであったけれど、1961年の1月、わたしは意気揚々とラステンバーグ高校へと旅立った。高校は家から車で一時間ほどのところにあった。これから一年のうちの九ヵ月を過ごすことになる学校の寮のある建物まで、家族全員で送っていってくれた。

家族は、建物の中まで付き添ってくれた。現在では廃止されているアスベストの危険のある建材でできた仮設の建築で、二十四の六人部屋がひしめきあっていた。廊下の突き当たりの一部屋に家族と共に「寮父」が住んでいて、二列に並んだまったく同じ作りの部屋に住む生徒たちを監視していた。自分のベッドにたどり着くと、そこで家族とお別れだ。知的なプライドの高い家族にとって、寄宿学校に行くというのは、栄誉ある揺るぎようもない出来事だったので、涙はなかった。家族五人からキスを受けた後、スーツケースと残された。そこから、学校用の服を取り出した。トランスバール教育部からの手紙で指定されていたものを、クリスマス期間に、薄い青のベッドカバーの上で母が縫ってくれたものだ。わたしも手伝った。二着のダークグリーンの体操着、またはエプロンドレス（それに合わせたズボンかブルマーも一緒に）、五枚の白いブラウス、やはり白い教会用のドレス。

寮の部屋は、倉庫小屋のわが家と同じぐらい広く、二列の背中合わせになったアーミーグリーンの金属のキャビネットで二つに仕切られていた。キャビネット一つにつき一つずつ、反対側の壁に頭を向けた黒い金属のベッドが、仕切りの両側に置かれていた。六人の女子がそれぞれの区画に割り当てられた。隣のベッドのまだ名前も知らないルームメイトがちょうど荷解きを終えたところで、その子のキャビネットの中が見えた。クローゼットの片側は45センチのハンガースペース、もう片側は棚スペースになっていた。クローゼット全部まるごと、誰とも分けあわなくてもよいのだ！

初めて、自分だけの広い空間に、種類ごとに持ち物を並べていくという贅沢を味わった。わたしだけの陣地だ。持ち物は置いた場所にそのままある。フェンスの鉄格子からはがした化粧パフみたいに柔らかいウサギの毛玉、タバコ釜の後ろの石炭の山の隣にある、うちの労働者たちが毛をむしった野鳥を種火でローストするときに使う場所から拾ってきた三つの水玉のあるほろほろ鳥の羽、初潮が来たとき用に準備したパッドとベルト、そしてアフリカーンスの女性雑誌のディ・サリに載っていたレシピで作ったレモンの顔用収斂剤。そんな特別な物を、こっそり隠しておいた化粧ケースから、強欲で好奇心旺盛な弟妹に盗まれることはない。

13歳のルームメイトたちは、「小さい子」をひいきしてくれた。まだ生理も来ていなくて胸もぺったんこの11歳が混じっていることに驚いて、それ以外どうしてよいのかわからなかったのかもしれない。ティーンエイジャーのルームメイトたちが甘やかしてくれたのは普通のことではなかったと本当に理解したのは、何年も経ってからのことだ。それから何十年も経って、自分自身が移民の母となった。言葉に強い訛りがある子どもたちがアメリカのティーンたちの異次元の世界に踏み込んでいくときに、同じことを期待していたわたしはなんて無知な母親だったんだろう。

学期が始まっておよそ一ヵ月経ったころ、初めての「ホステル・ウィークエンド」がやってきた。一学期に二回だけ帰宅が許される、仮釈放の一回目だ。金曜日の午後に父が迎えに来てくれた。家までの一時間のドライブの間に、父が代数について質問してきた。まだ学校では父が解き方を教えてくれたのと同じ難しさのレベルには達していないと報告すると、父は誇らしげに微笑んだ。ラテン語について聞き始めたとき、驚いたことに、いつもの父には似つかわしくない、当時の感覚では下品なジョークを言った。父自身がラテン語を習っていた高校時代から暖めていたのに違いない。「apis potand abigone を訳してごらん?」と彼は言った。父を失望させたくなくて、少ないボキャブラリーを必死で搾り出した。apis は何かハチに関連するものじゃないかしら? potand は、「それはできない」という意味の potere の不規則活用じゃないかしら? abigone? 動詞の絶対奪格には今まで会ったことがないかもしれないわ? わたしが考えれば考えるほど、父は笑い転げた。喫煙家の彼の咳があまりに激しくなったため、対向車にぶつかりそうになったぐらいだ。ハンドルをしっかり握り直してから、答えを明かした。「こんなふうに区切るのさ」と彼は言った。「A pis pot and a big one(便器と大きい方)」わたしたちは、父の咳で道路から投げ出されそうになるまで笑い続けた。

家に帰ると、ランプには明かりが灯り、テーブルがセットされて、食事の用意ができていた。わが家の召使い(原注:もちろん、Servant(召使い)という呼び方は、現在では(南アフリカであっても)不適切であり、今では「家事手伝い」と呼ばれているが、当時はそのように呼んでいた)のアナは、夜は休みの日だったが、わたしが帰ってくるまで家にいて、カギソという名前の生まれたばかりの女の赤ちゃんを見せてくれた。兄弟たちはしばらくの間恥ずかしかったようで、お客さんにするみたいな作法でグレイビーやバターを渡してきた。とはいえ、食事が終わるまでにはすべては元どおりになった。弟たちが入浴に抗議する声で父のラジオニュースがかき消された。ラナとわたしも巻き込まれて怒れ、弱まっていた姉妹の結束がまた強まった。学校では、土曜日に寝過ごすことなどないという事実などまったくおかまいなしに、窓から入る日の光がわたしの足に届くよりも前に母に起こされた。おかげで、六週間後に生まれてくる新しい弟か妹のためのフランネル地のパジャマのへりかがりができた。

日曜の夜、ルームメイトたちのいる寮に戻ると、何人かの女の子が泣いていた。でも、家から持ってきた食べ物の交換が始まるとすぐに泣き止んだ。騒々しい家族の集まりの後で、少し寂しい気持ちもあったが、この秩序正しい空間に戻ってこられたことがうれしくもあった。ここでは、決められた時間ごとにチャイムが鳴り、食堂には勝手に食事が現れ、勉強時間には寮の建物全部が不気味なほどに静かになった。自ら火に飛び込む蛾が燃えるつんとした匂いのするランプではなく、天井のネオン電球の光で勉強できるのもうれしかった。

その夜、わたしは安心感に揺られて眠りに落ちた。わたしのいろんな世界が、赤ちゃんのおくるみみたいに、一緒に縫い合わされていた。驚いたことに、数日のうちに、思いがけないホームシックの悲しみがこみ上げてきて、内側から激しく痛んだ。理由があるときもあった。たとえば、全校生が二列になって学校への丘を登っているときに突然の激しい嵐に襲われたときのことだ。上級生までもがみんな金切り声を上げてバラバラになってしまった。走りが速かったことなどないわたしは、ひとり遅れてしまった。追いつこうとして滑り、ひざをすりむいた。よたよたと門をくぐったときには、他の女の子たちはみんな中に入ってしまっていた。これまでにないほど孤独を感じた。

取り残されてしまったときの恥ずかしい気持ちは日が過ぎるうちにだんだん薄れていったけれど、切なさの冷たいかけらが思いもかけないときにはらわたを突き刺した。ルームメイトから愛されているとは思っていたが、故郷の友だちのジャコバのようにこころから話し合える友だちが恋しかった。同じ本を読み、それについて喜んで語り合える友だちはジャコバ以外にいなかった。同室の女の子たちは、学校で求められる以外の本は読まなかったし、話すことと言えば、学校対抗スポーツ大会のことばかりだった。もうすぐ、学校全体で、プレトリアまで列車で行って参加するのだ。ジャコバは、全国一の名門高校のひとつである、プレトリア・アフリカーンス・フォーアー・メイシースクールに通っていた。プレトリアはラステンバーグから110キロしか離れていないのだが、わたしとジャコバにとっては冥王星ぐらい遠くに思えた。どちらの家族も意味なく旅行などすることはなかったし、学期が違うため、ジャコバが家に帰ってこられる日はわたしのとは違っていた。

寝られずに近くのベッドからの寝息を聞いていると、ジャコバが温かいお風呂に浸かってのんびりしている姿が頭に浮かんだ。彼女の寮にはきっと、六人部屋の子どもたちでも使えるぐらい豊富に温水がある。ふわふわの枕とふっくらした布団の中で横たわり、眠くなるまで本を読み、ベッドのすぐ側の自分専用のライトを消すのだ。

とうとう、わたしのこころは、故郷の農場や大地に戻っていった。よそいきの服を着込んだ偉大なる無神論者の父と一緒に惑星をたどり、夜空に新しく昇った星座を探した。スプートニク（訳注：1

957年に打ち上げられた旧ソ連の人工衛星）がぐるぐる地球を回った21日間、1時間13分の間隔で地球の周りをめまぐるしく回るその衛星が地平線に沈むまでに見つけようとした。

母が家族全員に家に入りなさいという最終警告をした後の、わが家の喧騒も思い出した。父が5歳のキャレルと7歳のクラシエをくすぐってソファから追い出そうとしていた。ラジオの横の席を陣取って、7時のニュースを聞きたいからだ。「誰かランプに火をつけて、テーブルのセッティングをしなさい」と、母がキッチンから怖い声を出していた。ランプに火をつけただけではなく、ランプのガラスを洗ったラナを母が大げさに褒めたので、わたしは嫉妬した。夕食後、父はまたソファの権利を主張し、ラジオのそばのサイドテーブルの上のあふれそうな灰皿で吸殻をもみ消し、次のタバコに火をつけてから新聞を読み始めた。わたしは、針を使って弟のクラシエの足からとげを抜こうとして、間違えて木の皮みたいな足の裏を突き刺してしまい、クラシエが悲鳴を上げた。母が籐の椅子に座ると、わたしたちは近くのウォリーと名づけた毛布の上のスペースを取り合った。一行ずつ英語からアフリカーンス語へと訳しながら大きな声で本を読み上げる母の頭が、本の後ろで上下に揺れていた。

ホームシックを癒すために家に電話するという選択肢はなかった。メインホールにある公衆電話は、緊急時専用だった。家族の顔を思い出そうとすると、むしろ悪化した。かわりに、雪が舞い上がるわびしい荒地が思い浮かぶのだ。まるで、ハンス・クリスチャン・アンデルセンのおとぎ話の中の、わたしと同名のゲルダが、大切な友だちの男の子のカイを助けるために横切らねばならなかった荒地のようだった。カイは、雪の女王によって記憶を奪われ、こころを凍らされていた。ゲルダの涙以外に、カイを救えるものはなかった。彼女の目から溢れ出す暖かさが、こころに刺さった氷のかけらを溶かし、カイは記憶を取り戻し、足の速い馬に乗って全速力で家へと走ったのだ。それでは、わたしのために熱い涙を流してくれるのは、どのゲルダだろう？

『作家が過去を失うとき』の中で、ジョン・ベイリーはこう書いている。「わたしは当時、そのような類似点についてばかり考えてしまったのだが、おとぎ話の中に生きているようなものだったのだ。邪悪な含蓄のあるおとぎ話で、ハッピーエンドとは限らないものだ。そのなかで、若い男が美しい娘に恋をする。彼女は彼の愛にこたえてくれるが、いつも何かよくわからない不思議な世界に消えてしまうのだ。そして、それが何かを最後まで明かさない。」

認知症について調査しているとき、ベイリーの回顧録のレビューを読んだ。そのなかで、この彼とアイリス・マードックとの関係についての、毒のある観察が引用されていた。前後関係を知らなかったので、アルツハイマーが夫婦の生活を脅かしている時期のことだと思った。だから、実際にはこの一節が、初期の結婚生活を描写したものだと知って驚いた。結婚してから何年もの間、ベイリーは自分の生活領域に踏み込ませないマードックの要求と格闘していた。この「おとぎ話」の章には、マードックと彼との関係が難しくなるであろうと、ベイリーが最初に気づいたときのことが書かれている。最初に何か感じたのは、マードックと一緒にダンスに出かけたときのことだった。彼らがフロアに出て行くと、そこにはベイリーの友だちや知り合いがたくさんいたが、ほとんど誰も踊らず、音楽が流れるなか大声でしゃべっていた。ベイリーが恋人を紹介すると、マードックは新しい友だちといとも簡単に意気投合した。ベイリーはちょっとムッとしながら彼女をダンスに誘った。彼らが音楽に合わせて動き出すと、「僕らの身体のそれぞれの部分には何の関係もないようだった。」ベイリーが「自信なさげに跳ねている」のをよそに、マードックは、好き勝手に「不恰好にぐるぐる回ったり足を上げたり」していた。しばらくして、マードックは、一緒に踊っているカップルにうっかりぶつかってしまった。すると、男性が微笑んで、自分のパートナーを置き去りにし、マードックを抱いてダンスを始めた。「彼女は彼に溶けていった。彼らは完璧に調和しながら揺れていた」とベイリーは書いている。

　複数の情事を含むさらにいくつかのもっと胃が痛くなるようなマードックの「離れる」例をあげた後、ベイリーは、自分もマードックのようにこころを密閉して封印し、「別々でいる」努力をした。とはいえ、彼が「ひとりでいること」には性的、心理的浮気は含まれていなかった。探求を始めてから数年後、その封印した領域が楽しいものになってきたと言う。「ひとりで散歩にいって、それを次の日か、いやすぐに誰と一緒に来ようかな、でももしかしたら、またひとりで来るかもしれないなとか、思っている感じ。」

　ベイリーの読者と批評家の中には、マードックの極端な個人主義の要求を受け入れたという彼の告白はむなしく響くという人もいる。彼女のこころの衰弱の露骨な詳細を回顧録の中で暴露するのは裏切り行為だと考えるのだ。今の彼女の状態では、暴露によって傷つくことはないかもしれないが、まだ生きているのだ。攻撃的な暴露だとされる例としては、トイレに行くときの描写がある。彼女が排便した後、彼は、彼女のお尻を拭き、彼女が自分できれいにしようと努力した結果として汚れてしまった「彼女の手と茶色くなった爪を洗浄した。」批評家のキャロル・セイラーは、ベイリーがマードックを「けなし、ないがしろにし、貶め、侮辱する」のは、「非常に成功した」女性にひどくないがしろにされてきた男性の、一種のシャーデンフロイデ（訳注：ドイツ語で他人の不幸を喜ぶ気持ち）であると解釈した。他の批評家は、アイリスに関するベイリーのあからさまな暴露は、死者に関する回顧録や伝記においてはよくある現象であると述べている。

わたしも、ベイリー同様、認知症のつらい現実を曝け出すために学校の話をしている。だから、ショッキングな暴露と絶えざる介護を通して、ベイリーは、このような妥協のない無遠慮さの中でも、まだ愛は育ち続けるのだということを示している。そして、この本そのものが、「そのようなアンビバレンスと認知症の恐怖の両方に真っ向から対峙する、勇気を示している」と信じている人たちに共感する。

三人の弟たちの一番下であるヘニー - ボショフは、1961年、上の弟の8歳の誕生日の5月16日に生まれた。わたしが次に家に帰れる週末までには、まだ一ヵ月近くもあった。父は、ラステンブルグのわたしの学校の近くの産院に母を車で連れて行ったが、出産には立ち会わなかった。それが1960年代の常識だったのだ。弟が生まれると、父は他の子どもたちを世話するために、家に帰った。次の日、父は寮父から許可を得て、母と赤ちゃんに会いに行くときにわたしも一緒に連れて行ってくれた。ヘニー - ボショフの長ったらしい名前は、ボショフという名前の父と区別できるように名づけられた。赤ちゃんはわたしの腕の中でもぞもぞして、笑ったり泣いたり驚いたりする練習をしているかのように、顔をゆがめた。母は三日間そこで過ごしたが、わたしが訪ねたのは一度だけだった。三日目に、父が母と赤ちゃんを家に連れ帰った。

一週間かそこら経ったとき、放課後の休憩するよう決められた時間に、ベッドに横たわってラテン語の語尾変化の練習をしていた。開けっ放しのカーテンの間から、時々抜け出しては読書する木が見えた。その木は、秋の色のオレンジがかった茶色になっていた。カーテンが、かすかに動く空気の中で、中へ外へと呼吸していた。目を細めると、表面に赤いトランスバール教育部とスタンプされているのが見えた。目をすぼめていると、目の端で、カーテンの折り目が白いケープタウンのビーチに続く砂丘になった。わたしは4歳に戻り、大地の端っこで父の腕の中で小さくなっていた。ベリンキーズ。わたしの唇が唱えた。ベリンキーズ。

勉強の時間を知らせるチャイムが鳴っても、起き上がらなかった。窓側の隣の席のピーキーがこちらに来てとんとつつき、「勉強の時間よ」と言った。彼女の言葉で、父と農場と砂丘が消えた。怒りは湧いてこなかった。ただ何も感じなかった。がんばれば起き上がって、机のところに行き、一緒に机を使っている上級生のリナに挨拶して、宿題に出されたオランダ語の教科書の一章を残された時間読むことができるだろう。しかし、屈しない何かが、わたしの中から湧き起こってきた。ただ、ピーキーの向こうを見ているかのように、彼女の鼻の少し横をじっと見つめていた。

ピーキーは返事させようと何度か試みていた。でも、それはただ、家で母が時々わたしをおだてて弟たちに本を読ませようとしたことを思い出させただけだった。たいていの場合、自分の読んでいる本のほうがずっと面白いので拒否したものだ。母の言うことを聞かず、弟に優しくできなかったことを申しわけなく思った。今、隣にいて優しくお願いしているのがピーキーではなく、母だったらよかったのに。そしたら、すぐに起き上がって、わがままだったことを謝るのに。わたしは、今わがままなのかしら？　いや、それどころか、わたしはここにいるのかしら？　ベッドに横たわって、舌が重くなって、呼吸が薄くなって、しゃべることができなくなっている女の子は誰？　なぜ彼女は、こんなにも悪い子なのかしら？

ピーキーがリナを呼んだとき、不正がばれるのじゃないかと怖くなった。しかし、上級生のリナにも、わたしの罪深い精神を見抜くことはできなかった。寮父があれこれ聞いたけれど、何も話さなかった。寮の看護師のマトロンが本館から呼ばれてきた。それでも、沈黙を守り通した。マトロンがあまりに優しく起こして座らせてくれたので、涙がほっぺに流れ出した。彼女はわたしのひじを支えて、本館まで連れて行った。病室のピンと張ったシーツの間に横たわっていると、心臓が胸でどきどきと大きな音を立てた。マトロンのナースキャップを縁取るグレーの髪の周りで光がハレーションを起こすのを、じっと見つめていた。マトロンが、熱を測り、胸部に聴診器を当てた。そんな道具を使っても、わたしのこころの偽りや精神の破滅は見つけられなかった。かわりに、マトロンはスープを持ってくるようにキッチンに頼み、両親に電話した。

朝、前日に学校が終わってから着替えた服のままで、ベッドの隣の椅子に座って待っていた。学校かばんが足元にあった。リナが、歯ブラシとタオルを本と一緒に詰め込んで持ってきてくれたのだ。お礼を言わないのは間違ったことだと感じた。彼女が去ってから、駐車場からわが家の車がうなる音が聞こえないかと耳をそばだてた。かばんから本を取り出して、読もうとしてみた。オランダ語の教科書を音読したら声が出るかしら。静かな病室にガラガラ声が流れた。とにもかくにも、声が出た。

昨晩もっと努力してみるべきだったのだ。悪い子だったことを本当に深く恥じた。両親はとてもがっかりするに違いない。

三つの頭の影がベッドに近づいて来たとき、息ができなかった。マトロンが横に退くと、待ち焦がれた人たちが見えた。赤ちゃんを連れていることがわかって喜びがあふれてきた。キスをするために顔を上げたけれど、駆けて行くことはしなかった。調子はどうかと聞かれても、まだ目を合わせられず、しわがれた声で「大丈夫」とだけ答えた。マトロンが出て行くと、ママとパパがもっとたくさんの質問をした。彼らの顔を見て、はっきりと答えた。説明はできないけれど、ただ、話すことができなかった、と言った。彼らは、心得た顔で目配せを交わした。車まで歩いて行く間、母がヘニー - ボショフをわたしの腕に抱かせてくれたので、許しを得たのだと悟った。家に着くまでの間、そして四日間のスケジュール外のホステル・ウィークエンドの間、誰もわたしの悪い振る舞いについて一言も触れなかった。

このエピソードから、言葉について、驚くべきことを学んだ。言葉で伝えることができなければ、外から見た自己は消えうせるのだ。内側は農場の不気味な洞窟のようになり、その野卑な内部には、まだ皮のついた死んだ動物の骨が散らばっている。それでも口は開こうとはしない。自己は、38匹の赤ちゃんヘビみたいに、出てきたら切り刻まれるだけ。つなぎ合わせても、元の小さなクネクネピカピカした生き物に戻ることはない。

ずいぶん後に、解離性障害について知った。それまでずっと、その経験は自由意思のエピソードなのだと考えていたのだが、『精神疾患の分類と診断の手引き第4版』における離人症（訳注：現在最新の5版では、解離性障害とされている）の説明は、わたしの経験した解離と不気味なほどに似ていた。自分の子どもたちが寄宿学校に通い始めた年齢に達したときに初めて、オランダ語の教科書を学生かばんに突っ込んでいる少女の落ち込みが、どれぐらい両親のこころに突き刺さったのか理解した。親の顔から読み取れた許しは、恐怖だったに違いない。娘の将来の頼りだと考えていた知性が、同時に破壊への種にもなるかもしれない、と疑念を抱いたのではないだろうか、と今は思う。

アイリス・マードックの個人主義は悪名高い。自分の文学作品に関するインタビューは堅いガード付きで受けたが、それ以外はほとんど受けなかった。彼女が人生を分かち合おうとしなかったのは、ジャーナリストだけではなかった。親しくなりたいと思う人は、関係の必要条件として、彼女のプライバシーを尊重しなければならなかった。ベイリーとてその例外ではないということを、彼女は初めからはっきりさせていた。以前とまったく変わらぬ完全に自己完結型の人間であり続け、人生の完全に孤立した空間にはベイリーすら入れようとはしなかった。ベイリーの言葉に言う「別々でいる」ことへの彼女の欲求は、ベイリーへの献身的愛情を締め出すものではなく、その愛は、彼女が関係を持った女性や男性とのつかの間の情熱よりもずっと永続的で、寛大で、包括的なものであると最終的にベイリーは考えた。その結果としての結婚は、控えめに言っても型破りなものであった。ベイリーにとってはたやすいことではなかったが、マードックにとってベイリーは、自分の欲求を受け入れてくれる貴重な人であった。マードックと共に歩んだ人生について書いた三部作の一作目である『作家が過去を失うとき』の中でベイリーは、彼女の愛人たちへの不快感をどうやって乗り越えたのかを説明している。「最初のころ、どんな形であれ嫉妬をにおわすことは下品で、自分の出る幕ではないと考えていたが、彼女は嫉妬に感づいていた。彼女はいつもの彼女であり続けることによって、それをいなした。そして、自分といるときの彼女が、他の人たちといるときの彼女とはまったく違っているのだと、すぐに気づいたのだ。」

これほどまでにプライバシーに執着していたマードックが、自分の日記や原稿をベイリーが公表することを許したというのは、考えにくいことである。病気を隠しておくのは不可能なほど有名だったから、プライバシーはあきらめたのだろうか？ それとも認知症によって、彼女のアイデンティティはすでに変わってしまっていたのだろうか？ それとも、彼女は自信をなくし、ベイリーに頼りきって何の抵抗もできなかったのだろうか？ １９９８年7月、ベイリーの『作家が過去を失うとき』の一章が『ニューヨーカー』で公開され、数ヶ月後に完全版が出版された。そして、理由はともあれ、１９９９年2月に彼女が死ぬよりも前に、外部者がマードックの「ケース」にアクセスできるという、前代未聞のことが起きたのであった。

マードックの死後、解剖によってアルツハイマーであったことが確認されると、ユニヴァーシティ・カレッジ・ロンドンとケンブリッジＭＲＣ脳認知科学ユニットの神経科医であるピーター・ガラードは、理想的な研究対象として彼女に興味を持った。多量に綴られた彼女の精神生活から、研究者や医師が認知症を検査するのに使う質問紙のＭＭＳＥ（ミニメンタルステート検査）などの臨床的手段ではまだ測ることができない、認知の低下の手がかりを見つけることができるかもしれないと考えたのだ。マードックはすべて原稿を手書きで執筆し、ほとんど修正はせず、どんな変更もめっめったにない機会である」とガラードは書いた。ガラードが仮定したように、進行中の認知の低下の兆しが文章に現れていることが確認されれば、後にアルツハイマーと診断された他の小説家の作品や手紙の束や日記やブログなどの文章も、ガラードの言うところの「意味のある事象や言葉に寄与する莫大で整理された情報ネットワーク」がどのように崩壊していくかを知る貴重な資源となる。

ガラードと彼のチームはマードックのキャリアを三つの時期に分け、それぞれの時期から一つの小説原稿を選んで分析した。最初に出版された作品の『網のなか』（1954年）、全盛期に書かれた小説、『海よ、海』（1978年）、そして最後の小説であり、彼女が認知の低下のサインをまだ何も示していなかったときに書いた『ジャクソンのジレンマ』（1995年）である。彼らは、文法、物語の構成、語彙の豊富さ、名詞、動詞、接続詞、代名詞などの品詞の種類、その他の言葉の区分、そして以前には使われていなかった言葉が新しく使われた頻度などの特徴を比べた。

分析の結果、『海よ、海』から約二十年にわたって、マードックの言語創造性が著しく低下していたことがわかった。『ジャクソンのジレンマ』では、使用された品詞の種類、以前に使わなかった単語の使用頻度、語彙の豊富さが激しく減少した。しかし、驚くべきことに、執筆キャリアを通して、物語の構成や文法は基本的に変化していなかった。その結果は、それまでのアルツハイマー病患者の発話研究における、患者の発話内容が無意味なものになっても文法的には正確な文章を作り続けるという結果を裏づけている。

これらの発見から考えると、「あたまだ愛あた?·まだあた?·」というベイリーに対する彼女の理解不能な発言も、句読点を加え、規則を探し、似た発音の単語を解読不能な単語と置き換えれば、まだ文法的には成り立っていると言えるかもしれない。

とはいえ、その文章には論理的な意味があるのだという主張の前には、人を愛しそれを表現する能力を持っていた自己そのものが病気によって次第に破壊される、という認知症の厳しい真実が立ちはだかる。前頭葉と側頭葉は、健常な脳において、言語を論理的に理解して再生する領域である。病はその領域を食い荒らす。病は、発話の音や記述言語の形に関与するウェルニッケ野、意味をなすために特定の文法体系に沿って言葉を配置するブローカ野を貪り食う。病が栄え、患者は衰える。病が増大し、患者が縮小する。「わたしたちはいつ行くの?」というマードックの問いへの答えは、「わたしたちはすでに出発している。残された問題は、いつ到着するかだけである」だ。

若年性認知症の診断を受けてから数ヵ月後、わたしはユタ州のジェンダー研究所の副部長を辞職した。それは2011年8月のことで、少なくとも後二年は退職など考えてもいなかったのだが、記憶の問題を考えて決意した。イライラした同僚に片隅に呼ばれ、わたしが知らないうちにしでかした自分自身や研究室を辱めるような深刻な失言や行動について話し合うことになる日を待つよりも、自分から進んでやめることを選んだのだ。

深刻なミスをするかもしれないと、毎日怯えていた。ジェンダー研究所における最後の二年間、運営上のありとあらゆる種類の正式文書の作成を担当していた。研究室にはすでに運営やカリキュラム手続きのポリシーがあったのだが、近年、わたしたちのプログラムを認定する機関が、すべてのポリシーと手続きを特定の基準に沿って文書化するように求めるようになった。研究室の中ではポリシーに明るかったわたしが、コンプライアンスを遵守したプログラムとするよう旗振りすることとなった。わたしがさまざまなポリシーに関する法的な定義や権限や例外付きのドラフトを作成し、それを特設教員委員会がレビューし、承認する。最後の二年間をかけて行ったこの仕事によって、わたしの記憶がどの程度低下しているのかという明白な証拠を突きつけられることとなった。

これらの文書を作成するためには、今ある多くの大学のポリシーのあちらこちらを参照しなければならなかった。大人になってからはずっと、博士号取得のための論文を書き、ビジネス文書やプレゼンテーションを行ってきたので、このやり方には慣れていた。トピックが何であれ、それらをつなぎ合わせて、論理的にうまく流れる文章にするのは気持ちよかった。しかし、この新しい仕事では、間違って地図も持たずに暗い樹海に迷い込んでしまったみたいな気持ちになった。

はまりこんだ混乱の渦から、新しい仕事のやり方を生み出した。何か疑問が生じると、参考文書のスクリーンに切り替える前に、それを手書きでノートにメモするのだ。一度メモをすれば、疑問が頭から抜け落ちてしまうことはない。結果も同様に書いた。答えを見つけたら、ドラフト画面に戻る前にすばやくメモした（このうんざりする方法は、この本を書く上でも大変役立っている）。このプロセスでもっともストレスを感じるのは、こののろまな動きでは、何百年も、何千年も、何億年もかかってしまうことだ。生まれて初めて、期限に間に合わせるためにもともとオーバーワークの同僚にこれ以外の仕事の一部を分担してもらった。なんとか時間どおり、そこそこの出来でポリシーを完成させることができ、ほんの少しの修正だけで同僚に承認をもらったが、わたしのプライドはズタズタになった。

精神心理テストは、わたしの機能が低下していることを裏づけていた。点数を見ると、ボキャブラリーや言語理解は比較的高いレベルで機能していたが、ワーキングメモリは望ましいとは言いがたいものだった。しかし、繰り返し書く際に途方もない準備時間を費やすことによって、記憶の落し穴とひどい混乱をうまく回避できていたので、同僚たちですら、わたしが原稿を仕上げるのにとんでもない努力をしていることに気づいていなかった。脳研究は、認知症が「脳の意味論的なシステムを破壊することが知られているが、それが知的な衰えなど疑ってもいないときから、ほんの少しずつ起こりうる」ことを認めている。全盛期の『海よ、海』からどん底の『ジャクソンのジレンマ』までのおよそ二十年間にわたって知能が低下していった時期に、マードックは時折、「今までに感じたことのないぐらい高い物書きの壁にぶち当たった」と感じた。ただの推測にすぎないが、それは、わたしと同様、認知症の早期の前兆だったのではないだろうか。

家族同士がとても親しかったので、幼馴染のジャコバとわたしは最終的に、六年生の休暇中に一度か二度会うことができた。わたしたちの世界はどんどん離れていったけれど、それでも話すことはたくさんあった。言い争いもした。彼女の学校のホルツハウゼン先生かわたしの学校のファンデルデユッセン先生か、どちらのラテン語の先生のほうが優秀か？　今までで、どちらが学校でより多くの本を読んだか？　どちらの寮のご飯がおいしいか？　自分の学校の肩を持って、できる限りがんばって議論したが、内心、すべての項目においてジャコバの勝ちではないかと思っていた。親たちも、大人流のもっと上品で遠まわしな方法ではあるが、似たような内容の議論をしていたようだ。そして、わたしの親も同じ結論に達した。結局、わたしは、彼女の通うアフリカーンス・フォーアー・メイシー校、愛称アフィースの七年生に転入した。ラステンバーグ校とは違って、アフィースは女子校で、言うまでもなく、白人だけが通う学校であった。

アフィースでは、ジャコバとわたしともうひとり、サニーという名前の女の子が、部屋をシェアすることになった。すべてはジャコバが話していたとおりだった。食事はもっとおいしくて、黒人ウェイターたちが給仕してくれた。彼らは、白い作業衣を着て、当時の植民地の住人にとっては必要不可欠の、ひじまである手袋をはめていた。そして、屈辱的なことに、ホルツハウゼン先生はファンデルデュッセン先生よりもずっとずっと優秀で、わたしは、最初のラテンのテストで赤点を取り、クラスでトップの成績だったジャコバには学期が終わるまで追いつくことはできなかった。

この学校は、はるかに競争が激しかった。けれど、わたしはすでに自分の頭脳はすばらしいという両親の思い上がりとプライドを内面化していた。それだけではなく、本当に新しいことを解明するのが大好きだった。南アフリカの教育では必要不可欠な暗記すら好きだった。そのために、罫線つきのノートから破りとった紙を使った学習方法を編み出した。紙を細長く縦四つに扇子みたいに折りたたむと、表と裏合わせて、八個の書き込み欄ができる。隣り合った欄をペアにして、左側には疑問や用語や計算の一部を、右側には答えや定義を書いた。紙を折りたたむと左か右だけが上面に出てくるので、時間があるときに自分でテストすることができた。テストの前夜に疲れたときには、消灯のチャイムの後にベッドカバーをかぶり、懐中電灯で照らしながら、代数の計算式や、骨格の解剖学名や、ラテン語の六つの不規則動詞のたくさんの時制なんかをおさらいし、お馴染みのマントラみたいに唱えて自分を落ち着かせた。

政府の実施する全国試験で、大学入学資格テストであるマトリックテストの結果が出ると、科学の先生は、わたしが七冠の夢をかなえてくれるかどうかそわそわしていたのだと告白してくれた。結果的には、極上の賞を手にして家に帰ることができた。高校卒業には六科目しか必要ないのだが、七つの科目で優秀賞を手にすることができたのだ。州でたった二人の中のひとりだった。わたしの名前と写真がいくつもの新聞に載った。『トランスバール』新聞には、父の写真まで掲載された。それには、こんな見出しがついていた。「これが、七科目優秀賞の父親の顔だ！」

社交面でも、すべてが上向きになってきた。ジャコバともうひとりのルームメイトのサニーとその他の新しい友だちと一緒にいると、ほとんどホームシックにかかることはなかった。しかし、超優秀な人たちとの新しい世界には、また別の問題があった。特に数学のクラスはとても大変だった。ワ

Mnr. J. H. B. Steenekamp, vader van Gerda Steenekamp, was hoog in sy noppies en effens verward toe hy oor en oor die mooi woorde Afrikaans Hoër, Natuur- en Skeikunde, Duits, Biologie, Wiskunde en Latyn herhaal het.

『トランスバール』紙のキャプションの翻訳。「ゲルダ・スティンカンプの父、J. H. B. スティンカンプ氏は大満足し、とりつかれたように、アフリカーンス、英語、自然科学、ドイツ語、生物学、数学、ラテン語ですよと、これらのすばらしい言葉を何度も口にした。」

イス先生は優秀な先生だったが、ドイツ語の訛りが強く、気ままなアフリカーンス精神にゲルマン流の型にはまった規律を植え込みたいという熱い思いを持っていた。定規でたたかれる合間に、ほんのちょっぴりの賞賛がこもった恥辱を受けた。テストの点数を一番下から読み上げて、演出たっぷりにしばらく黙り、それからドイツ語訛りで決めせりふを言うのだ。「残りは合格。」

ワイス先生の授業の真っ最中、突然疲労に襲われたことがある。四次方程式を解いていたときのことだ。エネルギーを呼び集めるために、リラックスして、目の焦点をぼやけさせた。突然、部屋にあるものすべてが小さくなった。黒板の前には、弟のクラシエぐらいの大きさになったワイス先生がいて、双眼鏡がないと何が書いてあるかわからないぐらい小さい方程式を指差していた。部屋の中の音も、みんなが寝静まってから父が聞いているラジオみたいに、ものすごくボリュームが下がった。自分が遠く、手に届かないところにいるような気がした。しかし、ワイス先生の定規が怖くて、必死で現在の自分の世界に戻った。

その夜、寮に帰ってから、授業中に起きたことを再現しようとした。すぐにうまくいった。目を緩めて、考え始めて……と考え始めた瞬間、あら！そこには、シャワー室にある細長い木でできた滑り止めぐらいのサイズに縮んだジャコバのベッドがあった。その上には、父が先生として働き始めてからのクリスマスにもらった人形ぐらいの小ささのジャコバがいた。顕微鏡だったらよかったのにと、こっそり思った人形だ。寮はとても静かで、下の階で寮母がキッチンのスタッフに向かって叫んでいるのだけが聞こえた。わたしだけの人形劇場から来る音は、映画館でトイレに行くために抜け出して、帰ってきたとき、映画の音が大きいシーンになって案内係が入れてくれるまでドアの外で待っているときみたいに、小さく抑えられていた。もう一度現実に戻りたくなれば、頭を振って、それらのことを考えずに、ただ目で見ればよいだけだった。神様の鎧に包まれて不死身になった気がしたいと思ったら、いつでもこうすればよいのだ。父と同じく、もう宗教を信じてはいなかったけれど。

愛するあなた、しばらくどこかに行ってしまいます。お元気で。

もはや、焦点のぼやけた場所に行こうとしているわけでもないのに、わたしは、前触れもなく「どこかに行ってしまう」ことが起こる。ピーターと一緒に夕食を作っているとき。アボカドをスライスしているとき。友だちとコーヒーを飲んでいるとき。洗濯するために階下に降りたのに、かわりに女性誌のレッドブックで便利だと薦められていたように色や金属の種類別にアクセサリーを製氷皿に入れて整理していたとき。孫のノックに応えて玄関へと歩いていったとき。（ヘニー - ボショフそっくりの大きな目で、わたしの太ももに思いっきりぶつかってくるので、その瞬間の4歳の身体をさっと胸まで抱き上げるのが、祖母の愛を示す唯一の儀式になっている。）

わたしは、どこかに行ってしまいたくはない。

マードックとジョン・ベイリーと同じように、ピーターとわたしも大学のキャンパスで出会った。彼らと同じように、認知症がもたらした「妥協のない親愛」のなかでも愛は生き残れるのだと、わたしたちも実証したい。しかし、類似はここまでだ。

ピーターが19歳、わたしが17歳のとき、わたしたちはプレトリア大学の物理大講堂で、２００人の一年生に囲まれるなかで恋に落ちた。その日以来、彼への愛は、現在のこの場所のすばらしい現実までずっと続いている。それから何ヶ月も何年も経った。わたしたちの最初の結びつきは四十八年間の絆へと進化し、そのうちの最後の四十二年間は結婚生活の愛に包まれていた。どこかに行くなんてとんでもない。むしろ、ピーターとわたしは「神聖なる真の愛情」から一緒に遠く飛び立ってきたのだ。

購いはいつでもどこにでもあったし、今もすぐそこにある。大皿ぐらいの大きさのかえでの葉っぱを拾っている、車の窓から見かけた知らない女の子、秋の裏庭、黄色いカーペットをかき集めて作った巣みたいなところめがけて、頭から突っ込んでいく孫のカニエとアリヤとダンテ。わたしたちの子どものマリッサやニュートンも、わたしたち自身も、わたしたちの祖先もその前の祖先も、みんな同じ年頃のとき、同じようにしていたのだ。太陽が黒色矮星になって、もはや葉っぱのことを思案する木が一本もなくなるときまで。木は、冬を生き抜くために、葉っぱの光合成という特権を代償に、すべての栄養を幹と根に与える（だから夏の葉緑素の鮮やかな緑に隠されていたカロテノイド色素の金色やオレンジや黄色が現れるのだ）。「遠くに行け！」化学の別れの手紙がその葉の一枚一枚に送りつけられる。それに応えて木の葉は、はさみ細胞のぎざぎざした線で繊維数本だけ残して、茎から葉っぱを切る。ぎりぎり落ちないでいた葉は、次のそよ風で黄金のグライダーを出発させ、小さなつむじ風に乗って舞い上がる。それは、舞い戻ってきた恋人みたいに、すぐに地面に横たわるのだ。

ゲルダちゃん、どこに行くの？
砂場で遊ぶのよ。

4章 壊れてしまった脳

家族に語り続けられている伝説がある。冬のケープタウンの、ある雨の日のことだ。両親がわたしに、近所のカフェでパンを買ってくるお使いをさせた。「黒パンを一斤ください」と言ったそうだ。ドアのところでは、パパが赤ちゃんの妹のラナを抱いて得意そうに微笑み、ママは家で練習していたときと同じようにその言葉を唇で教えていた。ママはとんがった傘で、カウンターのほうに手を伸ばしてお金を渡さなければならないと身振りで示していた。心得た顔で両親と笑顔をかわしながら、店員のおばさんがわたしにパンとおつりを渡した。両親に向かってよちよちと歩いていったとき、コインはこぼしたけれども、まだ温かい、カットも包装もされていないパンはしっかりとつかんでおなかに抱えて離さなかった。パパはそこにいた客に対して、後九週間でやっと二歳になるのだと、『ナショナル・ジオグラフィック』のナレーションよろしく知らせたのだという。

伝説の常として、両親が夏の雨を冬の雨と勘違いしているのかもしれない。だとすれば、その出来事はわたしの2歳の誕生日を九週間過ぎたころに起こったことになる。もしかしたら、雨など降っていなくて、ビーチで一日過ごしたためにわたしの髪がまだ濡れていて、海草の香りを漂わせていたのかもしれない。もしかしたら、遠出をしたのはわたしと父だけで、母は生まれたばかりの赤ちゃんと一緒に家にいたかもしれない。周囲の状況はどうであったにしろ、この家族の伝説の原動力となっているのは、最初の子どもを並外れて賢いと思った理由を彼らが知らせたかったということだ。

この話は、実際にわたしが憶えているのではなく、何度も聞かされたことによってよく知るようになったものである。こういった類の話は、人格の形成期にわたしの核となるものを形成した。幸いにも、卓越した知性 —— わたしの場合は知性であるが、他の人ならたとえば類まれなる美しさや運動能力や音楽の才能 —— が立派な自己の核となる部分を確立するのだという考えは、成長する間に乗り越えることができた。もし、事故や怪我、虫食いやサビによってこうした天賦が破壊されたら、他の誰かに、または他の何かになってしまうというのか？　そうしたら、残されたものは何を「わたし」だと宣言すればよいのだろうか？

とはいえ、フロイトが言ったように、幼いころ、特に言語を獲得するまでの時期に受けた影響が簡単に消えることはない。わたしたちの「成熟した」意識は、それを合理的に消し去るかもしれないが、フロイトの言うところの元型的な母親のペニス羨望みたいに、無意識がそれらに執着している。それゆえ、細小血管障害がわたしの脳を詰まらせ、記憶をダメにしていると知ったときに最初に考えたのは、昔の相棒である優秀とされている頭脳、またはその残骸を使って、自分の頭蓋骨の中で起こっていることを見つけ出そうということだった。わたしは、人間の脳についてできる限りのことを見つけ出すというプロジェクトにのめりこんだ。

自分のためのメモ：地獄の九圏を通ってダンテを案内した詩人のウェルギリウス自身は、天界へと

達していない

読者に向けてのメモ：もし、わたしについて来ると決めたなら、わたしたちを生じたものがどんな運命をたどるか見るがよい。この帝国と共にいたすべての神々は去り、社も祭壇も残らなかった。おまえが尽くした町は炎に包まれた。さあ、戦場に身を投じ、死ぬのだ！

ウェルギリウスからの追伸：敗北者の唯一の希望は、望まないことである。

脳プロジェクトの手始めとして、高校の生物で習ったことを思い出すことにした。後になってみると、「思い出す」なんてとんでもない思い上がりだった。六十五年前にパンを一斤買うときには非常に明瞭だった記憶力は、松果腺から四丘体まで脳のたくさんの「腺」やら「体」やらを思い出すだけで四苦八苦した。それから、わたしが高校生だった1960年代にまだ誕生したばかりだった脳に関する分野の神経科学の新しいイロハにぶち当たった。科学は、成功も失敗も細部にかかっているので、わたしのこころを解明するのに役立ったイロハにちょっと付き合ってもらおう。

脳とそれに付随している脊髄が人間の中枢神経システムを構成し、脊髄は脳と連携して、情報を電気信号として全身に送っている。脳が欲していることを身体に告げ、身体が感じていることを脳に伝える。進化論的に言うと、脊髄は、最初は虫の中で進化した原始的な脳と考えることができる。生命がもっと複雑に進化するにつれて、脊髄はより長く、厚くなり、とうとうそれを保護するものが必要となった。それが、脊椎骨でできたトンネル、つまり脊柱だ。ヤツメウナギから鳥や哺乳類に至るまで、すべての脊椎動物には脊髄がある。動物が複雑になればなるほど、もっと大きくてもっと専門化された身体に情報を送るために、より多くの神経システム構成要素が必要となる。結果的に、脳機能情報処理が脊髄の先端に集約され、非常に複雑な脳が形成された。ホモサピエンスの亜種に進化したときまでには、わたしたちの脳は脊髄の重量の約四十倍、つまり脊髄28グラムに対して脳が１３６０グラムにまで大きくなった。

現代の人類の脳は、大きく三つの領域で構成されている。進化してきた順に、脳幹、小脳、大脳である。この複雑な組織が脊髄に加えてどのように生まれたのか、粘土を使って進化の歴史を真似てみよう。初めに、赤い粘土のかたまりを手のひらで転がして、脊髄のロープを作る。次に、緑の粘土でドアノブを作り、脊髄の先に突き刺して脳幹にする。オレンジぐらいの大きさの緑の粘土のかたまりを桃みたいな形にして小脳を作り、脳幹とは垂直の方向に棒から飛び出しているようにくっつける。最後に、黄色の粘土の大きなかたまりをきのこの傘の形にして、ヘルメットみたいに脳幹や小脳をすっぽり覆う。これが大脳である。最後に、大脳新皮質として知られる、薄い層の皮質である大脳のもっとも新しい部分を作ろう。プラムぐらいの大きさの紫色の粘土をたたき、パイ皮を作るときみたいにローラーで丸くとても薄く延ばして、最終的には黄色い大脳のきのこの表面の二倍ぐらいの大きさにする。シャワーキャップみたいにしわを寄せて、うまく大脳をすっぽりと覆う。

じゃじゃーん！　あなたの脳のできあがり！・・・まあ似たようなものが。

さてそれでは、地球から月ぐらい大きくひとっ飛び。幼稚園から解剖学１０１講座へ。

わたしたち脊椎動物の祖先の中にもっとも古い脳の組織である脳幹が最初に出現したのは、紀元前４億５千万年ころである。脳幹は、飲み込むところのちょうど裏側にある咽頭と小脳の間に位置する。

脊髄の中の神経の束が脳に延びていったと考えるとよい。進化的な起源から、脳幹は「爬虫類脳」とも言われている。カール・セーガンが「誰にでも、頭蓋骨の奥深くにはワニの脳のようなものがある」と言ったのは、冗談ではなかった。しかし、わたしたちの「ワニ」を馬鹿にすることなかれ。脊髄（虫の脳）と小脳（哺乳類の脳）と大脳（ホモサピエンス・サピエンスの脳）の間を結ぶこの爬虫類脳は、心臓や肺やその他生命に欠かせない組織をコントロールしている。そのおかげで、差し迫った危険にすばやく、無意識の反応をすることができるのだ。呼吸や睡眠や血液循環のコントロールにも関与している。二番目に古い脳組織は、小脳、または哺乳類脳である（桃の形をした緑色のかたまりを思い出してほしい）。哺乳類の中に最初に出現したのは、おおよそ恐竜と同時期の紀元前2億年頃である。小脳は、運動やバランスや運動学習を調整している。たとえば、内耳と筋肉からの感覚刺激を組み合わせることで、位置や運動の正確なコントロールができるようになる。うつを伴う動作の遅延を持つ人の行動を観察することで、小脳の障害がどのような機能不全を引き起こすかがわかる。

人間の脳でもっとも新しい部分が大脳ないし大脳皮質であり、250万年前にヒト属に進化した時代に最初に出現した。大脳皮質（英語の cerebral cortex の cortex は、ラテン語で帽子を意味する。そう、わたしたちの紫色のシャワーキャップだ！）は複雑な思考や認知や行動などの高次の脳機能に関与する。医者が手術や解剖をするために誰かの頭蓋骨をぱっくり開いたときに見える、もっとも外側の層が大脳新皮質だ。哺乳類だけが持つ大脳新皮質は脳細胞、つまりニューロンの六層からなり、大脳の大部分を占める。厚さは2ミリメートルから4ミリメートルとさまざまであるが、大脳新皮質は一枚のシート状ではなく、何回も何重にも折りたたまれているためしわしわである。そのため、皮質の表面が頭蓋骨の表面よりもずっと広くなり、脳に何百万ものニューロンを余分に詰め込むことが可能となった。そのおかげで、わたしたちの頭のサイズは身体の大きさに釣り合っていて、少なくともこれまでのところはお椀みたいな巨大な頭に小さな身体というＳＦの世界の生物のように進化してはいない。この皮質のしわのおかげで、ホモサピエンスの脳はこれまでにないほどの高い知的機能レベルに達すると同時に、頭のふらつく赤ん坊も大人になると、頭部を支えてコントロールすることができるのだ。

もっと最近になって、特定の哺乳類が進化すると、脳のしわはもっと発達した。わたしたち新参者の大きな大脳新皮質には多くの割れ目や溝や、カリフラワーの小花みたいな半球の表面から芽を出す丸い突起がある。

皮質は、ニューロンとグリア細胞と呼ばれる支持細胞でできている。ニューロンは興奮性の細胞で、電気的シグナルと化学的シグナルを介して情報を伝達・処理する。典型的なニューロンは細胞体と樹状突起と軸索からなる。樹状突起は細胞体から出ている薄い構造体で、しばしば何百マイクロメートルも伸び、何度も枝分かれし、複雑な樹状ツリーを形成する。ニューロンの軸索から電気的メッセージを受け取るのがその役割だ。軸索は、細胞体から延びる長い糸状のもので、細胞からのインパルスを送り出す。人間では、一メートルの長さに達するものもある。

生きている脳では、皮質のニューロンは灰色に見える。そのため、皮質の表面や内側の灰色のニューロンのかたまりは灰白質とも呼ばれる。皮質の下の脳繊維は、白色のミエリン鞘で保護された軸索が主成分のため、白色に見える。だから、このタイプのニューロンの集合は白質と呼ばれる。ミ

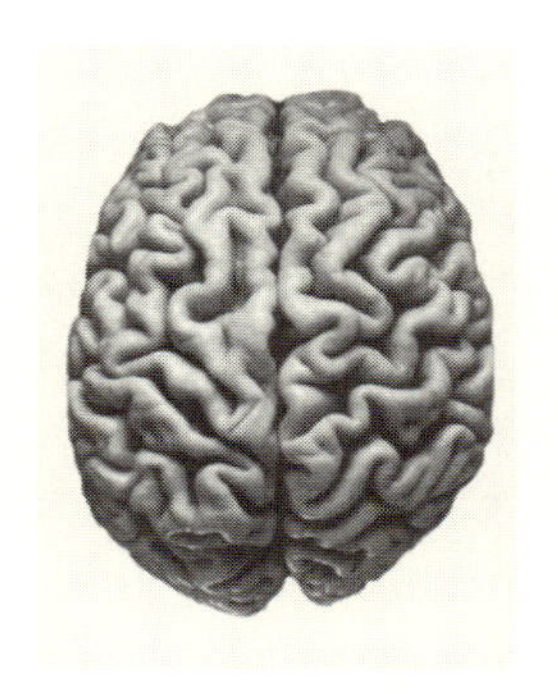

しわの発達した大脳新皮質

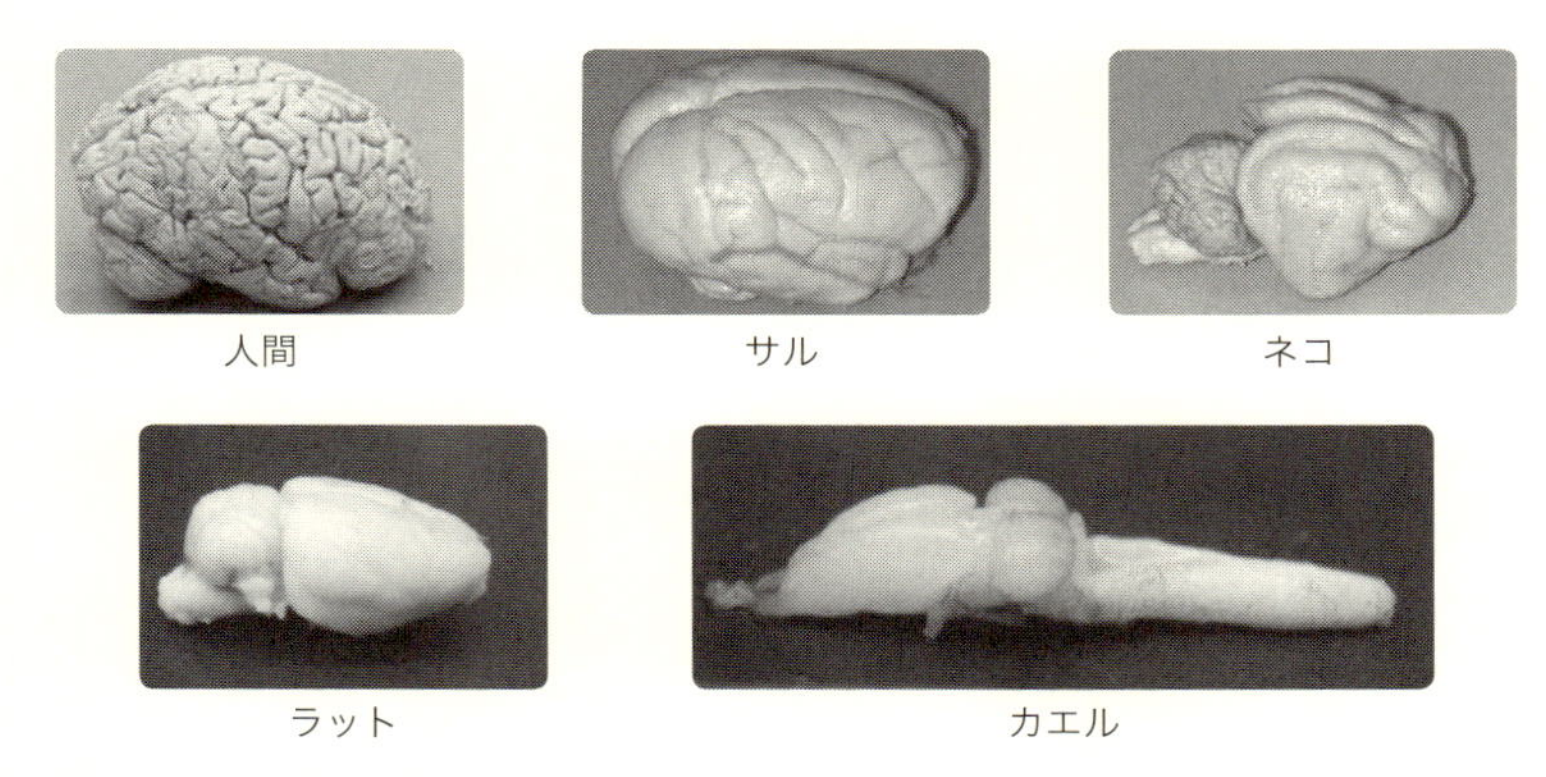

さまざまな種の脳の表面の比較。カエルには大脳皮質がまったくないことに注目してほしい。

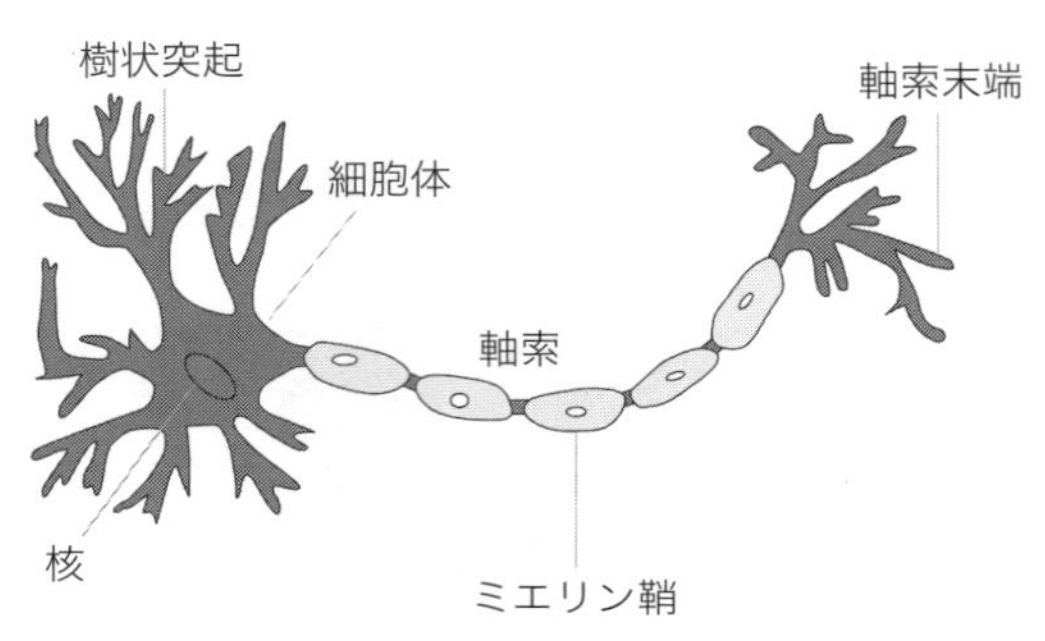

典型的なニューロンの構造

エリン化されていない軸索で構成された灰白質の集合が、白質の中の深いところにある。わたしの認知症の原因となる領域は、(今のところ）前頭葉の白質の中にある。

頭蓋骨の中の限られた空間にさらなる脳物質を詰め込むことができるようになったおかげで、霊長類、特に人間は、大脳新皮質の新たな機能領域を進化させることができた。ワーキングメモリや発話や言語などの高度な認知スキルである。ワーキングメモリは、推論や理解などのタスクのために情報を頭に能動的に保持するシステムである。これらの機能をすべて一手に引き受けるためには、ワーキングメモリは情報をただ保持するだけではなく、能動的に処理しなければならない。こんなことをなぜ言っているかって？　ここで認知症が問題になるからだ。ワーキングメモリの障害によって、電話をかけるといった簡単なタスクすら日常的にこなせなくなり、わたしの人生は破壊されているのだ。

(ゲルダの典型的な電話のプロセス：（1）電話番号を見つけ出す（もはや誰の電話番号も憶えていない。自分の番号をたまに憶えていることがあるぐらい）。コンピュータの中にあったかしら、それとも紙の手帳だったかしら？（2）コンピュータの手帳にある場合、e

メールを開き、連絡先を検索する。（３）ｅメールを開いた目的を忘れ、まだ返事していないメッセージに取り掛かる。（４）ようやく当初の目的を思い出す（こともある）。（５）電話番号を取り出し、電話のところに行って、留守番電話の発信音を聞く。（６）留守番電話のメッセージを聞き、緊急の電話に折り返す。そして（７）電話の差込口があるカウンターの掃除を始める。（８）しまった！　誰に電話しようとしていたんだっけ？）

灰白質と白質に損傷を受けると、重大な障害が起こる。脳全体または一部への酸素の供給が減少するという一つの根本原因によって起きる脳障害の種類はさまざまだ。精神的外傷、中毒、発作、酸素欠乏症や一酸化炭素中毒などによって長期間酸素が不足すると、たとえ死に至らなかったとしても、脳はダメージを受ける。酸素が不足すると、ニューロンは細胞分裂をして新しいニューロンを作り、損傷を受けたニューロンと置き換えることができなくなる。脳血管性の認知症の場合、微細血管が詰まることによって脳の酸素が欠乏する。

１９９０年代まで、「汝が生まれてしまえば、新たなニューロン育たず」というのが神経科学の掟であったが、それは、まったく新しい細胞を作り出す大人の人間の脳の能力であるニューロン新生の発見によって覆された。「たとえ年老いていようが、末期のがんに冒されていようが」、人間一人ひとりは、一生の間に何百万ものニューロンを生じていると現代では理解されている。しかし、ニューロン新生には限界がある。日々生まれる新しいニューロンのほとんどは、長くは生きないのだ。新しいニューロンが働く脳の一部となるためには、近隣のグリア細胞のサポートを受け、血液から栄養を摂取するだけでなく、これがもっとも重要だが、他のニューロンと結合しなければならない。この結合がなければ、ニューロンはしぼんで死んでしまう。

思春期の間に、脳には何百万もの新しいニューロンが生まれ、新しい結合が形成される。それらは、性ホルモンを引き金として成長し、大人の世界へと踏み出すための準備をする。新しいニューロンの爆発的な成長は、脳の後部を監視する役割を担う前頭葉で起こる。言いかえれば、思春期に大量発生するニューロンは、いわゆる実行機能、つまり「社会的判断をし、代替手段を比較し、将来のために予定し、行動を抑制する」能力を成長させる任務を負っている

生物学的レベルでは、ニューロンの獲得は、分子の再構築に関与している。それによって何キロにもわたる新たなニューロン結合が可能になるのだ。思春期が終わると、脳はもう決して十代のころのような速さや範囲で、新しい結合を形成することはない。大人への移行のほとんどは、思春期以前にコントロールに関与する領域と結合し、蓄えてきた知識やスキルによって行われるのである。言語スキルを習得する、社会的絆を形成する、基本的な社会的スキルを習得するなどの重要な発達の最盛期は思春期までであり、その時期を逃すと、前頭葉がこれらの障害を修正するのはほとんど不可能になる。成人になると、子ども時代や思春期の間に作り上げた結合を土台として実行機能を成熟させることしかできないのだ。25歳までに、ほとんどが決まる。

子どもがいる人の多くは直感的に知っていることだが、ティーンエイジャーの脳は成熟した大人のものとはかなり異なっているということを新しい研究は示している。その時期非常に不安定な状態にある前頭前皮質は、まさに衝動のコントロールを含む実行機能を司っている場所である（神経学的な

見地で言うと、ティーンエイジャーを大人として扱う法律には無理がある)。

大人になってしまった人にとってうれしい話ではないが、成人になってから神経システムへの損傷を修復するというのは、現実的にはほぼ不可能である。昔と同じようにすばやく広く脳が脳物質を再構築することはできないのだ。だがまったく希望がないわけでもない。研究によると、成人のニューロン新生のもっとも活発な領域は海馬である。内側側頭葉にある海馬は、新しい出来事や場所や刺激をこれまでに経験したことのあるものと区別し、ふさわしい索引を付け、保管する。海馬は、大人においてニューロン新生が活発な領域である。海馬で毎日生産される何千もの新しい細胞は、ものすごい速さで消えていくわたしやみんなの実行機能の修復にすばらしい役割を果たしていると考えている科学者もいる。実際のところは、それがそのような役割をいかに果たすのかを示した研究はなく、事実であるかどうかも定かではない。現代神経科学の創始者のひとりであるマイケル・ガザニガは、最近のラジオインタビューで、脳の可塑性のアイデアは「誇張されすぎ」であろうと述べている。

認知症観察ノート

2013年6月30日

2011年の夏、隣人のボブが脳卒中で倒れた。ボブの認知症は、小さな発作を伴いながら徐々に悪化していった。発作はダイアンさえ気づかないような小さなものもあったが、MRIがすべてを示していた。先週も、「常軌を逸した」出来事があった。外の郵便受けのところにいたとき、ボブが必死になっ

向かいに住んでいるボブとダイアン・ボンド。2009年に友だちと近所の人を招いてわが家で開いたパーティーのときにピーターがこの写真を撮った。ボブが認知症の引き金となる脳卒中で倒れる２年前のことだった。

てわたしに手を振っていた。玄関のドアから外を覗いていたダイアンを指差して「彼女」にとても怒っていると言うのだ。ダイアンによると、ボブはそれまで一時間以上も彼女に罵声を浴びせていたという。激怒していた理由は、新聞が配達されていないと思っていたからだった。ダイアンがすでに読み終えて、リサイクルボックスに入れていたのだが、新聞を取って持ってきても彼の怒りは鎮まらず、配達所にクレームを入れるように言った。わたしはダイアンに、家に入って配達所に電話する振りをして、医者に電話すればどうかと提案した。

ダイアンが家の中に入ると、ボブは少し落ち着いて、ハグをさせてくれた。ボブの体が、リラックスしたように感じた。座って、何日か前にマリーの飼い犬に噛まれたところを見せてほしいと頼むと、彼はズボンをたくし上げ、包帯を見せてくれた。そして怒っていたことを思い出して同じ話をまた繰り返した。わたしに理解できたのは、衝撃的な言葉だけだった。「あの女は死んだらいいんだ。」ボブが呪いの言葉を叫び続けるので、ピーターに噛まれた跡を見せるためにわが家まで一緒に歩いていった。ダイアンが「安定剤」を持って戻ってきた。医者に倍量服用させるよう言われたのだが、ボブは拒否した。みんなでなだめすかすと、しぶしぶ飲み込んだ。すると、その晩と翌日は、ほとんど寝ていた。

父の野望と父母の仕事倫理に反して、1960年代末、両親はアフリカーンの言い方で「農場の外に出た」。わたしが高校に入った1961年までには、父のボショフは家から出て、給料がもらえる職に就いて働き始め、母のスザンナが平日ひとりで農場を切り盛りした。しかし、70年代には時代が上向き始めた。両親が農場を不動産市場に出したころには、普段家にいるのは母と下の二人の子どもだけになっていた。後になって振り返ると、スティンカンプ家の歴史の中で、農場は家族全員にとってエデンの園であったのだが、わたしたちが失った一番大きなものは、自然の美しさと家族全員の団欒であった。だがその団欒は、1961年、父とわたしが数学の先生と学生として、同じ高校に通うために農場を出るずっと前に失われ始めていたのであった。一緒に家を出たからといって、父娘が一緒にいたわけではない。わたしはあいかわらず学校の寮で、父は農場から街まで毎日二時間半かけて通勤したため、顔を合わせることはなかった。父がエンジニアに転職し、わたしが転校し、年上の弟妹たちが高校に行き始めると、家族が集まるのはますます難しくなった。五年間の不安な離散状態の後、家族全員が喜んで農場を手放した。メタファーとしての農場はまったく別のことである。物理的な意味を失って初めて、農場は「故郷」として、わたしたちの記憶の中に生きることとなったのである。

農場を売り払ってから、父は職を次々変えながら、キャリアのらせん階段をぐるぐると上り始めた。父が教員を辞めて最初にエンジニアの職に就いてから十年間、母と幼い子どもたちは父について町から町へと移り住んだ。１９７３年、とうとう父は学歴と意欲に見合った仕事を見つけた。南アフリカ共和国標準局の冷却装置のエンジニアであった。下二人の子どもたちと両親だけになっていた家族は、プレトリアの父の仕事先の近くの素敵な家にまた集まった。

残りの兄弟は、それぞれ自分たち自身の「スティンカンプ」、つまり「石の砦」を見つけるために世界に挑んでいた。７０年代後半までに、ラナとわたしはそれぞれ自分の家に住み、結婚してそれぞれ最初の子どもを身ごもっていた。クラシエは、アンゴラとの国境戦での兵役を終え（二年間の間、なんとかして角刈りを避けるためにヘルメットや帽子で巻き毛を隠し続けた）、キャレルは角刈りは甘受したが、国境は迂回して、南アメリカの「死の製造所」と呼ばれた政治犯罪者向けのプレトリア中央刑務所の看守になった。ヘニー・ボショフは15歳、テルティアは13歳になり、高校に通っていた。

両親の家庭生活はもちろん昔よりもずっと落ち着いていたが、時の流れがまた新しい問題をもたらした。わたしが大学を卒業した１９６９年にまでには、母はさまざまな症状に悩まされていた。痛み、かゆみ、抑うつ。かかりつけの医師たちは、「精神的なもの」と切り捨てた。今でもそうかもしれないが、当時の言い方では、妄想であるというのを遠まわしに表現しているだけのことであった。母の苦悩が四年間続いた後に、ホジキン病と診断されてがん治療を開始したときは、むしろほっとしたぐらいだ。

そのような状態の中でやってきたのが１９７７年2月23日だ。ラナの26歳の誕生日のことだった。

早朝、母はノックの音で起こされた。玄関には二人の警察官がいた。父が出張から家に帰ってくる途中、飛行機の中で心臓麻痺で亡くなったというニュースを伝えに来たのだ。母は父を確認するために遺体安置所に同行することになった。クラシエが姿を見せると、まだそこにいた警察官たちが彼をちょっと脇に引っ張って、遺体安置所へ行く母にはクラシエが付き添ったほうがいいと耳打ちした。飛行機の中で死ぬと身体の中の空気が加圧されているので、飛行機から降りたとき、揚げパン生地が熱い油に入れられたときみたいに遺体が膨れる、というのだ。兵役のなかで恐ろしいものを見てきたクラシエは、母の代わりにその厳しい試練を受けてくると申し出た。しかし、母は拒否した。「パパの身体はパパを構成する一部なの。その身体とわたしは三十年近く一緒に暮らしてきたのよ。」話し合っても無駄だと気づいて、長男は母を遺体安置所まで車で送っていった。母は決してその決意を後悔することはなかった。

母がひとりになって最初の数週間、わたしは母を気遣うどころではなかった。父の埋葬に家族と一緒に立ち会ったとき、わたしは妊娠八ヵ月で、一時間ほど離れた町に住んでいた。父の葬式の三週間後、マリッサが生まれた。父の初孫になるはずだったのに……。まだ入院していたとき、娘をまじまじと見つめながらそんな考えがよぎった。父は死んだ。父が娘を見ることは決してない。娘がオウパ・ボショフを知ることは決してない。それなのに、おサルさんみたいな新生児の顔には、確かに父がいるのだ。困惑して顔をしかめる父。怒り狂って咳込むように話す父。このすばらしい世界について静かに考えをめぐらせる父。

マリッサを家に連れて帰って、農場風景のカーテンを付け、赤牛のいる農場の写真を置いて完成さ

ボショフ14歳、テルティア12歳。1976年のクリスマス。
二ヵ月後に父が亡くなった。

せた子ども部屋（後で知ったことだが、これはアメリカのプリミティブスタイルだそうだ）に入れると、わたしのこころは悲しみに押しつぶされそうになったり、家庭内の奇跡に夢中になったり、と揺れ動いた。何週間も、新生母の自己中心主義の繭の中にわたしは閉じこもっていた。弟たちもそれぞれ、大人の世界の中で自分の歩むべき道を探してもがいていた。母がバスルームで倒れ、風呂がまの角で頭を打って血を流している、とテルティアが深夜に電話で助けを求めたときに駆けつけたのは、当時妊娠五ヵ月だったラナであった。抗がん剤治療と放射線の後遺症とうつで塞ぎこんでしまい、母が親の役目を果たせなくなったとき、ボショフを連れて服を買いに行ったのもラナであった。

全員がその後の厳しい数年をなんとか切り抜けた。プレトリアの母の近くに住んでいるラナが主に母の世話をしていた。とはいえ、どれほど遠く離れたところに住んでいたのだとしても関係なかっただろう。なにしろラナは、「大きく、すいかみたいに広いこころ」を持っている。育児に慣れてきてからは、わたしもほんの少しではあるが、世話を分担した。ピーターが仕事に行っている8時から5時の間に、母の家を赤ちゃん用品で散らかしまくるか、またはは母をわたしたちの町のケンプトン・パークに連れてきて一週間泊まってもらい、マリッサが昼寝している間に一緒にヨガをした。そのときにはラナにもわたしにも二番目の子どもが生まれており、母のがんにも回復の兆しが見えていた。弟たちも次の段階へと進み、学校に行ったり、仕事を見つけたり、結婚したりなど、自分たちの場所を見つけていた。わたし自身は、自己を広げていく子どもたちに夢中になっていた。だから、それを仕事にすることにした。お金にはならないけれど。

生まれてこのかた、これほどにも脳というものに関心を持ったことなどなかった。わたしは、赤ちゃんたちの頭蓋骨の中にある「神様のところからやってきたばかりの」臓器に夢中になった。ピーターは順調にキャリアの階段を上っていたので、わたしはフルタイムの母親となって子どもの成長を観察することにした。認知や愛情やモラルの発達について手当たり次第に読み漁った。自分自身の子どもを研究対象とした、ジャン・ピアジェの認知発達のシステマティックな研究。整えられた環境の中で子どもが自発的に学ぶことを可能にするマリア・モンテッソーリの教育法。ピアジェの物語のテクニックを使って子どもの道徳発達を調べたローレンス・コールバーグの研究。それに、親の直感は多くの場合医者よりも優れている、頑なにならない限り日課は良いことであると言い、エゴの発達に関するフロイト流の考えを示したスポック博士の助言。

しかし、ほとんどのことは自分の子どもたちやその友だちから学んだ。ジェーン・グドールがチンパンジーについて記録したように、時間があれば日中、時間がなければ夜に、子どもの一日の主な出来事を書きとめた。１９７９年から１９８５年までの七年間、バンドエイドや赤ちゃん用の解熱剤やぜんそくの薬などを購入するノースパーク薬局で毎年年始に配られる9センチ×10センチの「主婦日記」にデータを記録し続けた。これが研究かぶれのわたしの研究ノートの抜粋だ。

01－28－1979 ［マリッサ 1歳9ヵ月、自分のことをザザと呼ぶ。］マリッサが店で何かを欲しいと言う。

ママ：「ピックンペイ（スーパーマーケット）は閉まっているわ。」

マリッサ：「ザザのパパ、乗ってる、新しいくるま。キーを買って。ピックンペイをあけて。」

08－10－1981 ［ニュートン 1歳9ヵ月。生まれてからずっと子どもたちには、ピーターは英語、わたしはアフリカーンス語で話している。したがって、子どもたちは会話の最初の単語に応じた言語で話す。］ニュートンがアフリカーンス語で「カス」「ベッド」「ストール」を覚えた。その夜マリッサとわたしがパパにニュートンが新しい単語を覚えたことを自慢していると、ピーターは指差しながらクイズを出した。

ピーター：「これはなあに？」と一つずつ指差す。

ニュートンが（英語で）答える：「戸棚」「ベッド」「いす」

小さなゲルダちゃんのパン屋さん事件の両親と彼らの話と同じように、わたしにもうちの子ってすごくない？伝説がある。記録されている分、わたしの伝説のほうがましじゃないかしら？

日記を付けていてよかったとは思うけれど、その時期に大切だったことは、もちろんデータではない。わたしの長期記憶にしっかり記録された愛なのである。パパは、子どもが「荒っぽい遊び」が必要だと思った人であり、いたずらを仕掛けた人であり、寝る前のお話に愚か者のジョーと裏切り者のウィリーの物語を作った人であり、そして、南アフリカで手に入る最初のコンピュータを買った人である。そのコンピュータは、記憶媒体としてカセットテープを使用するアップルⅠで、それを使って、もうすぐ3歳になるマリッサはフロッガーのゲームをした。祖母やおばさんやいとこたちもこんなふうに思い出す。子どもたちが最初のお泊りさせてもらった人、一日ずっと一緒に遊んでくれた人、平日や週末に一緒に寝た子……。作業台や画材道具入れの棚のあったキッチンは、一日中子どもたちが美術や算数や科学で遊んでいた場所だ。家のほとんどすべての部屋には、本がぎっしり詰まった棚があった。海賊の金庫にはレゴブロックの宝石がいっぱい詰まっていた。夜には、「新月を抱えた三日月」の光で、クモの巣の上の露の玉や、ミミズや、網目模様のある葉っぱのある庭を眺めていた。

ドナ・キホーテ：子育ては、もう一度子どもになるチャンスだ。

認知症観察ノート

2013年11月15日

ダイアンが目の手術を受けた。家に戻ると、一日に二回、抗生物質を服用しなければならない。彼女にはそれがうまくできなくて、わたしに電話してきたので、その週は、朝晩の服用を手伝った。彼女がキッチンの椅子に頭を傾けて座ると、ボブが何が起こっているのか興味を持つ。椅子の後ろにぴったりくっついて立つので、彼の体の側面がわたしに触れる。ダイアンがじっとしている間、ボブはわけのわからないことをぶつぶつ言いながら、ダイアンの頭や肩など届くところは全部撫で回していた。そのボディランゲージや表情には愛情が満ちていた。わたしを自分の母親だと思っているの、とダイアンは顔をしかめた。

フランスのアルザス地方で見つかった約一万年前の新石器時代の頭蓋骨には、二箇所の違う時期に行われた穿頭術の痕跡があった。穿頭術は考古学的な証拠があるうちでもっとも古い手術である。治療師や宗教指導者が、偏頭痛やてんかん発作などの病気を治療するために人間の頭骨に穴を開けたのであろう。穴を開ける道具の素材は、その時代の技術の発達を反映して、石から鉄へ、それからダイアモンドへと推移したが、穿孔手術そのものは、ルネッサンス時代まで、ほとんど変化せずに使用されていた。現在ではその施術は、開頭手術として知られる。脳神経外科医は、モニターを設置して脳構造を調べたり、脳内出血の後に頭蓋骨の中を減圧したりするのに開頭術を使用する。現代の骨切断の道具は精密なので、外科医は最低限のダメージで丸い「出入り戸」を切り取り、手術後できるだけ速やかにその戸を元の位置に戻す。

『アーケオロジー（考古学）』という雑誌には次のような報告がある。新石器時代の頭蓋骨に使われた道具は未熟なものであったにもかかわらず、「前方の、6・6×6・1センチの大きさの前向きの穴は完治していた。二番目の穴は一部しか治っていなかったが、それはおそらくサイズが巨大であった（9・3×9・1センチ）ことが原因であろう。手術後の再成長によって骨が長期間かけて治癒している痕跡から、手術は成功したと考えられる。」それだけではなく、複数の穿頭の穴のある頭蓋骨はペルーからヨーロッパ、中国まで、いろいろなところで見つかっている。一つの頭蓋骨に複数の穴があり、それぞれの穴が骨の再成長の違うステージにあるということは、新石器時代の患者が数ヶ月または何十年もの間隔をあけて行われた手術に耐えて生き残ったことを示している。

まだ冶金が発明されていなかった新石器時代、穿頭の穴を開けるには先のとがった石製のナイフを使って、丸か四角の溝を掘るところから始められた。それから脳の外側を包む硬い膜組織である脳硬膜を通過するまで、骨をさらに深く深くと掘り進んだ。頭蓋骨から切り取られた骨は粉々にされ、治療師は手術後それを使って穴をふさいだ。これらの手術が麻酔や消毒なしに、現在から見れば非常に原始的な道具を使って行われたことを考えると、この先祖の脳神経手術の生存率が50パーセント以上もあったのはまさに驚異的である。

新石器時代のその男は、どのようにして二つの穿穴の痛みに耐えたのだろうか？　20世紀の神経科学の発見から一つの説明ができる。頭蓋骨の骨や脳組織には、痛みを感じる神経細胞がないのである。とはいえ、頭蓋骨の一部や、頭の筋肉や、脳の表面にある血管には痛みのセンサーがある。古代の穿頭手術がホラーとしか思えないとようやく認められたのか、現代の開頭手術を受ける患者は頭部を開ける前に、少なくとも「ハチに刺されるみたいにちくっとする」部分麻酔が打ってもらえる。病院のウェブサイトには、頭蓋骨が開かれる間「皮膚が切られるときに引っ張られるような感覚がある」と書いてある。『ブリティッシュ・ジャーナル・オブ・ニューロサージェリー（イギリス神経外科学雑誌）』は、開頭手術に使われるドリルの「すさまじい騒音と振動」が感音性難聴を引き起こすことがあると報告している。ほとんどの患者は、痛みを抑えるために術後長ければ数週間も麻酔を必要とし、その後も数ヶ月から時には数年にわたって市販の鎮痛剤や抗炎症剤を服用しなければならない。とはいえ、患者は驚くほどうまく手術を乗り越えるのだ。

穿頭手術に耐えたご先祖様と開頭手術を受けた現代の患者はどちらも、わたしたちの精神は身体が生み出すもっとも強い痛みの感覚を乗り越える能力を持っていることを証明している。19世紀、チャールズ・ライエル卿は、地球の歴史が始まって以来続いてきた、動物と人間の精神の進化的成長に関する一節で、この概念について述べた。

> 物質主義傾向を持つことから考える限り、感覚、直感、高等哺乳類における理性に近い知性、そして人間自身でどんどん改良していける理性、という仮定される一連の生命の地質学的段階を経た地球への導入は、**物質に勝る精神**（わたしによる強調）の支配が増え続けていることを示していると言えるだろう。

精神と物質の関係は、現代のこころを研究する精神科学の主要な問題である。この分野は、ここほんの五十年ほどで発展してきた学問である。その最初の十年には、脳と行動の関係に関する統一された理論はなかった。実際のところ、1960年代以前には、神経心理学の医者はほとんどいなかった。

1983年、ヘニー - ボショフとテルティアが同時に、政府実施の全国統一大学入学試験のマトリックを終えた。ヘニー・ボショフは医大に進学し、テルティアは人材育成の畑でキャリアを築き始めた。母のスザンナは59歳だった。夫は六年前に先立っており、今では子どもたちも成長した。自由になったのだ。母は家を売り、残しておく価値のあるものを保管し、日常生活で必要な物だけを持って旅に出た。母は、もうひとりの「スティンカンプ」ではなく、もっと何かエキゾチックなものを求めていた。

スザンナは、白人の南アフリカが誕生した喜望峰（ケープ・オブ・グッド・ホープ）を目指して、南へと旅した。道中、知人や友だちを訪ねながらののんびりした旅だった。農場に引っ越す前に住んでいたケープタウンで親戚や友だちと再会した後、北東へ進んだ。大学に通い、父と出会ったステレンオスに寄ってから、海を目指して南下した。ガーデン・ルートに沿ってワイルダーネス国立公園に向かい、海辺に点在する観光地を訪ねて回った。セミクジラが入り江で交尾したり出産したりしているという目撃情報を、ホエール・クライアーと呼ばれる人たちが叫んで知らせるヘルマナスの町。左側の大西洋と右側のインド洋の境目はどこかと海の畝の中に正確な境目を探したくなる、アフリカの最南端である岩だらけのアグラス岬。母は、波のようにうねる小麦畑に囲まれたプリークストゥール・ヒルへと続く田舎のブレダスドルプに一泊した後、モセルバーイの港町にしばらく滞在することにした。そこは、中石器時代の祖先が海に面した断崖の洞窟を住処とし、現代の大きな脳を発展させる燃料となったオメガ3脂肪酸の豊富な貝などの海の恵みを捕獲したであろう場所である。あるとき、ウォーテルロー時代の狂った英国王、ジョージ3世から名前をとった、絵に描いたように美しい街にやってきた。海岸地方からおんどりの一歩という名前の肥沃な谷に住み着いた元木こりたちの入植地で、オウテニカ山地と、原生林と、流れの速い川と、豊かな農場と、そして極上のフィンボスに囲まれた桃源郷だった。フィンボスとは、100キロから200キロメートルの帯状に伸びる沿岸部にのみ存在する非常に珍しい植生で、世界六大植物区の中でももっとも多様性に富んだケープ州の花の王国を形成している。

たった数日見回っただけで、スザンナは「美しい牧草地、小川、川、(たくさんの)ダマジカの子鹿のいるわたしの園」を見つけたと思った。母は、家を買い、トランスバールから家具をトラックで運び、引っ越した。

脳の四つの主要な領域は脳葉として知られる。そこにかぶさる頭蓋骨の骨から取って、それぞれ前頭葉、頭頂葉、後頭葉、側頭葉と名づけられた。前頭葉はすべての情報のアウトプット、つまり計画的で自発的な行動に関与し、後ろの三つ、頭頂葉、後頭葉、側頭葉は脳への情報のインプットに関与する。わたしのMRIの検査結果検出された損傷は(今までのところ)すべて前頭葉にある。

インプットにおける側頭葉の主な役割は、聴覚である。わかっている機能の多くは、この領域になんらかの障害を負った人を研究することで明らかになった。側頭葉には、右左両方の半球に、ケネディの描かれた50セント硬貨(訳注：直径約3センチで500円玉より少し大きい)ほどの小さなサイズの、聴覚に関与する、聴覚野と呼ばれる領域がある。側頭葉はまた、知覚や記憶にも関与している。疾病や、トラウマや、特に多いのが脳卒中によって側頭葉に損傷を受けると、ウェルニッケ失語症として知られる言語障害を起こすことがある。ウェルニッケ失語症は、話し言葉や読んだ内容が理解できないことが特徴だ。右半球に損傷を受けると、音楽や他の音を認識し、楽しむことができなくなる場合がある。

インプットにおける後頭葉の役割は、特に視覚に関連したものである。後頭葉がうまく機能しないと、色覚に問題が生じる、物体の認識がうまくできなくなるなど、知覚に障害が起き、大規模な損傷では失明に至る。右後頭葉が損傷されると、左視野が見えなくなり、左後頭葉が損傷されると、右視野が見えなくなる。

インプットにおける頭頂葉の役割は特に触覚に関連したものであり、身体からの感覚情報を知覚し、分析し、組み立てることを担当する。頭頂葉は、視覚的、聴覚的、触覚的な情報を結合し、全体的な意味を理解する部位である。左頭頂葉で、文字がまとまって単語となり、単語がまとまって思考となる。右頭頂葉によって、顔や形を認識する、身体の状態や不調に気づく、方向を知る、などの空間的な理解が可能となる。

頭頂葉に損傷を受けると、左右逆側の身体からの感覚刺激を認識する能力が低下することがある。右頭頂葉への損傷の場合、よく知っている物体を触って認識することができなくなることもある。左頭頂葉への損傷では、言葉の意味がわからなくなる、計算ができなくなるなどが起こることがある。

医師によるとわたしの場合、頭頂葉の機能不全は、現時点では、前頭葉のアウトプットがうまく働いていないために起こっており、他の脳葉と同様、このインプット脳葉そのものに障害があるわけではないということだ。

毎日の不具合がどのように物質的脳と関連するのかを子細に学ぶうちに、わたしの認知症について別の見方をするようになった。感情を交えない科学的な見方だ。わたしの記憶が機能しないのは、脳の細胞集団が死んだためである。今までより頼りにならなくなったのも、毎日の家事を十分こなせないのも、「わたしのせい」ではないのだ。失敗する原因は、MRI上に見える白い斑点のせいであった。同時にわたしの新皮質の大部分はまだダメージを受けていないことを示す大きな黒いかたまりが見えたことにも感嘆した。黒いかたまりは、新しい知識とそれがもたらす喜び―その事実を忘れてしまった後でも残る幸せな感覚―を認識するための無損傷の細胞構造をまだ含んでいるということを示している。

母は、ジョージの新しい家に落ち着いた。担当の不動産屋は、若い男性を下宿人とするように勧めた。近所の人たちは、週に二回掃除をしてくれる女性と、庭師の仕事を探しているヨンを雇うように勧めた。ヨン（Jong）とは、アフリカ語で「若い男」を示すが、すべての年代の黒人男性を軽蔑的に「男の子」と呼ぶのと同じように使われる。スザンナは、手助けをしてもらいながら、すぐに新しい住処を整えた。農場から持ってきたマホガニーのテーブルと六脚のランピーチェア（細い革ひもを粗い格子状に編んだ座面のある椅子。わたしたちがアメリカへ発ったとき、母はそのうちの一つをくれた）が、ダイニングを陣取った。濃い色の木製の食器戸棚には、真ん中がクリーム色で古めかしい金色の縁取りの花びらのあるバラが描かれたロイヤル・ドルトンの磁器が飾られた。作りつけの本棚には本や作品の材料が詰め込まれ、テーブルの上は集められた好奇心のかたまりである芸術素材で溢れかえった。ケープタウンのビーチで拾った流木、ダチョウの卵の殻、一握りのくじゃくの羽などが、彼女のトレードマークとも言えるフラワーアレンジメントになる日をそこで待っていた。でも最初にもっと大事なことがある。外は春で、まだ未踏の庭や土地が彼女を呼んでいた。

木曜の朝、ガーデンボーイが来たとき、人生を終えるまでずっと仕えてくれたオールド・マダムと車洗浄の後の午後の仕事が見つかって喜んでいた中年のヨンは一緒に、不思議な調和の中で働いていた。伸び放題の低木や、前の季節に切り取った花のもつれた茎や、芝生になるはずの場所の一面の砂利と格闘した。スザンナは何を捨てて何を残すべきかをガーデンボーイに教えながら、自分でも手押し車に庭の砂利を積んだ。

昼下がりに男性が帰ると、スザンナは家に入って、ひんやりした居間に戻り、くすんだピンクのロッキングチェアのふかふかに沈み込んで、けだるい心地よさの中で休んだ。すぐに居眠りをし始めると、玄関のノックでハッとして目覚めた。ひとりの男がキャップを持って立っていて、コーヒーとパンをくれと言った。これは南アフリカでは、特に田舎では、珍しいことではなかった。高いしび返しの付いた塀や、電気の流れる柵などはまだジョージにはなかった。スザンナは男に待つように言って、ケトルを満タンにして昨日の食パンから5センチの厚さにスライスしようとキッチンに向かった。しかし、まだ居間も横切らない間に、彼女の脳内で雷の嵐が爆発した。L-O-V-Eの文字の赤いネオンが鮮やかにちかちか光り、ヴェロニカスの燃える青いロケット花火が夜空ではじけ、ナマクアランドのヒナギクが木星の環と黄色の喜びを撒き散らした。

そこから数キロメートル離れたビジネス地区のオフィスでは、スザンナの下宿人も、脳内の光の嵐を経験していた。目の後ろの形にならない白とグレーの閃光から始まり、それがケープタウンを縁取る胸壁みたいなジグザグに変わっていった。彼はそれが何かを知っていた。一時間ほど前、お決まりの偏頭痛のせいで何時間も便器にしがみついて嘔吐し続けていたのだ。彼は上司に帰宅しなければならない旨を伝え、家に向かって車を走らせた。

家に着くと、車を停めて、急いで中に入った。ドアは開きっぱなしになっていた。血痕をたどっていくと、母が意識を失って床に倒れていた。何度も車の窓から嘔吐しながら運転して、彼は母を病院に連れて行った。その後の数時間、彼は救急室の入り口近くのトイレで過ごすことになった。その間に、個室には「スティンカンプ夫人」と名札が付けられ、看護師と医師のチームが周りに集められ、娘が電話で呼ばれた。母が下宿人に緊急用にと教えていた番号はラナのものだった。

兄弟たちは生活を中断し、車や飛行機で１１００キロ離れたジョージまで行った。わたしはそうしなかった。忙しすぎて行けなかったわけではない。妹弟のうち三人がすでに向かっていたので、旅行はとっておくことにしたのだ。したがって、この話は、妹弟たちがそこに着いたときにその場にいた他の人から聞いた話であり、実際に見てはいない。それでも、他の家族伝説と同じ程度には、あらすじは間違っていないはずだ。

病院に着くと、母がレイプされてはいなかったことを聞いてみんなほっとした。子どもたちがベッドを取り囲むと、きちんと見えないにもかかわらず、スザンナの顔は輝いた。母の視覚では、せいぜい砂嵐画像に動くものがぼんやり映る程度にしか見えなかったが、徐々に改善していくだろうと医師は言った。母が普段どおり冷静であったこととみんなを認識しているとはっきりわかったことで安心した兄弟たちは、眠るためにスザンナの家に行った。しかし、眠る前にまずしたことは、母の受難の痕跡を消すことだった。リビングルームの母が倒れていた場所のじゅうたんに残された血溜まりや、母が這っていってできたダイニングルームからの赤ワインのような濃い赤の道をごしごしとこすり、母が最後に倒れこんだキッチンのタイルの血のプールとしみをモップで拭いた。そこで、コーヒーとパン以上のものを欲した飢えた男の斧が、母の頭皮を傷つけ、頭蓋骨を割り、脳硬膜に分け入り、後頭葉の灰白色物質と白色物質に切り込んだのだ。男は、母が死につつあるのを横目にラジオを持って逃げた。

一週間後にスザンナが退院すると、わたしは当時四人だった彼女の孫を引き連れてプレトリアから飛んだ。わたし自身の子ども二人とラナの子の男女の双子で、3歳から6歳までの男の子二人と女の子二人だ。何を考えていたんだって？　でも、わたしの直感は正しかった。母がもっとも必要としていたのは、若い命の幸せな騒動に巻き込まれることだった。ピンクのリクライニングチェアに誰が座るかをめぐる争いの声が大きくなり、肉体戦に発展すると、母は自分の椅子を放棄して昼寝をしに寝室に行った。母は、食事時には喧騒を楽しみ、騒音が大きくなり肉体戦に発展すると、教育的で楽しい道徳的な話をして割って入った。朝、気分が良いと、母は一緒に絵を描こうと子どもたちを誘った。子どもたちがお絵かきに疲れてくると、宝物集めの自然散策と称してドライブに出かけた。インパラの角みたいに割れてカールしている種子の鞘、舐めると宝石のように輝く石、花や骨、羽毛、「海の作用による変化に悩まされ／豊かで見慣れぬものに変わった」ガラスの破片。

子どもたちとわたしが家に帰る前に、誰かわかるまでは決してドアを開けないという約束を母から引き出した。開けないと約束はしたが、母はこれまでとまったく同じ生活を続けていたに違いない。憶えているときには鍵をかけ、気が向くままに庭に出て、我慢できないほど愛するひとりきりのがらくた集めの長い散歩に乗り出す。

法律面では、効率的、かつお決まりの対応で、アパルトヘイト政府が黒人に懲罰を下した。犯人はちょうど一年ほど後に捕まり、有罪となり、懲役十八年が課された。裁判で罪を認めたので、絞首刑は逃れた。「老婦人」を斧で叩き割ったのは自分である、と犯人は告白した。彼は悪いことをしたと思っていた。悪魔は、マリファナであり、強いスピリッツ（蒸留酒）であった。

犯人への判決が下った後、犯人の運命を知ってもスザンナに目に見える影響はなかった。ヨハネスブルグのわが家からの電話で、どんなふうに感じているのかを聞き出すと、母は、犯人に対しても襲撃についても、ほとんど考えたことはないと言った。自分にしたことが原因で、誰かが刑務所に入っているなんて変な感じがするとも言った。母は、視力が復活してきていることや、描いている絵や、読んだ本や、瞑想について話すほうがよっぽど楽しいようだった。

表面的には元気だったが、事件前のスザンナから事件後のスザンナが違ってしまったことを示すかすかな兆候があった。たとえば、わたしと子どもたちが家に帰った後、彼女は花のリースを作り始めるのだと言ったが、作ることは決してなかった。

＊＊＊

ピーターとわたしが移住し、母がジョージに移ってからほどなく、母は「書き方を教えてほしい」と頼んできた。母が子ども時代の物語を書き、わたしが校閲してコメントするという計画を立てた。こうして仲間同士の貴重なコミュニケーションが始まった（わたしは当時、まだ何も出版していなかった）。物語の中の母の名前は、子ども時代の名前であるスザンナであった（成人して、スーザンとなった）。彼女の名前が、わたしたちの世代の違いを超えていく感じが素敵だと思ったのだ。

その当時、新参者の移民として、名前にとても敏感になっていた。アメリカにおいて、わたしの名前は発音しにくいものであった。多言語の国の人とは違って、アメリカ人はわたしの名前を発音しようとさえしないように思えた（やっと親友ができたとき、これは普遍的真実ではないとわかった）。ピーター以外から自分の名前を聞くことがないので、まるで透明人間になったみたいに感じ、それがわたしの自己感覚に影響した。そこから連想して、元の発音しづらい名前のかわりに「白人の」名前を与えられた子ども時代の農場労働者や奉公人の気持ちが少し理解できたように思った。名を失ったことで、名前で呼んでくれる人がもはや誰も生きていない年老いた人たちについても考えさせられた。自分の名前を失うことがどんなに自己感覚に影響するのかに驚いた。

こういったことを念頭に、わたしたちの「書き方クラス」では、母をスザンナと呼ぼうと提案した。母もそれを喜んだ。そのとき以来、面と向かってはママと呼んでいても、頭の中ではスザンナと考えることが多くなった。ジョージで脳に傷を負ってから母の認知症はどんどん進んでいったが、遠く離れた親密な交流のなかで、母がスザンナでいられることをどれほど愛していたかということを思い出した。母はすでにわたしが誰かわからなくなっていたので、母の名前を取り戻したいというわたしの衝動はおさえこんだ。だから今回は、わたしたちの関係を明確にしなければならないとき以外、彼女のことはスザンナと書くことにした。それは、誰かの何か ── 友人、園芸家、学者、哲学者、芸術家、作家、などなど ── を超越して人生の中で蓄えてきたスザンナの数々の自己に対するわたしの敬意なのだ。

スザンナが脳に怪我を負って十二年後、いくつか別の家や高齢者向けのホームに住んだ後、プレトリアに戻ってきて、ラナの助けを借りながら高齢者コミュニティの中の自分の家で生活し始めた。視力の問題がずっと続いていた以外、脳の障害の兆しをはっきりと示すようなものはなかった。時々おかしな行動をするようにはなったが、母はもともと風変わりだったし、実際に年をとったのだからしょうがないと思っていた。70歳になっても母はまだ旅行ができるほど元気だったので、1995年の夏、わたしたちが住むソルトレイクシティを訪ねてきた。

到着予定日の空港で、荷物受け取りのターンテーブルの周りの旅行者の中にスザンナの姿が見つからなかった。母の名前のスティンカンプの発音は時として難しいので、正確な発音をアナウンサーに指導した上で、呼び出しをかけてもらった。何度も呼び出しても、スザンナは現れなかった。時間が経つにつれて不安になってきて、航空会社のデスクに問い合わせた。しかし、デスクではどんな情報も教えてはいけないことになっていた。母が飛行機に乗ったのかどうかすら教えてはもらえなかった。母が高齢であることと、はるか遠くからやってくるのであることを説明すると、デスクにいた女性が、スザンナはそのフライトの乗客リストには載っているが、飛行機に乗ってはいなかったと言った。あまりにも心配で気分が悪くなってきて、公衆電話からラナに電話しようとしたが、運悪くもそこから国際電話をすることはできなかった。家に帰ってラナと連絡すると、スザンナが予定どおりに出発したことがわかった。その時間までに、彼女が乗り換える都市からの次の飛行機が着くことになっていたので、わたしはまた空港に急いだ。このときは、到着ロビーのエスカレーターを降りてくる旅行者の中に彼女のトレードマークの真っ白の髪を見つけた。

安堵はすぐに怒りへと変わり、歓迎の喜び気分など吹っ飛んでしまい、門限を過ぎたティーンエイジャーを相手にしているみたいに詰問を始めた。「どこにいたの?」

なぜイライラしているのかわけがわからないというように、平然とスザンナは、店を見て回っていたら飛行機に乗り遅れたのだと言った。

「どうして、電話してこなかったの?」

「電話のかけ方を知らないもの。それに、次の飛行機に乗ったら、あなたが迎えに来るってわかっていたし。」

トラブルはすぐにまた起こった。わが家に着いてからのスザンナは、まさに地に足が着かない感じだった。ひとりで大丈夫だと言い張って散歩に出かけると、しょっちゅう自分がどこにいるのかまったくわからなくなり、近所の玄関をノックして道を聞くはめになった。別のときには、家からほんの数ブロックしか離れていない場所で緊急でトイレに行きたくなった。母は近くの玄関をノックして、トイレを使わせてもらえないかと尋ねた。幸いなことに、ここはモルモン教の宣教師や宣教師をして戻ってきた人たちがわんさかいる地域だったため、他のアメリカの街と比べると、スザンナの訛りのある英語でも押し売りだとは思われなかったようだ。年齢を重ねるごとに際立っていくスザンナの生まれつきの魅力と無防備な見かけのおかげだったのかもしれない。

迷子が良い結果に終わったことで、世界は良いところというスザンナの信念はますます強くなった。斧で襲われた後でも、母はそう主張し続けていた。わたしがどんなに止めようが、耳を貸すことなどなかっただろう。彼女の父親は、90歳代後半で完全に眼が見えなくなってからも、毎朝二キロ近く、遠くの野菜畑まで歩いて往復していた。この遺伝子に闘いを挑むなど無駄なことだ。家では、締め切り前に時計と競っているかのように、むやみやたらと芸術作品を作りたがった。シングルベッドほどの大きさのわたし専用の勉強机で作業して、その机のあるリビングルームを占領した。帰るまでには、大量の絵画とスケッチを完成させて、家族全員だけではなく、尋ねてきた友だちにまで贈った。わたしがもらったのは、アロエの木を主役にした50×60センチの風景画で、今でもわたしの仕事部屋の壁を賑わせている。木を見ると、カラハリを拠点とする祖父母を家族みんなで訪ねたことを思い出してこころが躍る。

スザンナは、絵やスケッチを描く合間に、子ども時代の回顧録となる日記を書いていた。家に帰るときまでには、大判のノートを思い出や考えでいっぱいにした。あるとき、わたしのコンピュータで中編小説ぐらいの長さの作品を書いて、見せてくれた。『もっとも美しい場所 ―― 瞑想録』として製本して、今では家族みんなが回し読みしている。本の中で母が書いているとおり、抽象的な鉛筆のスケッチから始まる。ページを横切って数々の線を走らせ、彼女の創造力を刺激した形たちが強調されている。「わたしの人生の物語は、最初から最後まで、わたしの手が勝手に作り出した形の中から生まれた。製作の途中のいずれかの時点で、この絵本が具体化し始めた」とスザンナは書いている。

これまでにも、母の過去についての物語を聞いたことはあった。移住して間もないころに「書き方を教える」という考えで母が書いたものをいくつか読んだが、このように一ページ一ページから思考や感情がほとばしる感覚を経験したことはなかった。この物語の構成には驚いた。鉛筆画が、まるで構想を練る道具であるかのように、物語を整理するのに使われていたのだ。スケッチで具象化された四つの自己には、それぞれ名前がついていた。一番目から三番目まで交代する間に、それぞれの自己の物語を語り、なぜ交代したのか説明した。最初に表れたのは、スザンナである。グルートリバー、後のオレンジリバーの土手で育った。彼女の家族はカファースワルトという、川の北側の居住区に住んでいた。「学校時代は、毎朝、父がわたしとピーターを起こして、パンとコーヒーをくれた」と彼女は書いている。

冬は、まだ薄暗い間に、ボートのところまで歩いて行った。そこには、おじさんといとこたちが待っていた。アーウィンおじさんがボートを漕いでわたしたちを渡してくれた。川の反対側に渡ってから、カロスにある学校まではさらに14キロの道のりをスクールバスで行った。1934年に川が氾濫し、通ったところにあったものすべてを流してしまった。スザンナがコーンや豆を植えた小さな庭も流された。川辺のジャントワック（タバコの木）の家もなくなった。洪水がボートも含めてすべてのものを飲み込んでしまった。残された区画には学校がなかった。でも、北側の土手に広がる赤い砂丘の隣に新しい砂の島ができて、探検した。

スザンナは8歳で寄宿学校に入ることになり、ずっと遊んでいられる穏やかな日々は終わりを告げた。9歳のとき、父親から自分の誕生物語を聞いた。「その女性は、トゥルーアの足の間から落ちてくるスザンナが床に着く寸前にキャッチした」と締めくくられた。スザンナは初めて、雌羊から子羊が落ちてくるのと同じように、自分も「母の足の間という恥ずかしくて私的な場所から出てきたのだ」と思った。それから何年もの間、母親に愛称で、「わたしの小さな子羊ちゃん」と呼ばれるのが嫌だった。

自分が地球に到着した状況を「落下」と理解してから、スザンナは文中で自分のことをスザンナと呼ぶのをやめた。痩せたナン＝尼がスケッチの真ん中でひざまずく姿で表される、ナンザンナとなった。子どもは、目の届くところにいて何も言わぬがよい。怠慢は悪魔がもっとも好むもの。白人の女の子は、木登りをしない、裸足にならない、日曜日に小説を読まない、生理中に髪を洗わない、大学には行かない。彼女は、自分がそんなアフリカーナーの農耕社会の厳格な掟を守れないのではないかと恐れた。

高校卒業後、ナンザンナは農場から110キロほど離れたアピントンという街で弁護士のアシスタントとして働いた。一年間大学のための費用を貯めてみて、こんなちょっとの収入では、いつまでたってもゴールにはたどり着かないと気づいた。銀行で借金しようとしたのだが、それには父親に連帯保証人になってもらう必要があった。そこで、アビームに行く農夫の車に同乗させてもらって家に帰ることにしたのだが、アビームから家まではまだ110キロメートル以上もあった。そこで、カラハリのもっと奥まで行く人が誰か来ないかアビームで待つことにした。その夜と次の日、農場の女性が家族のために洗濯や洗い物やアイロンがけをするのを手伝いながら、地平線に乗り物が近づいてくるのを示す砂埃が見えないかと見張っていた。

とうとう砂埃が見えたが、違う方向からだった。父の農場の方からやってきたのだ。それはとてもゆっくりと動いていた。馬に乗っているにしてはのろすぎる。ロバ荷車かしら？　彼女はゆっくりと近づいていった。胸にうずまくほんのわずかな希望を抑えようとペースを落とした。荷車が近づくに連れて、信じられない気持ちがどんどん高まった。でも・・・ああ！間違いない！　シートに座っていたのは、ティーンエイジャーの弟たち、ピーターとカーニールズだった。

その年はまったく雨が降らなかったため、動物たちのための水を汲むために、毎週どんどん離れた水源まで行くはめになっていた。その朝早くに出発したとき、二つあるうちのどちらの水源に行くべきか弟たちは決めかね、道の分岐点にやってきたとき、ロバに道を決めさせたのだ。そして、ロバはアビームへの道を選んだ。

家に帰ると、ナンザンナが指摘するまでもなく、彼女の救出とバラムとものを言うロバの聖書物語の共通点をみんなが口々に語った。間違いなく良い前兆だ。家族は聖書に従って生きていた。しかし、父親に借金のことを切り出すと、父親はむしろ高利貸しへの警告に関する聖書の章に着目し、サインを拒否した。

たまたま通りがかった隣人に乗り合わせて、骨までガタガタとゆすられながら、ナンザンナはもはやナンザンナではないと感じていた。新しい名前は、「ザンナは出て行かねばならない！」という意味のザンナ・キャピタルIだ。アピントンに戻ると、彼女は雇用主にお願いをした。雇用主は厳格なユダヤ教徒であったが、教育的成長に聖書の解釈は持ち出さず、借金の連帯保証人になってくれた。学校が始まり、ザンナIは家で作った革靴を履いてステレンボス大学へと旅立った。

ザンナIは、ソーシャル・ワーカーになるための勉強をしている間にホザナとなった。鉛筆スケッチでは、頭に石を載せられた鳥の向こうから現れる女性の頭部として描かれている。背後からの風によって、髪束から毛が何本も流れて顔にかかっている。女性のあごの下には、まったく同じ二番目のあごがあり、首の横にはまったく同じ二番目の首があり、二番目の人が最初の人と同期して前進していることを表している。

「天使と人びとが讃える歌を歌う」とスザンナはノートに書いた。「誰が天使で、誰が人？ ホザナ！ ホザナ！ まだ続く終わりが来た後に。だって、予想していた終着地に来ても、歴史はどんどん続くのだから。」

母がソルトレイクシティを去る直前の、葉が色づき始めた8月、わたしたちは母の71歳の誕生日を祝った。それは、終着地に向かっていく、比較的自立を保てた最後の五ヵ月の始まりだった。１９９６年2月、母は精神機能の完全な崩壊を伴う発作を起こした。認知症が始まりをはっきりと示していた。

ドナ・キホーテ：永遠。わたしが耐える永遠。すべての希望を失い、汝ここに入る。

額のすぐ後ろに位置する前頭葉は、とりわけ、目的のある行動の計画、開始、管理に関する出力情報を他の脳部位と身体に送ることに関与している。脳幹や脊髄への接続を通して、自発的な動きをコントロールするのだ。脳内のあらゆる領域への複雑な接続を介して、前頭葉はまた、注意や集中のコントロール、抽象的で複雑な思考、意思決定、精神の柔軟性、高度な判断や論理、感情反応に関与する。この前頭葉が、わたしの障害のもっとも顕著な領域である。

前頭葉がうまく働かないと、損傷された半球の反対側の体が弱り、場合によっては麻痺が起こる。損傷によって、注意力が散漫になる、集中できなくなる、柔軟な思考が困難になる、思考が単純で「固定的」になる、前もって計画を立てたり考えたりできなくなる、判断力が鈍くなる、不適切な感情行動をする、などが引き起こされることも多い。

これらの症状の多くが、わたしの集中力の欠如としくじり行動にはっきりと現れているのではないかと思う。わたしは、もともとは集中力があることで有名だった。たとえば、博士号取得に取り組んでいたとき、わが家には研究のためだけに使える余分な部屋はなかった。かわりに、キッチンテーブルという、もっとも表面積の大きいテーブルで勉強した。その時期、小学生から中学生にかけてのニュートンはとても社交的で、ほとんど毎日友だちを連れて帰ってきて、大騒ぎした。キッチンは騒音に包まれたが、それでもなんとか集中できていたのだ。それが今では、注意力の欠如もはなはだしい。通り道に待ち受ける誘惑に負けず、記憶喪失にもならないで、コーヒーを淹れたり、歯を磨くために洗面所に行ったり、服を着たりすることすら難しい。途中で集中力が切れてしまうので、会話もうまくいかない。

同様に、「算術計算をする」のも「言葉の意味を知る」のも難しくなってきた。2010年の心理テストの担当医のジャニス・ポンパ先生の評価は、「サンダースさんは、数学の学位を持っているが……問題を解くために必要なだけの要素を憶えておくことができない」であった。2012年の評価は、「サンダースさんのテスト結果は全般的に良いが、その結果とは矛盾して、本人は深刻な記憶や発話の中での困難を日常生活で経験していると言っている。その困難は、インタビューやテストの間にも垣間見ることができる」であった。

「すべての目的のある行動をコントロール」することに関して、2012年のテスト結果には、わたしが先生に伝えた、意思決定時に身体が奇妙な反応をするということが記された。「歩いているとき、不注意に足と足を巻きつけてしまい、もう少しで転びそうになる。」この種のヘマがどのようなものか例を出そう。裏門に向かって歩きながら、車庫に出ようか（最初の目的）、それとも（気が変わって）、3メートルほど離れたキッチンカウンターの上にある金槌を本来あるべき車庫に戻すために取りに戻ろうかと考える。わたしの足は思考の動揺に従うようで、同時に両方の方向に進もうとしているかのように「お互いに巻きつきあう」。このような混乱が実際にどのような脳内の経路をたどるのかはわからないが、とにかくその不具合によって、わたしはバランスを崩す。腕が関与している場合には、わたしの意識が決断を手に送るのを待たずに飛び出してしまったかのように、テーブルやカウンターの上のものを払い落としてしまう。

ブローカ野は、話したり書いたりといった言語アウトプットを産出するのに関与する領域である。ブローカ野の左前頭葉に損傷を受けると、ブローカ失語症という他人とのコミュニケーションに困難が生じる言語障害が起こり、会話やコミュニケーションがまったくできなくなったり、多大な努力をしてもわずかな簡単な言葉しか言えなくなったりする。認知症観察ノートに何度も書いているとおり、わたしの場合は、話している途中に、話そうとしていた内容が突然頭の中から消えてしまって会話が途切れるという問題や、自分が言いたい単語や文が長い時間見つけられないという問題がある。しかし、それでも不思議なことに、ゆっくりではあるが、いまだに書くことはできている。

ＭＲＩの結果からは、わたしの頭頂葉には何の障害も発見されなかった。おそらく、頭頂葉がさほど問題なく受けとった聴覚インプット（補聴器をつけているときのわたしの聴覚は良好である）の情報を前頭葉が処理してアウトプットする間に、混乱が生じているのであろう。認知症観察ノートの２０１２年２月７日の記録が、その例を示している。「ラジオで『臨床試験』という言葉を聞いたとき、それが何を意味しているのかわからなかった。頭の中に浮かんだのは、ＣＳＩ調査官が裁判で証明するような科学鑑定であった（グーグルで調べたところ、ＣＳＩとは、Criminal Scene Investigation（科学鑑定班）の略であった）。臨床試験が「薬の盲験」であると思い出すのには、会話の中で使ったり、仕事で書いたりするのは不可能なぐらい長い時間を要した。

同じように、後頭葉にも問題はないと思われるが、見ることにもたまに問題が生じる。おそらくこれも、情報を処理する前頭葉の問題に起因するのであろう。このメカニズムをはっきり肯定するかのように、ポンパ先生は、２０１０年にこう書いている。「彼女の検査結果を見ると、視覚記憶からの情報の取り出しは優秀であるが、視覚情報の認知は平均以下である。」だからきっと、わたしの「見間違い」は前頭葉のせいであろう。

認知症観察ノート

2013年7月25日

昼食後の片づけをしようとしていたとき、サラダボールが円ではなく、楕円に見えた。向きを変えてみたが、やはり楕円に見えた。なんだか自分自身から切り離されたように感じた。サラダボールを見ているのは自分ではないみたい。昼寝をしてからサラダボールをもう一度確認した。円だった。

自分自身の初期の認知症に関してもっとも不思議なのは、先に書いたような失敗によって日常生活での用事に時間がかかり、疲れきってしまうにもかかわらず、わたしの頭が執筆できる程度にはしっかり働いているということだ。この矛盾に関しては、2012年のポンパ先生のコメントがヒントになるかもしれない。わたしの平均以上の心理テストの結果と日々の課題遂行の同様の矛盾について、先生はこう説明した。「試験者によって整えられ、管理されたオフィス環境においては、優れた知的能力によって課題をうまくこなすことができるが、日々の生活において、こまごましたことをこなし、覚え、整理することが求められると困難が生じるのかもしれない。」

2013年に家族と南アフリカに旅行に行ったとき、ポンパ先生の説明が現実的に思えてきた。自分の面倒を見たり、持ち物を管理したりはうまくできなかった。たとえば、絶対飲まなければならない薬を二回忘れたし、ショッピングモールのトイレに財布を忘れたし（わたしの後に個室を使った女性が財布を見つけ、友だちと一緒にわたしの後を追って返してくれた)、しょっちゅうワインやコーヒーをひっくり返した。しかしそれでも、たいていは明瞭な言葉で、ほとんど止まることもなく会話することができた。その理由? 弟妹たちとその家族が三十人も海辺に集まって食事をしたのだが、わたしは記憶に困難があり混乱することもあるので、弟や妹やピーターや子どもたちとその配偶者たち、そして孫たちまでが、楽しい時間を過ごすための責務をすべてこなしてくれたのだ。家にいるときは、担当分の家事をこなすことに大きな精神的エネルギーを消費せざるをえないが、南アフリカでは、自分の頭を整理することだけに専心させてもらえたのだ。

ドナ・キホーテが家族に乾杯をした:

家族 —— 織る人、取る人、巻く人、陰謀者
ポンパー、ランナー、空気乗りに泡乗り…
…慰める人、罰する人 —— 兄弟姉妹みんな、ここにいる人みんな。
他に何かいたかしら。

＊＊＊

母が斧襲撃されるよりもずっと前から、わたしとピーターは移住について考え始めていた。可能性については、マリッサが生まれた1977年から探り始めていた。アパルトヘイト下の南アフリカは、

娘を育てるのに最適な場所だろうか？　それとも、移住するべきだろうか？　移住は成功するだろうか？　ニュートンが二年半後に生まれたとき、その思いが強まった。反乱軍と南アフリカとの戦争は長引いていて、男の子のニュートンはその戦争に従事することが運命づけられていた。オリバー・タンボ、デズモンド・ツツ、スティーブ・ビコ、そしてネルソン・マンデラが、人種差別のない社会というばかげた概念を吹聴しているために、「共産主義者」の反乱軍が北側の国境全域だけでなく国内からも国を脅威にさらしているのだと信じられていた。

目を覆ってさえいれば、ヨハネスブルグのパークタウン・ノースの新しい家での生活は快適だった。ピーターは、わが家の玄関兼ダイニングルームで、コンピュータ・コンサルティング会社を個人経営していた。まるまる太った赤ちゃんのニュートンと、ひょろりとした幼児のマリッサは、わたしたちが設計した塀に囲まれた美しい庭で遊んで過ごした。わたしはまだ「プロフェッショナル」な母親で、友だちや知人のほんの狭い中では、舞台のエキスパートとしてちょっとした有名人になっていた。科学や芸術に関するものを入れた遊びが、教育的なものと思われたのだ。いつも自分の子どもとしていた遊びに、友だちや近所の人や知人の子どもたちが加わることも当然あった。あるとき、六人の小学生でソーラーシステムと宇宙旅行の華やかなショーをした。彼らの作品を、プラネタリウムで行われていたアートコンテストに応募した。「わたしたち」がほとんどの賞を勝ち取ったのが自慢である。

家庭とそれを取り巻く友だちの輪の安全な繭の外は、それほどのどかではなかった。アパルトヘイト下の社会の混乱は、わたしたち白人の生活にもどんどん広がってきているようだった。特に三つの出来事によって、移住の考えが、ぼんやりとした可能性から必要性へと変わっていった。一つ目は、アパルトヘイトが法制化したことによって起こった。家に週二回掃除に来てくれる物知りのローズ・ミュシーは、裏庭の召使い区画に住んでいた。その部屋は、わが家の通用口の外側の舗装された区画の向かいにあって、小さなセメント床のベッドルームにトイレとシャワーの個室がついていた。ローズの娘のマリアは19歳で、電車で一日かかる教師訓練大学に通っていた。休暇中にマリアは、母親に会いに来て泊まっていたのだが、それは違法な行為であった。彼女のパス、つまり特定のエリアに住むための政府の許可証は、白人のヨハネスブルグでは無効だったのだ。

当時、自分で見識あると思っている白人の反アパルトヘイト郊外居住者がみんなそうしたように、わたしとピーターもマリアを喜んで迎え入れ、ローズを手伝って警官が来るのを見張ることにした。警官がその辺を嗅ぎ回りにやって来ても、マリアがローズのベッドの下やわたしたちの家に隠れるだけの時間が稼げるだろう。しかし、わたしたちの生活をかき乱す出来事は、警察が家にやってきたためではなく、塀に囲まれた庭や鍵のかかった鉄門の外の生活を経験してみたいという不合理とも言えないマリアの欲望によって起こった。ローズが厳しく反対したにもかかわらず、マリアはある午後、門の外へと冒険に出かけた。家から一ブロックほど進んだとき、仕事熱心な警察官に捕まった。マリアのパスが無効であるとわかると、警官はすぐに没収した。パスの没収はマリアの法的なＩＤを奪うものであった。もはや法的に許可されているエリアに戻ることもできないのだ。若い警察官は、自分と寝たらパスを返してやると言った。

パスを持たず、泣いて怯えながら家に帰ってきた娘に対して、ローズは殴ると脅すだけで何もできなかった。マリアは、わたしのところにやってきて、車に乗せてパスを取り返しに行くのを手伝ってほしいと頼んできた。ローズも、それは有益かもしれないと同意した。ローズを助手席に、マリアと子どもたちを後部座席に乗せて、その警察官を探してぐるぐると走り回ると、数分のうちにマリアが警官を見つけた。警官は、高校を卒業したかどうかも怪しいぐらい若そうだった。一回りは年上だろうということに勇気付けられて、わたしは車を降りたが、この不条理な状況にふさわしい論理を考えあぐねていた。ローズも車から降りた。わたしが持っているであろう「白人のマダム」のパワーを行使するより前に、ローズが警官に向かってソト語で猛烈な勢いでまくし立てた。ソト語が少ししかわからないわたしでも、それが間違いなく攻撃的なものであることがわかった。

ローズは暴言を吐きながら、何か手で示していた。その後警官が恐怖に似た表情でわたしを見たので、ローズがわたしを引き合いに出したのは間違いない。若い男は意気消沈していった。彼は内ポケットから一握りのパスを出してきて、ローズに手渡した。ローズはマリアのパスがその中にあることを確認してから、それ以外のパスもすべて没収した。ローズは、自分の教会の人たちに知らせ、警察官の名前も触れ回るつもりだった。そうすれば誰かが、間違いなく彼の母親に告げ口するはずだ。若い警官は恥じ入り、まだ怒りの収まらないローズの前からこそこそと消え去った。マリアがわたしたちと過ごした残りの日々はどうだったかって？　マリアは決してローズの側を離れなかった。そして、ローズが用事で門の外に出かけなければならないときは、ローズの部屋に閉じこもった。

二番目のやっかいな出来事にも警察が絡んでいるのだが、このときの法の代表者は、パス没収者と違って脅しが効かなかった。この二人は白人男性だったのだ。それは、マリッサとニュートンとショッピングセンターで日用品の買い物をしているときのことだった。駐車場はいつも大きな問題で、目的地から少し離れてはいるけれど同じ区画内のレストランの側に空いているスペースを見つけたときは、ラッキーだと思った。子どもたちを引き連れ慌ただしく出て行ったので、車の隣の乗り物には特に気に留めていなかった。5歳のマリッサが、隣に停まっている警察のワゴン車を指差して、尋ねた。「なぜあの男の人の顔に血がついているの?」

状況を理解してぞっとした。ワゴンには黒人の囚人が詰め込まれていて、刑務所に向かう途中のようだった。マリッサが気になって指差したのは、開かれた格子付きの窓のところに立っている男の眉毛の上の、小さな傷から流れている血だった。怪我はそれほど深刻ではなさそうだったが、わたしが気になったのは、彼がはあはあと喘いでいたことだった。ワゴンの両側の窓は、聖書ほどのサイズの隙間が開けてあった。涼しい日でひとりしかいないのであればちょうどよかったかもしれないが、その日の気温は異常に高かった。それだけではなく、フォルクスワーゲンに詰め込まれるサーカスのピエロみたいに、ワゴンには12人以上もの囚人が押し込まれていた。男たちは少ない空気を求めて必死の形相で、そのために、隙間近くに立つ男はさらにぎゅうぎゅうと締め付けられていた。

どうしたらよいのかわからなかった。水? わたしは子どもたちの手をとって、スーパーマーケットに向かって歩いた。駐車場を渡り終わる直前に、レストランのシェードの下で二人の警察官が食事を終えようとしているのを見つけた。当時、そこが警察官に守られた国なのだと信じていたわたしは、二人の警察官に立ち向かうとどうなるかなど考えもしなかった。子どもたちと列になって警察官の前まで行進していき、自分たちが座って食事をする間に囚人たちを暑くて空気の薄いワゴンの中に残していることを糾弾した。

間髪入れずに、アフリカーンス語を話すひとりが、「わたしたち白人」が寝室で殺されないように彼と相棒が命を張っているというのに、なんて恩知らずなんだと非難した。続けて、自分たちにも子どもたちとショッピングに行く暇があったらいいのになあ、と皮肉を言った。同時に、もうひとりの警官が子どもたちの高さに合わせてしゃがんだ。優しいおじさんに教えてほしいという調子で、子どもたちに名前を聞き、情報をノートに書き始めた。どこに住んでいるの？　お父さんは何をしているの？

できるだけすばやく子どもたちを引っ張って車のところに戻ったが、尋問者はついてきていた。キーを捜している間に、ひとりがわたしの車の前に立ち、あからさまにナンバーを書きとめた。その情報で何をするのか想像もつかなかったが、真夜中にドアがノックされて、ローズとマリア、いや、もしかしたらピーターとわたしまでが逮捕される光景が頭の中を駆け巡った。

三番目の出来事がもっともやっかいだった。あるとき、ピーターとわたしは、妹のラナと義弟のバズが開いたパーティーに参加した。その一日か二日後、客のひとりが、治安警察が自分に接触してきているとバズに言ってきた。そのパーティーの場で、彼は非愛国的であり、国の脅威になると印象づけてしまったのだ。接触された男とバズはどちらも、わたしが大学卒業後に働いていた原子力委員会のウラン濃縮部門で働いていた。だから、治安警察が電話してきたという話がまったくの作り話だとは思えないのだが、そこにいたのはみんなわたしたちの生涯の友だったのだ。いったいその中の誰が報告したというのだろう？

このような状況のもと、南アフリカを出て行くことが今までになく緊急に思えた。この出来事のすぐ後に、ピーターが、当時はスペリー（後のユニシス）という名だった顧客の会社を訪ねてソルトレイクシティに出張した。雪を冠した山々、友好的で犯罪がなく、毎年何千人もの観光客がやってくるこの都市に、ピーターはすっかりこころを奪われた。そこでアメリカ人のチームリーダーに、スペリー社で雇ってくれないかと尋ねた。半分本気、半分冗談だったのだが、リーダーはその申し出を額面どおりに受け取った。しばらくして会社が招待してくれたので、今度は二人で、郊外や学校や家の値段などを下見に行った。わたしもモルモン教の異教の聖地に恋に落ち、ピーターは職を受け入れた。残るは、ワーキングビザの取得だ。一～二ヵ月後、許可が下りたという知らせを受けた。しかし、すでに最悪だったアメリカの移民システムの官僚主義については何も知らなかったため、ピーターに発行されたタイプのビザを聖なるグリーンカードに昇格させるのは不可能に近いということには気づいていなかった。移住して二年後、わたしたちは不法滞在者になった。それから八年間、個人的にも法的にも必死の努力をした後、ようやく胸に手を当てて星条旗に忠誠を誓うことができた。

最終的にはアメリカ市民になれた幸福には、皮肉な一面がある。ピーターが南アフリカで白人特権としてのすばらしい教育を受けていなかったなら、コンピュータ分野で引っ張りだこにはなれなかっただろうし、会社がそのスキルを残すために何千ドルも払って移民弁護士を雇ってはくれなかっただろう。

わたしたちが移住を決意したのと、母がプレトリアからまだどこか決めていない目的地に引っ越すと決めたのはほぼ同時だった。ソルトレイクシティに引っ越すことにしたと伝えると、母は喜んでくれた。しかし、母の瞳には、斧襲撃の後に頻繁に現れるようになった空虚なものではない何かが見えた。深い悲しみ。わたしたちの引っ越しによって遠く離れてしまうことによる深い悲しみが、なによりも大きかったのだろう。

ゲルダちゃん、どこに行くんだい?
砂場で遊ぶのよ。

わたしの記憶の中で、母は先見と予言の賢者かつ想像の象徴であり、父はいまだに家族の論理主義と合理主義の象徴である。移住したときにはすでに父の死から七年が経っていたので、わたしたちが生まれ故郷を去ることについてどう思ったのかは想像することしかできない。しかしかつて社会政治的、環境的な状況を鑑みて農場から街に移り住んだ父ならば、それが家族にとってもっとも良い決断であるとわかってくれたのではなかろうか。そして、成長の谷であるスティンカンプの農場から一万六千キロも離れたところに移住する計画を見守ってくれた母がどれほど寛大に思慮深かったか、わたし自身が子どもを持つ大人の子どもの母となった今、ようやくわかり始めたところだ。

ジョージでは、物事は順調ではなかった。スザンナは身体的には傷から回復し、電話では元気だと言っていたが、以前のような冒険への抑えがたい欲求は消えうせてしまったようだった。「生物学的に類似する二つの身体の間のエネルギーの流れの中で、一体は、もう一方の中の羊水の喜びの中に横たわり、一体はもう一方を誕生させるために骨を折る。」この先に生まれた者が、アメリカ移住によってもう一方と遠く離れてしまうことによって抱くことになる実存的孤独を、わたしは感じていただろうか？　考えていただろうか？　しかし、母の悲しみには、もっとも身近な愛する者がいない生活の退屈さという、もっと平凡な寂しさの一面もあった。

出発の日、わたしたちが、空港で胸がよじれる思いをして最後に別れを告げた後、三十時間の飛行の間にマリッサの足がひどくむくんだために履いていた靴が入らなくなって裸足でアメリカに到着した後、ソルトレイクシティの居住用ホテルに数週間滞在した後、古風なボンネビル湖のほとりの家に落ち着いた後、スザンナは再びジョージを出発した。ネガティブをポジティブに変える母の執念も、彼女の環境を取り巻く社会政治的な非合理さに打ち勝つことはできなかった。このときばかりは母自身とその母親の「生物学的に類似する二つの身体の間のエネルギーの流れ」を呼び集めて、母はメアリーデールのカルー村に引っ越した。そこに母の両親がカラハリ農場を引退した後移り住んでいたのだ。スザンナの母のトゥルーアはそのとき80代前半で、父親のキャレルは90歳だった。キャレルは目が見えず、トゥルーアは足が不自由だった。

かつて、彼らは彼女のことを頑固なものだと思っていた。

キャレルとトゥルーアは断固として自立を主張していた。キャレルはフェンスを指先でたどりながら畑へと行き、トゥルーアは、料理を手伝い、掃除をしてくれる有色人種の女性を車椅子から監視していた。しかし、スザンナはそろそろ自分が彼らの面倒を見なければならない時期が来たと感じた。

スザンナは、子ども時代を過ごした景色の中に戻る手はずをすべて整えると、北へ向かって６００キロ引っ越すのに、ピックアップを持っている息子のキャレルを雇った。しかし、母の思い出のしみついた世俗的な持ち物の重量がピックアップの有効荷重をはるかに超えていたため、車体の後ろが道路につきそうなぐらいに沈み、ヘッドライトは空をぼんやりと照らし、ずっとよろよろとふらつき続けて、もはや「怖いものなど何もない」という未知の境地に達したという。それとは対照的に、もはや自分の目を信用しないことに慣れてしまっていたスザンナは、永遠の輝きを放つ北極星が彼女の運命を手繰り寄せるのに従っていた。もっとも、南半球では、見晴らしのよい場所からでも、地球の表面とマントルにさえぎられて、北極星は見えないのだが。

お返しにあなたはそれぞれのものにこころを捧げた——ママの小さな子羊よ。
終わりのない終わりが来た後に。
ホザナ　ホザナ。

5章　狂気と愛 I

愛は、四番目の狂気である。

プラトン（249d）

確かに狂気とは、意識と無意識の間の絶頂である。

ジョン・フレデリック・チャールズ・フラー（『魔術』）

わたしが初めて狂った人を見たのは、5歳になる少し前、ケープタウンからトランスバールに引っ越してきたばかりで、農場のオールド・ハウスで祖父母と一緒に暮らしていたときのことだ。ウィルマンと顔をつき合わせたとき、まだ引っ越して一、二日しか経っていなかった。徒歩圏内に住むいとこたちが訪ねてきていて、グループの中で一番年長だったヘンドリックとわたしは、探索の冒険に乗り出した。

タバコ小屋の方に向かっていくと、農場の周りの庭、というより土が整えられた場所の終わりには、仕切りとして背の高いカリンの木が植わっていた。そこに行くためには、ペンドリングと呼ばれる大きな木の下を通っていかなければならなかった。その下には、三センチほどのV型の鋭いとげとげでできた恐ろしいカーペットが敷き詰められている。ドリングと呼ばれる二叉のとげは、大きなレイヨウの一種のゲムズボックのまっすぐで鋭い角みたいだ。ヘンドリックとわたしは、とげに刺さらないようによけながらつま先立ってその道を横切って、カリンの並木へと走った。生垣となるその並木にたどり着いたとき、わたしは凍りつき、目の前の映像が魂に刻み込まれた。赤く腫れあがった目の男。もつれた髪がたてがみのように突き出ている。腰より上は裸で、小動物の皮でできた帯が胸に巻かれて結ばれていた。毛や羽や葉っぱや骨などで飾られた重そうな袋布が、帯のかかっている方の肩から揺れていた。そして、その匂いたるや……タバコの汁と汗を混ぜ合わせて、さらに腐った動物の匂いが重ねられていた。はしゃぎまわる犬の一団に囲まれていて、彼は時々その犬たちを棒でたたいた。犬たちはスピードを上げ、狂った男もそれに続いた。

わたしの脚が息を吹き返し、走った。わたしの手をつかんでいたヘンドリックも一緒に走りながら、耳をつんざくような怒声で警告を発した。「ドリング！」彼が泥に滑って急に方向を変えたので、わたしはバランスを崩して地面に転がった。狂人がわたしたちに追いついた。彼は止まり、見つめ、そして笑った。あまりにも大きな口を開けて笑ったので、舌の奥や、歯が欠けている空間が見えた。

このときは、ヘンドリックはわたしの手をとるために止まってはくれなかった。男と犬たちからできるだけ離れようとオウマの庭に向かって走るヘンドリックのシャツの背中がずいぶん遠くで揺れているのだけを目指して必死で走った。

庭にたどり着くと、男は付いてこなかった。わたしたちには気づきもしなかったかのように、そのまま裏門へと向かっていた（後で知ったことだが、彼は食べ物を求めて毎日そこに行くのだった）。わたしたちはスピードを落とし、オウマの花壇を縁取る赤い花のついた低木の茂みに沿って歩いた。ヘンドリックが、低木の下の秘密の隠れ場所を教えてくれた。悪さをした後両親から隠れるのに便利なのだそうだ。わたしたちは中に這って行き、背中やわき腹を折れた枝のとがった先で刺されて顔をしかめた。

一息ついてから、ヘンドリックに男のことを尋ねた。彼の名前はウィルマンだと言った（原注：最近になってからヘンドリックが、彼の名前はピートマンだったと教えてくれた。しかし、私はもう長年にわたって彼のことをウィルマンだと考えてきたのだ）。それが本当の名前ではなくてアフリカーンス語で「野生人」という意味のあだ名であることに気づいたのは、後になってからのことだ。彼は呪術医なのだと息を潜めてヘンドリックは続けた。首の周りに巻いている紐にぶら下げられた袋の中には骨が入っていて、その骨を投げると、黒人を病気にできるし、殺すことだってできるのだ。

「骨？」とわたしは尋ねた。

「そう、やつが殺した人たちの骨さ。」ヘンドリックは真っ青の目を大きく見開いてみせた。「骨を投げた後、犬に彼らを食わせるんだ。もう一度袋をいっぱいにするためにはまた誰か別の人を殺さなくちゃならないからね。」

わたしが怖がっていることを表情から読み取って、ヘンドリックは安心させようとして言った。彼の薬は白人には効かないのだ。それから、とっておきの面白い部分を話した。ウィルマンはどの犬のこともヴォエトセックと呼ぶのだが、それはアフリカーンス語で、犬を追い払うときに使う言葉なのだ。

隠れ場所の中で、突然ヘビがヘンドリックの足の上を滑るように通っていった。年上のいとこは、叫び声を上げて走った。わたしも叫んで、トゲトゲエリアに一直線に走って戻り、ペンドリングのエリアに思いっきり飛び込んでしまった。悲鳴を上げ、ビッグハウスのベランダに跳ねながら戻った。ヘンドリックの母親のタント・ティエンが棘を抜こうとしたが、わたしは必死で、「近寄らないで」という意味の音を発した。

父が農場から家に戻って来ると、わたしの意見など聞いてはくれなかった。じっと座っているように言ったか、または誰かがわたしを押さえていたのだろう。針がずきずき痛んだとき、わたしは大声で泣き叫んだ。父は、聞こえないかのように、草原のジャッカルたちが参加して来ないのが不思議だなとからかった。

棘の摘出の痛みはすぐに忘れたけれど、脳に刻み込まれたことがあった。ヘンドリックは間違っていた。ウィルマンの黒魔術は、わたしたち白人にだって十分通用するのだ。

＊＊＊

病気によるものであれ、トラウマによるものであれ、脳への障害にはスキルの保持や消失が予想もできない形で起こるという特徴がある。２０１３年の『ニューヨーカー』の記事で、デイヴィッド・オーウェンは、脳の障害の気まぐれさを表す逸話を書いている。ある「天才建築技術者」は、「新しいことを覚える能力を失った」ために職務を全うすることができなくなったにもかかわらず、「驚くべき」数学のスキルと、チェスをプレイする能力が残されていた。この元技術者は、チェスのゲームの途中で一瞬でも席を離れると、戻ってきたときにはもはや自分の駒が黒なのか白なのかすら思い出せず、対戦相手が座っている場所から色を推測するしかなかった。しかし驚くべきことに、その後チェスボードを見て、「ゲームを巻き戻してから、前に進める」ことができ、この方法で、「たいていの場合、勝利した」と言う。

今日では、こころにどのような特徴の異常が起こるかは、ダメージを受けた脳の領域と密接に関係していることがわかっている。しかし、この説は、二十年前までの精神科学の世界では、まったくと言っていいほど相手にされていなかった。「認知的、行動的変化と組織内の局所的な変化」を組み合わせることができなかったのは、文化的盲点のせいである。20世紀前半は、人間（と他の動物の行動）は、思考や感情を考慮しなくても、条件付けという言葉で説明できるという理論の行動主義が台頭していた。行動主義では、精神疾患は、人間のこころを深く掘り下げることではなく、行動を変えることによって治療するべきだとされた。

行動主義の支配下では、脳はブラックボックスのようなものだと考えられ、集合として活動し（脳全体でその行動を決める）、等能力的な組織である（脳はどの部分でも与えられた課題を遂行することができる。つまり、専門性はない）と考えられていた。近代の神経学が花開くためには、心理的プロセスと身体的なプロセスは、スティーブン・J・グールドの言葉でいうところの相互不可侵の領域、つまり互いに影響を与えることができない知識の分野であるという、その広大な文化的概念に打ち勝たなければならなかった。

＊＊＊

二回目に気が狂った人に出会ったのは、南アフリカでの最後の年のことだ。ニュートンは4歳でプレスクールに通い、マリッサは7歳で一年生だった。この地域のほとんどの白人の親と同様、わたしとピーターも、子どもを学校へ車で送迎していた。迎えの時間には、親たち――ほとんど例外なく母親――が終業ベルがなるのを待つ間、立ち話をしていた。未就学の子どもたちは、家で過ごしている子も、私立の保育園に通っていて学校に来る途中に迎えに来てもらった子も、みんな木の下で一緒に遊んでいた。美容院に行ったり、病院が長引いてしまったり、（この時代にはまだ少なかったが）仕事を持っていたりする母親の代わりに立っている乳母のグループもあった。その人たちだけで会話をしていたのだが、いつも白人マダムたちの会話よりもずっと騒がしく、楽しそうだった。彼らが自分の子どもや孫たちと雇用主の家屋で一緒に住むことはパス法によって禁止されていたので、自分の子どもたちは非白人居住区の「ホームランド」に送って祖母やおばさんに育ててもらい、標準に満たない学校に行かせるしかなかった。

ある日、木の下にこれまでに見たことのない白人女性が現れた。彼女は、黒人の乳母を連れていた。乳母は、エプロンからヘッドスカーフまでピンク一色のユニフォームを着て、白人の赤ちゃんの乗った乳母車を押していた。赤ちゃんの二人の保護者はそれぞれ別々の会話グループに属するわけだが、彼らはどちらのグループにも加わらなかった。赤ちゃんは生まれたばかりのようだったので、母親のところに歩いていってお祝いを言うことにした。乳母に会釈してから、母親に尋ねた。「赤ちゃんは何歳ですか?」

「どの赤ちゃん?」母親は答え、目をそむけると、フェンスに沿って走りながら棒を振り回している幼児をじっと見つめた。

乳母車を押していた乳母が近寄ってきて、中が覗けるようにしてくれた。「男の子ですよ、奥様。二週間です」と彼女は言った。

近寄りもせずに、母親は言った。「わたしの赤ちゃんではありません。」語気は強かったが、虚ろな表情に変化はなかった。乳母が雇用主に近寄って肩を軽くたたくと、白人女性はまた先ほどの幼児に視線を戻した。乳母はわたしの方にもう一度向き直って、レジーナという名前だと自己紹介した。その女性の娘のアディーを迎えに来たのだと説明した後、赤ちゃんの食事のことや睡眠パターンについて話し続け、最後は上の子に手を焼いている話で締めくくった。「わたしが赤ちゃんにミルクをあげていると、アディーお嬢ちゃんは、クレヨンを投げてくるんです。わたしが別の子を抱くのが嫌なんですよ。」

母親がまた会話に割って入った。「わたしの赤ちゃんじゃないんです」と彼女は言い張った。「誰か別の人の赤ちゃんです。彼に似ているだけなのです。」

ちょうどそのとき、一年生が出てきたので、がやがやと騒がしいなかでレジーナがさようならと手を振り、わたしも手を振り返した。それ以来、わたしたちはしょっちゅうおしゃべりするようになった。母親にも忘れずに挨拶したが、彼女はもう二度とわたしと話そうとはしなかった。ただ、虚ろな目で遊び場をじっと見つめ、風でひらひら舞う紙や鳥などが彼女の視界を横切ると飛び上がった。彼女の奇行について尋ねはしなかったし、レジーナも説明しなかった。実際のところ、説明できたのかどうかも怪しいと思う。

学期が終わりに近づくころには、ほとんど毎日レジーナを探すようになった。荷造りやアメリカ行きに関する作業について愚痴をこぼすといつでも、「おお！　なんておかわいそうな奥様」と労ってくれた。彼女の方は、赤ちゃんのしっかりした成長と増すばかりのかわいさについて打ち明けてくれた。「今朝、わたしと彼のおねえちゃんに笑いかけたんですよ。」さらに、農場に残した彼女自身の子どもや孫についても詳しく教えてくれた。17歳になる娘のポピーは、先生になるためにノーマル・カレッジを受験している。既婚の息子のジョシュアは当時工場での仕事を失い、違法ではあるがレジーナの部屋で同居していた。たまに雇用主に見られることはあるが、息子は一日中パス警察から隠れていて夜しか外出しないため、奥様は気にしていない。

学期が終わって、レジーナと別れるのはとても悲しかった。彼女も感情が揺れ動いているようだった。彼女は、いつかわたしを訪ねて行けるとよいのに、と言った。わたしも、彼女を客として迎えられたらどんなにすばらしいだろう、と言った。しかし、実際のところは、どちらもそのような旅行など考えられないことを知っていた。握手で触れあったとき、どちらの目からも涙が溢れ出した。わたしは手の甲で頬をぬぐい、彼女はヘッドスカーフの裾で頬をぬぐった。それぞれが一年生の子どもの手をとって離れていくとき、レジーナは自分の雇用主、赤ちゃん、弟の顔にベロベロバーしているその姉の顔を見た。それから、レジーナはわたしと視線を合わせて、最後の言葉を伝えた。「ごめんなさい、奥様。もう長い間会えないです。この子たちを育て上げるまではね。」

レジーナが世話している精神を病んだ女性と知り合ったころは、狂気がわたし自身の家族にどんな大きな役割を果たすことになるか、など考えもしなかった。わたしの子どもはまだ赤ちゃんと幼児で、母はホジキン病だったが、彼女の最大の健康の困難が理性の喪失になるだなんて、誰も思いもしなかった。わたしは若い母親で、知的にも現実生活でもいろいろな挑戦に没頭しており、内側から狂気を知ることになるとは、わたし自身も、そしてピーターと子どもたちも、これっぽっちも思っていなかった。今では母の認知症を、わたしが診断を受ける前よりもずっと強い関心を持って見ている。

１９９６年にスザンナの精神崩壊が起こった後、一度幾分か理性を取り戻すと、彼女は活発に、そして勇敢に、名前も付かぬ崩壊と戦った。高齢者の家に戻ると、スザンナは日記をつけ始めた。ある日の日記にはこうある。「病気の間中、運動のために歩いた。」「何かそれよりましなことをしようという気も起こらず、ひらめきもしなかったので、午後はずっと寝ていた。」「病気によってすべてのものや出来事がどんどん決定的になっていく。これがわたしを破壊しているものだろうか?」

スザンナの27番目で最後の日記だけには、タイトルが付いていた。「本当のヤコブ」という題で、アフリカーンスの表現で「リアルなもの」を意味する。この記録は、書いていると言っていた回顧録の間違った書き出しの数々を書き直そうとしたもので、人生の「弁明」を紙に残したものであった。その最後の記録を書いたとき、どうやらそれまでのコンピュータ上の日記をすべて失ったようだ。ファイルを復元してもらうのを待つ間に、手書きで回顧録の「本当の出だし」を書き始めた。それが、彼女の死後、彼女の部屋でわたしが見つけたものである。手記は途中で終わっていた。知っている限り、その後決して文を書くことはなかった。書いたのは、自分の名前だけであった。

最後の日記は、いくつかの点で以前のものとは違っていた。スザンナは、それまでは決して行を飛ばしたりしなかったのだが、その日記だけ一行おきに書かれていた。そしてこの日、日記帳全体の四分の一を書いていた。非常に興奮して書いたようだ。行間の空け方やその正字体で書かれた単語を見ると、遠い昔の大学の記述式試験を思い出した。内容もまた普通ではなかった。この記録だけは、病気についてしか書かれていなかった。

母の日記を読み始めてから、今さらながら恐怖に震えた。母がどれほどの混乱と不幸に打ちのめされていたかなど、まったく理解していなかったのだ。ジョン・ベイリーが妻の恥辱を熱心に観察し続けたのと同じような衝動で、わたしはそれでも読み続けた。母の恐ろしい認知症について知りたかった。当時は、自分に同じような運命が待ち受けているなどとは思いもしなかった。母の苦悩を、ベイリーみたいに公表してもよいと決断することになるなど、考えもしなかった。やはりベイリーと同じように、母の認知症——そしてわたしの認知症——の孤独で恐ろしい部分に光を当てることが、認知症と共に生きる人——それが本人であろうが、愛する人であろうが——の役に立つのではないだろうかと考えるに至ったのは、かつて母が入会していた誰にもうらやましがられないクラブに自分も入会してからのことである。

本当のヤコブ

1997年4月28日

去年の2月のはじめから10月末までの病とそれに伴うすべてのもの ― 実際に起こったのだと証明するもの ― は、決してわたしから離れてくれない。否定しても、認めても、そのままにしておいても……病は探偵のようにわたしに付きまとい、いつもわたしと共にいる……。残りの人生を老人ホームで過ごさなければならないとわかったときに受けたひどい怒りとショックで、こころが弱ってしまった。人生は決して良くなることなどない。

病の攻撃が始まる前夜、絵を描いていた。イメージがほとばしり、熱中していた。美しい植物や花や鳥や虫やとかげやヘビなどがいる自然の風景で、天国はこんなところかもしれないと思うような風景の絵だった。

その日ベッドに入ったのは夜遅くなってからで、その夜の間ずっと天国の幻影が見えた。今になってみれば、それはわたしが描いてきた絵みたいに次の日まで持ち越された夢だったのではないかと思うのだが、そのときは、それは幻影である！幻覚である！と思い込んでいた。こう気づくとずいぶん気が楽になる。幻覚は夢に比べるとずっと病んでいるみたいだから……。今では、あれが夢ではなかったと思う理由なんて何一つない！

今、こうやって記していると、出来事の順番をまったくよく憶えていないことに気づいた。病院から家に帰ってきたが、そのまま家にいたのかどうかはわからない。わたしが床を濡らしてしまったので、病室に戻ったのは知っている。体温を下げるためだったのだ。リトル・カンパニー・オブ・メアリー病院で何かうまくやり遂げたと思うのだが、それは小さなことだった。病室に戻ると、混乱するようになってきた。いや、それは家にいるときからだったかしら？

家に戻ることはできたけれども、こころの痛みが深く潜んでいて、それがどんどん多くのものと結びついていく。わたしは言われているほど病んではなくて、引っ越しによるすべてのトラウマは回避することができたかもしれないという恐ろしい感覚がある。どうしてわたしはただ家で病気にかかり、混乱し、ここで回復することができなかったんだろう？

自分が病気になったのは、わたしが完全に依存し、従属し、言われたことを何でもしたからではないかしら。

2011年5月4日の認知症観察ノートを振り返って

おまえの孫息子のカニエがベビーベッドを卒業したので、彼のお泊り用に大人用の寝具がもう一つ必要になった。そこで、寝袋を探すことにした。ディズニーとかの、子どもごとマットレスから床に滑り落ちてしまうツルツルした生地のやつはだめだ。商魂丸出しではない、長持ちするきちんとした寝袋が良い。この新しい風車と闘うために、おまえはイケアに出かけた。出発する前に、ピーターが書き込んでわかりやすくしてくれたグーグルマップをよく見る。おまえは、探検の準備をするドナ・キホーテなのだ。

——15出口を政略する。油断せず、飛び去っていく出口番号を見張れ。ニュートンとシェリルが住んでいるところの出口よりほんの数個南の出口にイケアがある。来週末、彼らが孫を連れて泊まりにくる。真っ赤なほっぺの1歳のアリヤは頭からつま先までの着ぐるみを着て、ベビーベッドに。4歳のカニエは、マットレスの上の今日これから探して買うなんらかに包まっているだろう。おまえが包装紙にメリッサの身体をかたどって作ったキルトみたいなものがいいかもしれない。

なんてこと、標識を見落とした！　道路をじっと見つめて、きわめて慎重に前進する。突然、おまえは探していたはずの番号を忘れてしまったようだ。助手席から道案内の紙をまさぐって、ハンドルの上まで持ってくる。番号を読み取り、呪文のように繰り返す。やった！　後出口三つ進むだけだ！　この場所には三つしか出口がないよ、ダンナさん。狂気、そして死。わたし自身のために、家のために、わたしたちは買い物に行くのだ。おまえが間違った出口から出たのか、道路工事のために回り道をしたのか、実際のところは永遠にわからないが、とにかく、馬や羊やどんよりした灰色の干草の点在する牧場の横に放り込まれた。若い仲間たちからのろのろと離れて、車の側で止まった馬は、おまえのドナ・キホーテ物語のロシナンテにふさわしい。目と目を合わせて、おまえたち二人は帰路を考える。

おまえは、冬にベーリング海峡の沖のチュクチ族の村の近くで閉じ込められた白クジラの群れの救出劇を思い出す。家族が初めて新年を北半球で過ごしたときのことだった。3・6メートルもの厚さの氷に囲まれ、ほんの少しだけ残ったまだ凍っていない部分で、3000匹もの白クジラが交替で息継ぎをしていた。氷の進撃のために海ははるか向こうまで押しやられ、クジラにはもはやたどり着けなかった。

何週間もの間村人が無線で助けを求めた後、砕氷船のモスクワが海まで道を通した。疲労困憊したクジラたちは、モスクワが広げてくれたプールで食事をした。少し元気になると、クジラたちは1820年代の冒険家のウィリアム・エドワード・パリーが「ミュージカルグラスの下手くそな演奏に似ていなくもない甲高い響き」と描写したものを発しながら遊び始めた。クジラは泳ぎ、食べた。カチカチ鳴らし、キャンキャン吠え、チーチー話し、ヒューヒュー笛を吹き、震える声で歌った。ロシアの新聞の『イズベスチア』は絶望的な調子でこう書いた。クジラは何でもやったが、新しく作られた水路に沿って逃げ出すことだけはしなかった。とうとう最後に誰かが、クジラは音楽に激しく反応することを思い出した。船の蓄音機から爆音が流れた。ロシアの民踊、勇ましいファンファーレが鳴り響き、大音量のクラシックが船のデッキから流れた。愛国的な努力にはクジラは途方にくれるばかりだったが、クラシックは力を発揮した。群れは船に従い始めた。

おまえはこの話が大好きだ。でも、ロシア人のジャーナリストは何もかも省略してしまったんじゃないかっていう気がしているね。ツルゲーネフならそんなことしなかった。チェーホフならそんなことしなかった。実際のところ、おまえが聞いたこともないような、だけど誰にも負けないようなロシアの作家たちだって、そのとき省略されてしまったものを省略したりなんかしないだろう。クジラを説得した音楽は何だったのか？　ベートーベンの高邁な構成的楽曲？　モーツアルトの軽妙な対位法的な複雑さ？　ワグナーの未解決のトリスタン和音？

アインシュタインが口出しする。ワグナーじゃないかな？　彼の音楽性は言葉では言い表せないほど攻撃的だ。ベートーベンはあまりにも個人的で、ほとんど丸裸だ。バッハを忘れている！　聞け、奏でよ、愛せ、崇めよ ── そして黙りたまえ。

さて、大学院時代から、文学批評家のハロルド・ブルームがこの混沌としたおまえの劇場に投入された。ロシナンテの目の間のくぼみを掻きながら、彼は言う。ドン・キホーテは彼らしくあるために自分のばかげた願望を抱き続ける限り、フロイトの現実原則と戦い続ける限り、ヒーローでいることができた。

もし、自分らしくいることが現実と戦わねばならないということを意味するのなら、おまえは衰弱しているということだ。ゲルトリューダ・マグダレーナ・サンダースよ、論理的に生き、論理的に死ね。現実のおまえは、半ダースの「両側の前頭葉にばらばらに散らばった灰白質部分」のある反り返った月面風景に従って家に帰る道がさっぱりわからないのだ。その上、この現実において、おまえを現実に引き戻してくれるモスクワなんてものはない。

だから：ピーターに電話して、ちょっとだけ泣いて、彼の声に従って家に帰るのだ。


ボブにはダイアンがいる。

母には妹のラナとテルティアがいた。

マリッサの学校の女性にはレジーナがいた。

ウィルマンには犬がいた。

わたしにはピーターがいる。

ピーターと知り合ってからの年月が知り合う前までの二倍以上になって、わたしの人生には最初から彼がいたような気がするのだが、そこには始まりがあった。「わたしたちの魂が触れあい、激しく震えて［わたしが］新しく生まれ変わった」瞬間があったのだ。

みんな（わたし自身のも含めて）の予想を裏切って、わたしの科学への愛情は初恋に勝利した。マトリックの年に自主参加の全国科学テストで50番以内の点数を取ったことで、プレトリアで開催された一週間の青年科学会議へと招かれた。

女の子は男の子10人にひとりの割合だった。科学に情熱を持つ、似たような人種の集まった環境の中で、女子校にいるのとは違う気分になった。大胆になったのだ。がり勉ばかりの中にいると、わたしの未熟な社会スキルが突如として驚くほど適正なものに見えた。少なくとも、ある男の子（マルコムと呼ぶことにしよう）はそう思ったらしい。社会的熟達において、マルコムはわたしよりも数光年も先を行っていた。実際、少し年上だった。大学入試後の留年のためにまだ学校に行っていたので、わたしは15歳で、マルコムは18歳だった。

マルコムに出会ったのは、講義後、ナミビア産の赤い毒蜘蛛を調べるためにわたしたちのグループが呼ばれたときのことだ。近くで見ようとする混雑についていく間に、マルコムが近くにいた。そのとき履いていた赤いスカートに関する気の利いたコメントから社会的な知性を感じた。一週間が終わるころには、マルコムとわたしはクモの糸のように細い接触から色っぽい網目をつむいでいた。会議が終わってから一度だけ手を握り、お互いに手紙を書くと約束したのを色っぽいというのであればだけれど。

クリスマス休暇中、マルコムが農場にあるわたしの家族を訪ねてきた。マリカナ行きの列車に乗ってやってきて、厳しい監視のもとわが家のゲストとして一週間滞在した。彼は弟たちのベッドルームに放り込まれ、わたしは二人の妹たちの部屋で寝た。気を引くためにおしあいへしあいする兄弟たちがずっと彼に付きまとうので、わたしはうれしかったりイライラしたりしていたのだが、それでも少しは二人だけになる時間があった。そして、そんなときにファーストキスをした。

マルコムもお返しに家に招待してくれたので、ガールフレンドとして一緒にカントリークラブのダンスに行くことができた。これまでにもわたしの家族よりも上の社会階級に属する学校の友だちの家を訪ねたことはあったのだが、マルコムの家は、見栄を張る必要もないぐらい経済的な豊かさが明らかだった。美しい形をした家具は、もう何年もそこにあるように心地よく馴染んでいて、堅固さと長持ちがにじみ出て、犬の匂いがした。わたしにも個室が与えられた。華やかな花柄のユニフォームとフリルの付いた帽子を身に着けた使用人が、ベッドまで朝のコーヒーを運んできてくれた。個人のプライバシーが非常に重要視されているようで、トイレが浴室と別になっているだけではなく、トイレそのものに入る前に、ドアの付いた小さな入り口の部屋があった。(わが家でマルコムが多目的バスルームを八人で使わなければならなかったことを考えると、恥ずかしいやら、彼の順応性を尊敬するやらで、なんとも言えない気分になった。) 彼の家の食事も、新しい体験であった。各自の皿の横にはシルバーウェアが並んでいた。朝は伝統的なフォーマルな朝食で、夕食時には、男性陣は少なくとも洗いたてのシャツを着ていて、たいていはその上にスポーツジャケットを羽織っており、女性のために椅子を引いてくれた。わが家の食事はいつも騒がしく、普段使いの食器に載っていて、母によって15オンスのイワシの缶詰から魔法のように作り出されたものがしょっちゅう出てきたが、彼の家ではユニフォームを着た使用人が給仕してくれるワイン付きの三回の食事が、それと同じぐらい日常的なものだった。マルコムの家では、犬までが自分用の茶碗を持っていた。他のものと一緒にお盆に載せて運ばれてきて、皆がおかわりをする前に残っていたミルク入りのお茶が注がれた。

わたしの英国の伝統的ロマンスで養われた愛の地図には、マルコムとその家族以上にふさわしい舞台などなかっただろう。「質の高い」家でうまくやることができた貧しいヒロインたちをたくさん知っていたおかげだろうか。最初は慣れるまで少し緊張したけれど、その後はジェーン・オースティンの田舎の豪邸（訳注：イギリスの女流作家で、作品はすべて田舎町での名家の日常を描いたもの）みたいな、今まで経験した中で一番きらびやかな週末を楽しんだ。その最高の夜のための衣装として、母が縫ったマトリック・ダンス用のドレスを着て、うまく溶け込んだ。

マルコムとカントリークラブでダンスをした一年後、クルーレスのエマ（訳注：ジェーン・オースティンの作品で、映画『クルーレス』の原作）とは違う体験をしていた。高校生に戻ったのだ。ただし、このときはアメリカ合衆国のアイオワ州の小さな町の高校の三年生になったのだった。マトリックの間に、アメリカン・フィールド・サービス（ＡＦＳ）のプログラムでアメリカの交換留学生として受け入れられていた。一年以上もこの冒険を楽しみにしていたのだが、アメリカの高校生になるのは変な感じだった。そのときすでにプレトリア大学で一学期を終えていたので、なおさらだった。それでも、１９６６年７月に大学を休学してアメリカへ向かう飛行機に乗り込んだとき（初めての飛行機だった）、もうすぐ17歳になるところで、ほとんどのアメリカ人の三年生よりもまだ年下だったのだ。

大学での最初の一学期の間に、ある程度社交的な生活はしていたけれど、アイオワ州ブレダのヘニング一家と生活するために出発するのが悲しくなるほどではなかった。アメリカでの父のアル・ヘニングは身長１６５センチの大型動物の獣医だった。アルはよくわたしを巡回に連れて行った。わたしの高い身長が好都合だったのだ。牛や子牛のために点滴袋や水分補給の瓶を持っていたり、アルが手袋をはめた手を牛の外陰に突っ込んで受賞雄牛の精子を植えつける間、牛の尻尾を持ち上げたりした。双子の子馬が生まれてくるときに、手錠みたいな形のやっとこの一方を前足に取り付け、鎖の付いたもう一方を反対に引っ張って、一匹ずつ出すのを手伝ったこともある。アメリカでの母のドロシーは、家政学の学位を持つ「専業主婦」で、いまだに家事をスムーズに経済的に行うために手本にしている女性である。ドロシーは、他の交換留学生たちと参加した「インターナショナルディナー」に持っていく南アフリカ料理を作るのも手伝ってくれた。コエクシスターズという菓子で、編んだ生地を油で揚げて濃いシロップに浸したものだ。アメリカの妹のジョイスは高校二年生の14歳で、学校を案内し、乗馬を教えてくれた。最後の家族は12歳の妹のベス。ベスにはわたしが数学を教えて、科学への情熱を共有した。

そして、家を一歩出るとそこはアメリカだった。

本からは決して知ることができなかった冒険があり、わたしはもっと広い世界に開眼した。保守的なアメリカの田舎にすら、発見の精神と努力と自立の思想が行き渡っていて、アフリカーナー（南アフリカ生まれの白人）の支配するキリスト教国の南アフリカで経験したことすべてを超越していた。遠くから見ると、アパルトヘイトは内側から見ていたのよりもさらにひどいものに思えた。守られた故郷の繭から出たら、何が起こるか予測できない。アメリカのティーンたちの世界を解き明かすのは、履修していた上級物理学Ⅰよりもはるかに難しかった。

事項：南アフリカで育った典型的な白人で、スポーツに興味がなく、女子校に通い、アメリカのティーン向けの映画に接してこなかった娘は、スポーツ選手とチアリーダーの類には疎いままである。世間知らずな娘は、学校のスポーツに対するみんなの情熱に驚く。しかも、それはほぼ男子に限られているのだ。女子のスポーツで野心が燃やされるのは、チアリーディングのチームに参加することだけのようである。チアに参加することができた人は、自動的に女性の社会階級のトップに上り詰めることとなる。それでも、男子のスター選手たちのずっと下の二番手階級にすぎないということがすぐにわかった。これらの二つのトップの階級の人が、ホームカミング（訳注：高校や大学などで旧教職員と卒業生を招待して行われる行事）やプロム（訳注：学年末に行われる、正装して参加するダンスパーティー）などでもてはやされる。そのもう一つ下の階級がバンド・ギーク（訳注：吹奏楽やマーチングバンドに関わるもの）である。さらに下が、この世間知らずを含む、応援団である。応援団トレーナーを着て栄誉あるメンバーであることを宣言して初めて、「われらが男子、最高！」と叫ぶことができるのである。

事項：キャロル高校の以前のＡＦＳの交換留学生は、外交的で陽気なギリシャから来た地中海美人だった。人気のある女子たちが（たぶん）みんなするように、どのチアリーダーにも負けないぐらい見事な美しいつやつやした黒髪を上手にかきあげることができた。彼女のおかげで、世間知らずはたまにではあるが、人気者の女子たちからお声をかけてもらった。パジャマパーティーには一、二回招かれたが、男女混合のパーティーには招かれず、後に風のうわさで知ることになった。ＡＦＳ留学生たちはホストファミリーの家で慣例的にパーティーを開いていたのだが、世間知らずが開催したときには、人気女子たちが男の子を引き連れてやってきた。彼らは、ヘニング家の両親がねぐらに引っ込む前に自分たちが家にいることを知らしめたこと、パンチにアルコールが入っておらず、どこにもアルコールがないことに困惑したようだ。世間知らずが妹のジョイスに手伝ってもらって慎重に選んだ音楽はノンアルコールのパンチよりは受けが良かったが、社交の歯車への潤滑油にはならなかった。それとも、単にアメリカの子どもたちはダンスしないのかしら？　それとも――

世間知らずに近寄るスポーツ選手：踊りますか？
世間知らず、立ち上がって：ええ、ありがとう。
スポーツ選手：君と踊りたい人がいるかどうか探してくるよ。

事項：同じ英語のクラスをとっている男の子が、世間知らずをホームカミングのダンスに誘った。ハンサムでも、スポーツ選手でも、勉学優秀でもなかったが、面白くて、友好的で優しかった。どちらもデートのことを吹聴したりしなかった。なぜかいまだによくわからないのだが、ノット先生がスピーチとレトリックの授業中、みんなの前で世間知らずにダンスに行くかどうかと尋ねた。彼女が冷静になるよりも前に、世間知らずのデート相手が、宝くじにでも当たったような顔をして、自分が連れて行くと申し出た。後で人気女子たちが近づいてきて、おめでとうとささやいた。

事項：次のダンスには、気が利いていることで有名なバスケットボール選手から申し込みを受けて世間知らずは驚き喜んだ。そのデートで人気女子たちは騒然となった。（聞いたところによると）自分たちが知らされていなかったことをいぶかしんだのだそうだ。それでも、このカップルを祝福してくれた。しかし、春のプロムでは、また別のロゼッタストーンの暗号を解読するはめになった。大きなイベントがどんどん近づいて来ても、誰も誘ってくれなかったのだ。別の学校に通うホストファミリーのアメリカの「いとこ」を誘ったが、明らかに嫌そうな返事で、本当は行きたくないようだった。そこで、誰か他にデートの相手が現れたら、その責務からは逃れさせてあげると言って説得した。そうこうするうち、同じ高校の男の子から電話がかかってきた。フットボールの選手だった。そのときまで彼との会話が続いたことがなかったので、フットボールの試合を図表化したものが書かれた扇子状に折ったノートを見ている自分の姿が頭に浮かんだ。彼女は後ろめたさを感じながらも断った。（大人になってから、彼女がビッグ・ガイをもう少し知るようになったとき、断ったのは間違いだったと気づいた。彼は、面白くて親しみやすい人とわかったたし、英語教師先生になり、傍らSF小説を書いた。）断ったのだから、家族以外は誘われたことすら知らないはずだった。それなのに、次の日学校で――

人気女子：ビッグ・ガイにプロムに誘われたんだって？
世間知らず、引きながら：なんで知ってるの？
人気女子：わたしが誘えって言ったのよ。あなた、ＯＫすると思ったのに。
世間知らず：残念ながら、断らざるをえなかったのよ。他に予定があるから。
人気女子：それじゃ、彼は巻き毛のチアリーダーを誘ったらいいわね。一番のっぽのフットボールのスターと別れたばっかりだから。

予想していなかった電話が、世間知らずと（以前は？）嫌がっていたいとこに解決策を与えてくれた。このときは、本当のお気に入りのフットボールのスターだった。彼女はイエスと答えた。胸を触らせはしなかったけれど、素敵な時間を過ごした、と彼女は思ったけれど、どうやら、とてつもなく大きな間違いだったらしい。それからは二度と電話をくれなかったし、口を利いてもくれなかった。

アメリカで暮らすようになって二十年が経ったころに、キャロル高校の同窓会に行った。そこで得た情報も含めて考えてみると、高校の仲間たちは、たいていは良い人たちで、わたしと同じように不安だったようだ。ただ、彼らは異なる文化の言葉で自己意識を表現していたのだ。

少なくとも演説者として街の大人たちから愛されたことが、多少なりとも救いだった。当時のアイオワの田舎町では、留学生は演説者として引っ張りだこだった。公衆の前で話すと考えただけで縮み上がってしまう、もともと英語を話さなかった留学生たちですら、自分のコミュニティのスポンサー——わたしのスポンサーはキワニス・インターナショナルだった——に対して、一年の間に一回はスピーチをすることが義務付けられていた。学生から宣教師まで、海外から来た人には娯楽的な価値があったのだが、当時はそのことに気づかず、自分の訴えがすばらしいのだと思い込んでいた。わたしの英語が「上手だったこと」にみんなが驚いたというのもあったかもしれない。しかし、本当のところは、アフリカから来た白人がものめずらしかったことと、わたしの振る舞いが元の文化の影響でどこか堅苦しかったせいだったのだと今では思う。アメリカ人から見てみれば、20世紀初頭の時代遅れなスタイルだったのだ。理由は何であれ、わたしはスピーチ活動で、それまでのどのＡＦＳ留学生よりもたくさん依頼を受け、受け入れられ、アイオワ州立スピーチコンテストで優勝した。

女権運動の言葉を広めるために街の公会堂から公会堂へと旅した19世紀の女性演者のようにわたしの声は響いていた。

１９６８年の7月にプレトリアに戻って大学を再開したとき、そのことで社会的な自信を持つようになっていた。外見は、ヘアスタイルにもっとかまうようになり、以前より大胆なものを身に着けるようになった。アメリカから持ち帰ってきたミニのドレスはほとんどが自分で縫ったり編んだりしたものであったが、一般的な南アメリカの同世代が着ているものより丈が短かった。聴覚的自己表現にもわかりやすい変化があった。アメリカのアクセントが身についたのである。

寮でも学校でも、同学年の学生がとても幼く見えて、一学期近くの間、ルームメイト以外に新しい友だちを作らなかった。一日のほとんどの時間を知らない人の中で過ごした。授業が始まってから一、二週間して物理の講義室に入ったときも、まだ探すような友だちはいなかった。通路に立って座るところを探していると、講義前の押し殺した雑談の中に聞きなれた笑い声が聞こえた。横の座席の列に、縮れた黒髪の見覚えのある男性がいた。一年前のクラスにいた人で、一度もまともに話したことはなかったが、何度か挨拶を交わしたことはあった。ほとんどの人がアフリカーンス語を話すこの大学の中での数少ない英語スピーカーであり、英語を話すほかの数人の仲間といつもつるんでいた。ぼんやりとしたいまだ見慣れない面々の中で、彼が古い友だちのように思えた。彼が座っている座席の一つ後ろの列まで上って行って、あつかましくもたくさんの学生たちを押しのけて、彼のすぐ後ろの座席を陣取った。

かばんから本を引っ張り出そうとしたとき、科学の教科書がひざから床に滑り落ち、それを取ろうとして机の下に頭がつかえてしまった。すると、きらきら光る茶色の目が二つ、わたしの目と合った。彼の上下逆さまの顔が重力によってゆがみ、ピンクに染まった。ということは、わたしの念入りに化粧した顔もおそらく見られたものじゃないだろう。わたしは狭い机について何かつぶやき、要領の悪さを謝罪し、本の反対側を持っていてくれたともかくも顔見知りに厚くお礼を言った。彼は笑って、「どこでアメリカアクセントを身につけたの?」と言った。

一年前からわたしのことを憶えていてくれたということかしら? アクセントについて説明しようとしたとき、拍手が起こってヴァールジャー教授が来たことがわかった。教授が車輪付きの事務椅子に座ると、大学院生がその椅子を回した。教授はその上で大げさに腕を回してバレリーナのように回転を速くしたり遅くしたりして、角運動量保存を説明していた。わたしたちは、首を伸ばしてそれを見ていた。

物理の授業中にピーターが書いたヴァールジャー教授の似顔絵、1968年。

授業が終わってから、机の下の友だちが教室の外まで付いてきて、ピーター・サンダースだと自己紹介したのにはびっくりした。その日は、キャンパス内をほんの短い距離一緒に歩いただけだったが、その二、三日後に偶然また出会った。同じ方角に住んでいることがわかり、わたしの寮まで一緒に歩いた。彼が両親と一緒に暮らしているアパートは、すぐそこの角を曲がって線路を渡ったところにあるのだという。間もなくわたしたちは、ほとんど毎日一緒に歩いて帰るようになった。驚くべき発展には、幸運も関与していた。どちらも理系の学科に在籍しており、平日の午後の三時間の実験クラスや数学の講義も含め、すべてのクラスがまったく同じスケジュールだったのだ。理系の学生のほとんどは金曜日の午後は休みで、毎週土曜の朝に行われる三時間のテストのための勉強時間となっていた。わたしのルームメイトは魅力的で、求愛者もたくさんいたため、しょっちゅうデートに出かけていた。だから、部屋でひとりきりになることも多く、ひとりで本に向かっているときは、できるだけピーターが週末何をしているのか考えないようにするのに必死だった。逆に平日は、彼がどこにいるか正確に知っていた。いつでも一緒にいたからだ。

何週間か経つうちに、彼の家族のことや子ども時代のことを知るようになり、彼もわたしのことを知るようになった。彼はプレトリア英国高校という英国女子高校と社会的なペアになっている男子校に通っていた。母親のラーチイ・サンダースはアフリカーンスで、父親のダドリー・サンダースはイギリス人だった。ダドリーは生涯を通して南アフリカ鉄道の大工で、後に「オリエント急行殺人事件」などの映画の素敵なセットとして使われたタイプの木の客車を建造していた。ラーチイはずっと主婦であったが、ピーターが大学に通い始めたときから、政府の研究所で事務職として働き始め、飲酒運転が疑われるドライバーのアルコール度テストなどを始めとしてさまざまな業務をこなしていた。ピーターの兄のクリフはラジオのレポーター（数年後には、南アフリカでは著名人となった）で、リアという女性と結婚して、子どもが生まれたばかりだった。

また、当時のピーターのがんばっていた目標も知った。自分の車を買うことだ。それまで何年もの間、子どもの誕生日会でマジックする仕事でこつこつ蓄えたお金はかなりの額になっていた。彼は、法的に運転が認められる18歳よりもかなり前から、南アフリカの大統領邸の広々とした土地を自分のレース場にして運転を学んでいた。彼の家族は、一、二年前にそのアパートに引っ越して来るまで、ずっとそこに住んでいた。イギリス連邦を脱退してから南アフリカで初めての大統領となったブラッキー・スワート（チャールズ・ロバーツ・スワート）の大統領任期中、管理人の家に同居していたのだ。管理人の妻は母のラーチイのまたいとこで、ラーチイはその若い妻の死の床に付き添って、彼女の二人の女の子たちを育てる手伝いをすると誓ったのだった。

わたしたちは、それぞれの子ども時代のペットの名前まで知っていた。彼は、何匹かの犬を含む動物園を築き上げていた。そのうちの一匹に彼は芸を仕込んだ。鳥類では、朝、耳をつついて起こしてくれるカラスと、家に住み着く一羽か二羽のひよこと、客を攻撃するガンと、ダチョウの赤ちゃんがいた。

一年が終わると、次の学年が始まるまでに会う約束はしないままにピーターと別れた。原子力委員会で働くという条件のついた全額支給奨学金をもらっていたので、少しの間家族と過ごした後はプレトリアに戻った。休暇中は、友だちの友だちのアパートの床に敷いたマットレスがわたしの部屋だった。仕事場まで40分ほど乗るバスを毎朝、アパートのすぐ近くのバス停で待っていた。そのバス停は、大学の寮からも近かった。つまり、ピーターのアパートからも近かった。ピーターはケープタウンに行ってしまったと知ってはいたのだが、黒い巻き毛の頭が遠くの歩道で上下に揺れるのを見つけると、鼓動が速くなった。その顔が彼ではないとわかると、がっかりしたものだ。

休暇シーズンが終わりに近づいたある日、上下に揺れる頭が、近づけば近づくほどピーターに似ているように見えた。わたしは間違っていなかった。想いは双方向だったようで、彼はわたしに会って喜び、そのとき住んでいたアパートの場所と電話番号を聞いてきた。次の夕方、彼が訪ねてきたときは、わたしたちは二人きりだった。何が起こったか理解するよりも前に、情熱的なキスを交わしていた。休暇の残りの数日は農場の実家で過ごすことになっていたので、さようならを言ったとき、約一週間後に学校が始まるまで会わないことはわかっていた。今後の関係については何も話し合わなかった。

想像していたのとはかなり違っていたが、学校が始まるとわたしたちの関係性は新しい局面を迎えた。ある日、何事もないような態度で、ピーターが両親と一緒にお茶会をしないかと家に招いてくれた。ピーターの両親はとても歓迎してくれて、わたしもすぐに彼らを好きになった。話が上手な面白い人たちで、わたしたちの大学生活のすべてに興味を示してくれた。特にラーチイは話がうまかった。ニュースに関する意見や抽象的な哲学ではなく、自分たちの身近なところで起きたことについて話すのだ。もっとも驚いたのは、彼らがお互いの身体に軽く触れたり、喜びや楽しみの視線を交わしたりと、頻繁に身体を使った愛情表現をしたことだ。キッチンでお茶の片づけをしている間も、ダドリーは甘い言葉をささやきながらラーチイの額に軽くキスをした。彼らはもう三十年以上も結婚生活を送っていた。

お茶会で出会った後すぐに、ディナーに招かれた。そのときのダドリーのいたずらで、わたしは家族に打ち解けることができた。デザートは桃の缶詰で、濃厚なシロップに半分に切った桃が二つ浸かっていた。ダドリーはわたしの見ていないところで、そのデザートを見た目がそっくりな二つの生卵とすり替えたのだ。スプーンを一つ目の「桃」に突き刺すと、黄身が「シロップ」に溶け出した。みんなが同時に野次を飛ばしたので、家族全員でこのジョークを仕掛けたのだとわかった。みんなで話し合ってわたしをターゲットに決めたに違いないと思うと、とてもうれしくなって、誰よりも大きな声で笑った。

ピーターと家族がわたしのために開いてくれた集まりはとても楽しかった。では、なぜ彼は正式に交際を申し込んでくれないのだろうか？　疑問がさらに深まった。この不可思議な問題については、ルームメイトと何度も議論していた。彼には秘密の恋人がいて、両親はそのことを知らないか、または許していないんじゃないかしら？　彼のお父さんの命を救った戦友の娘が許婚だったりして？　もしかして、ゲイ？

だんだんと、ピーターがデートについて硬く口を閉ざす理由、または言い訳がわかってきた。とはいえ、彼が話してくれたわけではない。出会ったころ、社交ダンスに夢中なのだと聞いたことがあった。競技にも参加し、非常に多くの時間を費やしているそうだ。大学のダンス会で同じ女性と一緒にいるところを何度も見たと、別々の数人の友だちが言っていた。その女性はブロンドのロングヘアで、すばらしいダンサーなのだという。同じように、彼もまた探りを入れてきた。月曜の朝、前の金曜日にわたしが他の男性と一緒にダンスしているのを友だちが見たよ、とからかうように言ってきたのだ。わたしはたじろいだ。お相手が本当にわたしのことを好きなハンサムな男性だったなら気にもしなかっただろうけれど、実際は悲惨なブラインドデートをしていたのだ。相手は、前日と同じシャツを着ていた。それに胸ポケットのペンケースが気になってダンスができなかった。わたしの交際関係について聞かれたのだから、ピーターのダンスのパートナーについても聞いてもよかったのだが、わたしはそのチャンスを活用しなかった。彼も、自分からは何も情報提供しなかった。次の日の授業の後、わたしたちはいつもと同じように一緒に長い散歩を楽しんだ。

マイケル・ガザニガはこのように指摘している。状況を説明するだけの十分な手がかりがないとき、わたしたちが「何が起こっているのかわからない」と言うことはめったにない。「人間には、無秩序の中に秩序を見つける傾向」があるため、脳が明白な隙間や矛盾の埋め合わせをして、「すべてのつじつま合わせが行われ、物語が成立する。」ガザニガは、矛盾を受け入れるのではなく作話する傾向のある脳のこのプロセスを「インタープリター」と呼んでいる。それは、左半球にある。反対に、右脳は完全に正直である。常に「過去にもっとも頻繁に起こったものを選択し」、つじつまの合わない情報もちゃんと含めるようにと主張する。

ガザニガは、半世紀にわたって、右脳と左脳の別々の機能について研究してきた。彼の研究対象は、てんかんが起こらないようにするために「半球同士をニューロンがつなぐ超高速道路」である脳梁を切断する手術を受けた人である。手術の後、左半球と右半球は互いにコミュニケーションをとることができなくなる。そのためガザニガは、さまざまなテストをして、物語の構成においてそれぞれの半球がどのような機能を果たすのかを特定しようとした。あるテストでは、患者の眼の左右の視野に別々の物や絵を示して、右半球と左半球に異なる視覚刺激が送られるようにした。「それぞれの半球に、一枚の大きな絵と四枚の小さな絵が提示された。四枚のうち一枚だけがその大きな絵に関係するものの絵だった」とガザニガは説明する。左半球に提示された大きな絵は、雪嵐が描かれたものだった。右半球に提示された絵は鳥のつめだった。

患者はその絵にもっとも適切な小さな絵を選ばなければならなかった…。右半球、つまり左手は、雪嵐に対して、正しくシャベルを選んだ。左半球にコントロールされている右手は、鳥のつめに合った鶏を選んだ。その後で、わたしたちは患者に、なぜ左手、つまり右半球がシャベルを選んだのかと尋ねた（言語は左半球によって生み出されるため、答えは左半球によって作られる）。（左半球は）なぜ右半球がそのようなことをしたのか知らないため、現在見ているもの、つまり鶏から物語を作り上げた。右半球がシャベルを選んだのは、鶏小屋を掃除するためである、と答えたのである。

著書『〈わたし〉はどこにあるのか――ガザニガ脳科学講義』の中で、ガザニガは、この研究をインタープリター機能と関連づけている。「『わたしは知らない』が本当の答えなのだが、左半球はそうは決して言わない……作話するのだ。知っていることからヒントを語り、それらを合わせてつじつまの合う答えをひねり出すのである。」

2011年10月28日の認知症観察ノートを振り返って

おまえは一階にいて、身支度をしていた。ベッドの上に服を置いてコーディネートした。ターコイズがかった黒のジーンズ、黒の靴、ターコイズと黒のシマウマみたいなTシャツ、スーパーナル通りに住んでいたときに隣人のアンがくれたターコイズのイヤリング。でも、まず最初は下着だ。クローゼットから戻ってきたとき、どのイヤリングが服に合うかと考えて、アクセサリーの入った引き出しからシルバーと黒のイヤリングを選び出した。それを服に合わせようとして、すでにイヤリングを選んでいたことに気づいた。おや、まあ。しかし、二番目にたまたま選んだイヤリングは、Tシャツのゼブラの縞模様をものすごく引き立たせる。おまえの脳が最初の選択に固執しなかったのには理由があった。シマウマについては面白いことが長年溜め込んであって、その記憶がTシャツの柄によって呼び出されたからだ。エクゥス・クアッガ・クアッガ。クアッガはシマウマの亜種で、前半分だけが迷彩柄になっている。1880年代にアムステルダムのアルティス動物園で一頭だけ生きていたクアッガが古い鶏卵紙写真に写っている。うなだれたポーズをとるクアッガは、エクゥス・アシナスの人気者に似ている。そう、幼稚園児でも知っているやつ、尻尾をどこに置いてきてしまったのかを考えているときのロバのイーヨーだ。クアッガはサンチョパンサのルシオ、つまりまだらであるという特徴だけが知られていて名前もないロバと同じように空を見つめている。彼女が月の光に照らされた木の下で夢を見ている間に、時計がいつかの真夜中を打つかのように、光の黄金の輪の模様のある荷車用の家畜がわたしのこころの目に映った。クアッガの後半身には、刑務所の柵を通った光と影が幾何学模様で遊んでいるかのような赤茶色と白の帯がある。

はあ。やり直し。感情説明は抜きで行こう。エクゥス・クアッガ・クアッガと現代のシマウマのエクゥス・クアッガとロバのエクゥス・アシナスの模様は、ダーウィンに密かに愛され、アインシュタインには興味を持たれなかった、神による運命任せのインチキビジネスに由来する。何千万年もの間に遺伝子の複製を繰り返すなかで、これら三つの種類全部の祖先をカモフラージュしていた模様は、シマウマには残され、クアッガでは半分消され、ロバでは完全に消された。1883年、ギャンブラーな神が、アムステルダムのクアッガを聖なる司令部に呼び寄せたとき、完璧な消去作業をしてしまった。そのクアッガは最後のクアッガであり、地球に残されたその亜種を代表する最後の一頭だったのだ。しかし、当時クアッガという単語は南アフリカにいるすべてのシマウマを指していたので、次の世紀までそれに気づいた人はいなかった。

大学生活が二年目に突入すると、ピーターとわたしが一日に一緒に過ごす時間は、一年目よりも長くなった。わたしたちは、科学と数学の同じ必修のコースを二つ履修し、一週間に三時間の実習を二コマとっていた。テストのスケジュールもほとんど同じだった。わたしたちは日中、ほとんど一緒にいた。彼が一度映画に誘ってくれたこと、わたしが一度寮のダンスに彼を誘ったこと、時折手を握ってこっそりすばやいキスを交わしたこと以外、わたしたちの関係は基本的に変わらなかった。

ピーターとはずっとすばらしい友情関係でいるだろうと納得しようとしたこともある。でも、卒業した後、そんな友情がどれほど長く続くのだろうか？　わたしは彼と長く一緒にいたいのだが、彼はそう思ってはいないようだ。それなのに、彼の近くにいて日々苦悩に耐える価値などあるのだろうか？　うまくいっている関係をわざわざ壊したりしないけれど、感情資源はもっと広い世界で使おうではないか。褒められたものではない選択をした。高校時代にクラスメイトと付き合っていたジャコというラグビー選手に、たまたま学校で会った。わたしのことを憶えてくれているなどと思いもしなかったのだが、彼はなぜか憶えていて、わたしに気づいてくれた。デートに誘われ、とても楽しい時間を過ごした。それからデートを重ねた。そのうちキスしたり抱き合ったりするようになり、二年生の二学期が終わるころには、かなり頻繁に会うようになっていた。休暇中、わたしはまた奨学金のために働き、プレトリアの大学の近くに下宿した（ピーターはまた、ケープタウンの親戚と共に過ごしていたようだ）。プレトリアにいることで、ジャコとわたしはもっと頻繁に会うことができるようになった。しかし、ジャコと長く過ごせば過ごすほど、本気で彼をこころから愛することはないという思いが強くなった。

勇気を出してジャコとの関係を終わらせるべきだったのだが、突然ホームレスになってしまったために実現しなかった。いまだになぜかわからないのだが、部屋の前の借主が突然現れて、部屋を返せと要求してきて、家主がわたしの部屋を彼女に渡してしまったのだ。仕事の後で家に帰ると、わたしの持ち物は家の裏にあるもっと狭くて暗い部屋のベッドと床の上に投げ込んであった。まだおろおろしながら荷物を探している間に、デートの約束をしていたジャコが到着した。彼はわたし以上に大声で怒り、わたしを急かして荷物を彼の車に積み込み、その夕方のうちに家を出た。わたしは、屋根さえあればどこでもよかった。しかしジャコは、一緒に暮らす両親がその夜は泊めてくれるから問題ない、と家に連れて行くと言い張った。部屋に閉じこもっている家主に向かって短く挨拶してから、わたしも同意して家に行った。彼の母親は突然の訪問にも動じず、空いている部屋に泊めてくれたので、少なくともその夜は落ち着くことができた。彼の本当に素敵で優しい家族は、しばらくいたらよい、あわてて家を出ないように、と言ってくれた。毎晩一緒に夕食をとるようにとも言ってもらったので、そうした。ボディーガード兼運転手のジャコのおかげで、一週間もしないうちに新しい住処を見つけた。

ラグビー選手の新しい側面を見ているうちに、一緒にいるのがまた楽しくなってきたし、こんなにも優しい恋人を振るなんて申しわけなかった。それなのに、浅はかなわたしは、もっとスリルのある道を選んでしまったのだ。物理の研究室に、ジョンという大学院生助手がいた。ジョンは原子力委員会でも働いていて、同じバスに長時間揺られて通勤する間にお互いを知るようになった。ジョンは面白くて、魅力的だった。それに、お互いに何か惹かれあうものがあった。ずっと前に、婚約者がいると言っていたにもかかわらず、彼はわたしをコーヒーに誘い、わたしもそれを受けた。ジョンは話がとても上手で、バイオリンを演奏した。たまに科学の道は捨ててプロのバイオリニストになろうかと真剣に考えるのだと言っていた。彼の才能がわたしのこころの弦を弾いていたけれど、友だちでいるのが安全だと決めた。わたしたちは他に人がいるところで会ったり話したりし続けた。

クラスが始まって寮に戻ってきても、ジャコとの関係もジョンとの関係もまだ続いていた。ピーターがわたしの男性関係について聞いていたのか、またはどちらかと一緒にいるところを見たことがあるのかは知らなかった。しかし、ほんのわずかではあるが、ピーターがわたしに前より注目するようになった。手や腕が、偶然ではありえない頻度で（わたしたちはどちらも統計の基礎を学んでいる）触れあった。そして、父親の悪ふざけに似たいたずらをした。たとえば、ある日の授業中、ピーターはわたしの手の甲に漫画を描いた。もちろん、そのためにはわたしの手を握らなければならない。わたしは怒っているふりをしたが、内側では、こころを弄ぶ彼に対する怒りで心底混乱していた。けれど、いつものように一緒に歩いて家に帰った。わたしはきっぱり言える人間ではなかったのだ。

その夜、夕食後の寮で、呼び出しの放送がフロア中に鳴り響いた。「ゲルダ・スティンカンプさ

「手洗い事件」の後のピーターの漫画、1968年

ん、玄関へ。」驚いたことに、そこにはピーターが立っていた。「手に落書きをしてごめんなさい」と彼は言った。「洗って消しにやって来ました。」そのとき初めて、彼がタオルを肩に引っ掛けて、石鹸を持っていることに気づいた。わたしは、笑ってしまった。そして、また羊の皮をかぶって手を握るのを許したのだった。

しかし、わたしに恋に落ちたのは、何杯ものコーヒーを共にしたジョンだった。少なくともわたしは、ジョンが好きだった。どちらも、両想いであることには気づいていたけれど、そんなことは微塵も見せず、完璧に振る舞った。婚約者がいたからだ。婚約者がいなければ、きっと自分の感情を解放したに違いない。わたしは身体的に彼に惹かれていて、二人のこころは強く共鳴していた。大きな渦の真ん中は不安定で、そう長くは持ちこたえられない。ある日、レストランでのコーヒーではなく、彼の家でお茶をしないかと誘われ

わたしたちが一緒に勉強しているときにピーターが描いた漫画、1969年

た。そこで彼は、わたしに惹かれていることを告白してくれた。彼と婚約者は困難を切り抜けると言った。でも、考える余地などなかった。別れの責任の一端を担うなんて重荷には耐えられそうにもない。わたしを巻き込むような決断は一切下さないで、と強い言葉で求め、お互いに二度と会わないと決めた。

（読者の皆さん、彼は婚約者と結婚した。十五年ほど後に、わたしたちの子どもたちはヨハネスブルグの同じ小学校に通った。）

大きな、大きな痛手を負った。その上、ジャコとも会うのをやめた。

やましさがなくなったせいなのだろうか、ピーターとわたしの間で何かが変わった。土曜日の午前中の地獄の三時間の化学のテスト（pH値が両端にある二つの溶液間の電子対交換が配位結合をもたらすというルイスの理論に関するものだった）とその次の週の数学のテスト（0/0 or ∞/∞といった不定形の極限を求めるロピタルの定理に関するものだった）の間のどこかで事は起こった。ピーターとわたしは、彼の家のダイニングルームのテーブルで一緒に勉強を始めた。

深夜に奇妙な言語を理解しようと同じ本を覗き込む二つの頭に何が起こったかなど、報告する必要があろうか？　キスについて説明する必要などあろうか？　もう一回キス？　身体のまさぐり？　一つだけはっきりさせておいたほうがいいだろう。ピーターも、一緒に勉強し始めるまでに、重要な感情の整理作業を終えていた。競技ダンスをやめ、ブロンドのパートナーと別れていたのだ。そう、彼女は実際に恋人だった。（読者よ、わたしは彼女も好きだった。金髪の彼女をライバル視したことは一度もない。むしろ、親近感を抱いていた。ピーターと彼女が別れてから四十年後、わたしは彼女に会った。彼女は南アフリカで何年も医者として人びとに尽くし、癒していた。今の彼女は、二十年以上を共にしているパートナーと共に、自分自身の健康の悪化に誠実に勇敢に立ち向かっている。夫婦協力して、乳がんの治療を進めていこうとしているのだ。）

正式に付き合い始めたのは、わたしがもうすぐ18歳、ピーターが19歳のときのことだ。初めて一緒に祝ったわたしの誕生日には、ピーターは白いサンダルをくれた。それはわたしが一度軽く話したことがあったものだった。その後の何でもないときに、指輪をもらった。ゴールドに楕円形の豆粒大のベリドットがはめ込まれていて、下半分は小さなガーネットで縁取られていた。ベリドットは春の草みたいな優しい緑色で、きらきら光っていた。婚約指輪ではないので、右手にはめた。わたしの両親も街にやってくる卒業式の日に婚約しようと二人で決めたとき、その指輪以外欲しいと思わなかった。ピーターの両親の家で、二組の両親と一緒に夕食をとった後、ピーターが厳かにわたしの右手の指輪を外し、左手の決められた指にはめた。

年月が経つうちに、関係が始まったころのピーターの奇妙な行動が理解できるようになった。サンダース家の男にとって「正式に交際する」というのは、一生を共にするのと同義語なのだ。約束は破ってはいけないもの。絶対、絶対、絶対大丈夫だと確信するまでは、約束できないのだ。例をあげると、ピーターの両親はどちらもまだ17歳のときに出会ってから、他の異性に一度も目を向けなかった。近所に住んでいたクリフとリアは14歳と10歳のときに出会い、高校生のときに付き合い始めた。わたしたちの息子のニュートンもその伝統を引き継いだ。ピーターとわたしと同様、ニュートンとシェリルは19歳と18歳のとき付き合い始め、一度もよそ見しなかった。

2013年9月27日の認知症観察ノートを振り返って

わたしの64歳の誕生日、それは昨日だったのだけれど、その日に至るまでに、「死が二人を分かつまで」についてずいぶん考えた。死に対する恐れがあるとすれば、それは愛する人たちをもはやわからなくなるときを避けられるほど早くは訪れないだろうということだ。母や祖母について話し合ったとき友だちが言っていた。「年取った女性って死なないのよ。」わたしの家族でもピーターの家族でも、男性が早く死ぬようだ。わたしの母もピーターの母も、夫に先立たれてから何十年も生きた。彼女たちの最後の年月は、わたしは離れたところにいたし、直接会ったのは何度か短期間訪ねたときだけだったので、本当に年老いていくことの日常については、それ以外の人たちから知った。ここロベルタ通りでは、二人で一緒に老いていくという、結婚やそれ以外の長期的な関係として理想的ともいえる生活を送る二組のご近所がいる。斜め向かいに住む夫婦は二人とも八十代で、年齢に伴う深刻な病気と身体的には闘っていたが、健全な精神を保っている。彼らはいつも、時にはわたしたちが訪れているときでも、互いの愛と感謝を確認しあっている。真向かいのボブとダイアンも身体的な健康からはほど遠いが、彼らの最大の問題は一連の脳卒中によって破壊されてしまったボブの人格と精神であろう。ダイアンは今七十代後半で、ボブはその二、三歳年下である。

五十年前、ボブが残留敵部隊を片づける韓国掃討から戻った直後、戦友たちと西海岸を旅してソルトレイクシティに立ち寄ったときダイアンと出会い、二人は結婚した。それがダイアンから聞いた二人が一緒になった経緯だ。彼らの結婚生活は、ジョークや笑いに満ちた幸せなものだった。二人の子どもは、どちらもユタにいる。下の子のランディは今五十代だが、三十代に脳動脈瘤を患い、4歳児レベルの機能となって、近くのケアセンターにいる。健康問題に直面したときや家の修繕が必要となったときに真っ先に当てにする家族が長男のボビーなのだが、少し離れたところに住んでおり、建設現場で時給制で働いている。

ボブが最初に重篤な脳卒中を起こしてから、ダイアンは毎日夫と少なくとも二十時間は一緒にいるようになった。ボブには昼夜の区別がつかず、睡眠パターンが一定しない。トイレ、入浴、着替え、食事、さらには安全を保つにも絶えず介助が必要だ。ダイアンは、週三日のハウスクリーニングの仕事をやめてこの大変な役割を引き受けることにした。フルタイムで介護に専心するようになってからは、収入もなくなった。ボブが従軍していたので、医療は退役軍人保健局（退役軍人省の一部署）の扱いとなり、そのおかげで、隔週の午後、ダイアンは介護者ケアを受けることができる。髪を切りに行ったり自身の診療を受けたりする自由時間が月に八時間ほどある以外は、ダイアンは、勝手に徘徊しないようドアに二重に鍵を掛けた家の中で、ずっとボブの世話をしている。

隔週の日曜日、ランディが一日家に来る。ダイアンはランディとボブに庭仕事を頼んで忙しくさせている。ランディは芝刈りがうまいのだ。しかし。別の仕事となると、父子には絶えず指示をしなければならないし、その指示に必ずしも従ってくれるわけでもない。彼ら家族が前庭にいるときに通りかかったら、ダイアンは、父子が刈り込みばさみでバラの木に攻め入るのを激怒しながら監視していた。「二人がかりでやられたら、すぐ幹だけになっちゃうわ。」苦笑いしながら彼女は言った。

わたしはダイアンが大好きだし尊敬している。彼女が愛と献身、変わらぬユーモアを持って結婚の誓いを守って生きているのは疑いようもない。それはとても美しく、尊厳がある。

ピーターも、わたしの認知症が悪化してももっと熱心に面倒を見てくれるに違いない。だが、それが、わたしが望んでいることだろうか？　状況が逆だったら、ピーターはわたしにそうするよう望むだろうか？　わたしたちはどちらも、精神の死は「死が二人を分かつ」時を早める十分な理由だと考えてきたのではなかろうか。

リビドーというのは、おそらくフロイトのもっとも誤解を受けている言葉であろう。日常会話の中では、性的欲望、特に情熱に走ったときの性的欲望を意味する言葉として使われる。しかし、心理学用語のリビドーは、性愛だけではなく、人生を肯定する心理的な活動全般のためのエネルギーのこと

である。人間として機能するためには、リビドーの一部は内側に向かう必要がある。つまり、他の誰かや他の何かを愛するためには、まず自分自身を愛さなければならない。すべてのリビドーを他人に注ぎ込めば、心理的のみならず身体的にも崩壊する。アルツハイマー協会によると、「認知症の人の世話をする老人が、そのストレスのために世話を受けている人よりも早く死ぬ確率は60パーセントである」という。

物理講義室のベンチ下での上下逆さまの出会いから始まったピーターとの新時代は、これで四十八年になり、そのうち四十五年は長い結婚生活となった。わたしたちが一緒にいるおかげで、二つのすばらしい物質が発生し、この世に存在することになった。そう、子どもたちだ。孫が生まれて、わたしたちの存在はさらに広がった。もうすぐ8歳のカニエ、もうすぐ5歳のアリヤ、2歳のダンテ。彼らはわたしの「生きる喜び」である。

子どもたちのすばらしい育児スキルと孫のかわいさにメロメロではあるが、ピーターもわたしも、いまだに知的な情熱を持ち続けている。ピーターは、金融業界の暗号化やその他の個人情報保護テクノロジーに関係する米国特許を87個も保持している。そして、過去六年の間に五回、ユタ・ジーニアス賞（訳注：ユタ州の経済を支える創造的な人物や企業を称える賞）に選ばれた。退職して自由な時間を手に入れた今では、自分の知識をもっと個人的な領域に広げることに熱中し始め、退職のために十分なお金を稼ぐための秘訣を紹介したウェブサイトを設立した。そのサイトには、三十代半ばで新しい国で生活を始めたにもかかわらず、彼とわたしがどうやって贅沢できる状況（実際のところ「慎ましやかな快適さ」というべきだろう）に達することができたのかという哲学的な回顧録などを掲載している。

悲しいことに、わたしたちは年と共にダンスをあまりしなくなった。ヨーロッパ発祥の社交ダンスが今では前時代の古臭い娯楽となってしまったからだ。ラテンダンスですら、ラップやヒップホップの形式が加えられたラテンとカリブ海ミュージックの融合のレゲトンが好まれ、若者は古典的なラテンには見向きもしない。それに、ダンスクラブは通常夜11時より早く始まることなどない。わたしたちはもはや、18歳や19歳ではないのだ。そんなわけで、金銭的余裕があるときだけ個人レッスンを受けて技術をキープしている。ただし、素敵な弦がふさわしい音楽を奏でさえすれば、昼食の準備中や夕食の片づけをする間にキッチンなどどこでも自由にくるくる回れる。それだけはお金もかからない。

外から見ると、わたしたちはできたてのカップルみたいに見えるらしい。知らない人からそっと微笑まれたり、時には話しかけられたりすることもある。先日、いつものように手をつないで冗談を言いながら二人で家の近くの役場に入って行った。社会保障カウンセラーに会うためだったのだが、問い合わせデスクにいた女性が挨拶をしてこう言った。「結婚証明書を取りにこられたのですよね？」結婚指輪を見せながら、四十年も前に結婚したのよ、と言った。とても素敵な気分だった。

一年と一日、航海して
ボンの木が育つ島にたどり着いた・・・
手に手を取って、砂浜で

月の光の中で踊りました
月
月
月の光の中で踊りました。

6章　狂気と愛 II

２０１５年の始め、共和党のアイオワ州議会議員を九期勤めた78歳のヘンリー・レイホンズは、八年間連れ添った妻とセックスをしたことで第三級性的虐待の罪で裁判にかけられた。ヘンリーとドナ・ルーは、教会の聖歌隊で知り合い、２００７年に結婚した。虐待を受けたといわれる時期、ドナは重度のアルツハイマー症のために介護施設に入所していた。『ニューヨーク・タイムズ』によると、介護施設のスタッフやレイホンズ夫妻の友だちは口をそろえて、彼らが「愛情に満ちた関係」であったと言っているという。レイホンズ氏への告訴は、レイホンズ夫人が「抵抗したとか虐待を受けた兆候を示した」と主張したものではない。介護センターのスタッフは「レイホンズ夫人は、朝晩やってきて時々ベッド側の十字架に祈るヘンリーに会うのをいつも喜んでいた」と報告している。レイホンズ氏を告訴したレイホンズ夫人の娘のスーザン・ブルーンズとセンターの医者のジョン・ブランディーの主張は、重度の認知症を患う人は「性的な活動に同意する」知能を有しない、ということであった。

友だちとのランチや教会や友だちや知り合いの葬式などで、レイホンズ氏は頻繁にレイホンズ夫人を施設から連れ出した。娘のブルーンズはそのことによって母親の習慣が乱されるのではないかと、夫人が介護施設に入所した当時から心配していた。ブルーンズは、レイホンズ夫人の精神状態を検査するように介護施設に依頼した。センターにいるファミリードクターやソーシャル・ワーカーが検査を実施すると、レイホンズ夫人は「『くつした』『ベッド』『青』などの単語が思い出せなかった」ため、テスト結果は「0点」だった。だとすると、レイホンズ夫人はもはやセックスに同意することはできず、それゆえ、自分の部屋でプライバシーが守られる必要はなかろうという結論が出された。夫人は二人部屋に移された。数日後、レイホンズ氏が来ているときに「性行為の音」が聞こえたとルームメイトから苦情が出た。スーザン・ブルーンズはスタッフに文句を言った。『ニューヨーク・タイムズ』によると、「レイホンズ夫人は病院に連れて行かれ、性的暴力の検査を受けた。いわゆるレイプ・キットの結果は一ヵ月後に出たが、性交を示すものや傷害を示す兆候は何も見つからなかった。」そのとき、ブルーンズがすでに母親の監護権を取得し、母親を別の特別認知症部門のある施設に移し、レイホンズ氏の訪問を制限した。

レイホンズ夫人は2014年8月、78歳で亡くなった。『ニューヨーク・タイムズ』は、「彼女の夫は葬式のすぐ後に逮捕された」と報じた。

レイホンズ氏の弁護士は、医学と心理学の専門家の裏づけのもと、レイホンズ夫妻のセックスをする権利を剥奪するのに使われた検査の有効性を疑問視した。というのも、「親密な関係に同意する能力を評価するために広く使われている方法など存在しない。その理由の一つは認知症の症状が変動することで、患者は比較的午前中はしっかりしていて、午後には著しく減退したかもしれない。」レイホンズ氏の弁護団はまた、「肉体的な性交は、認知症患者に有益である可能性もある・・・興奮を沈め、孤独を和らげ、身体的健康を促進するかもしれない」と論じた。ダニエル・レインゴールドは、ブロンクスのリバデールにあるヘブライ・ホームの最高経営責任者で、1995年に入居者のための「性的権利のポリシー」を打ち立てた先駆者である。彼女は、「触れあいはもっとも最後まで残る喜びである」と言う。「長期的な入居者は、老いることと制限されることで、自立も交友関係も身体的能力も失っていくのに、なぜ「肉体的な愛情行為まで」奪おうとするのだろうか？」

これらの専門家は、植物状態の人間にセックスに同意する能力がないということに関しては批判していない。しかし、認知症患者の場合、金銭を管理したり、時間を理解したり、子どもを識別したりすることすらできないにもかかわらず、かなりの認識能力を保持していることも少なからずあるのだ。カンザス州立大学の高齢問題研究センターの所長のゲイル・ドールは、「認知症の人は、言葉で同意することはできないかもしれない」が、触れあいやその他の性的活動への欲望を「ボディ・ランゲッジや顔の表情で」表現することはできると考えている。そのため、レイホンズ氏の弁護団は、「認知症の人から『自己決定能力や愛情関係』を奪うべきではない」と論じた。

認知症観察ノート

2012年7月10日

大腸手術の事前検査に行って、SUV車と肩ぐらいの高さの壁の間に車を停めた。帰ってきたら、誰かがわたしの駐車スペースが空くのを待っていたのだが、近くに寄りすぎていた。その運転手に下がるようにと手を振ったら彼女は下がったが、それでもまだ近すぎた。もう一度手を振ると、彼女はまたほんの数センチ下がった。それでも窮屈に感じながらバックしたが、向きを変えたときにSUV車にぶつかった。ぎょっとして後ろに下がると、コンクリートの壁にぶつかった。

SUV車の持ち主に手紙を残して、ピーターに電話した。うちの車は大丈夫だったと彼に伝え、運転して帰った。

計り知れない恐怖。

家に帰って、もう今後一切運転はしないとピーターに伝えた。いつもなら近所の高齢者たちを買い物に連れて行く日だったので、彼らの家に行って、今日もこれから先も彼らを買い物に連れて行くことはできないと伝えた。それ以外の人に言いに行く気にはなれなかった。運転の問題ではない。自分自身の中核となる性質、つまり人を助けること、が変わってしまうのだ。

2012年7月16日

土曜日の朝、運転をしないことを発表した。バスに乗って買い物に行くのだ！　ファッション・プレイス・モールへ買い物に行く。一時間かけて行って、一時間かけて帰ってきた。歯なしじゃない、ホームレスじゃない、車椅子でもない、酸素吸入もしていない。バスの中では、エリートのひとりだった。そのことで自分のことを考えるのを忘れた。黒人のアメリカ人やアメリカ先住民やヒスパニック系の人たちの割合が不自然に高かった。自分の問題が些細なことだ、わたしの人種は恵まれているのだと気づかされた。

２０１２年12月31日

夕方、ファッション・プレイス・モールからの帰り道、間違って12ブロックも手前でバスを降りてしまった。ミスに気づいたのは道路を渡ってからだった。気温はマイナス7度。次のバスが来るまでには半時間もあるし、避難する場所もなかった。プライドを抑えて、ピーターに迎えに来てもらった。

結婚した後、ピーターもわたしも一年ほど学士後の勉強を続けた。その後の六年間で、仕事、家、家具、音響システムを手に入れ、六週間のアジア旅行もした。ひとり目の子どものマリッサは結婚七年目に生まれた。一日に及ぶつらい出産の後、マリッサが世界に滑り降りてきた。彼女とまだつながっている間にも我慢ができず、なんとかマリッサを一目見たいとがんばった。ピーターは、彼女を、「赤い唇の美しい少女」と表現した。生まれるときに首にへその緒が巻きついていたため、マリッサは疲れきって冷たくなっており、わたしは一瞬しか抱かせてもらえなかった。その後すぐにマリッサは暖かく包まれて、ピーターの入ったベビーベッドに連れて行かれた。本に書いてあったとおりに、生まれて最初の数分間は自分の胸の上に置こうと決めていたので、それがダメだと言われると、なんだか失望よりもまだつらい気分になった。マリッサを看護師に返すのは、腕が引きちぎられるような気分だった。

うれしいことに娘はすぐに回復したので、娘を抱いてあやすことができた。マリッサは、わたしに抱かれているか、ピーターに抱かれていて、その合間にはベッドの横のベビーベッドの中で眠っていた。わたしは疲れてはいたけれど、眠りたくなかった。目を閉じたら、娘が見えなくなってしまう。すっかり恋に落ちていた。素肌のままで彼女を抱き寄せたい、彼女の顔やおなかを撫でたい、額や小さなピンクの手にキスしたい、つま先を舐めたい。

まっさかさまに、うっとりと、絶望的に恋に落ちた。

マリッサが生まれてから二年半後、ニュートンがやってきた。いらだってくしゃくしゃに顔をゆがめながら泣き叫ぶニュートンを取り出すのにはとても長い時間がかかった。ニュートンは、自分の胸の上において、抱きしめ、愛することができた。最初の子と同じように夢中になり、貪欲にわたしの乳首を探し、抱いているとわたしの体やひざに元気いっぱい「男らしく」小さな腕や足を押し込んでくる息子の温かさを直接肌で感じた。ニュートンもわたしのベッドの側のベビーベッドで過ごした。ニュートンの出産は、マリッサのときよりもさらに時間がかかって大変だった。なので、ピーターがマリッサとオウマ・ラーチイに小さな男の子のことを伝えるために家に帰るとすぐに眠ってしまった。深い眠りに落ちる寸前、窒息するような音で目が覚めた。あわててベビーベッドから引き寄せると、ニュートンは真っ青で息をしていなかった。

「ハイエナのママモード」と後で友だちが名づけたモードにスイッチが入った。助けを求めて叫びながら、会陰切開を縫ったばかりの人にとって最大限の速さでよろよろとナースステーションに向かった。当直のナースが駆け寄ってきて、やっとのことでわたしのところにたどり着いた。伸ばしている彼女の手に赤ちゃんを渡すと、わたしは気を失って床に崩れ落ちた。次に意識を取り戻したとき、ピーターがニュートンは大丈夫だと言っていた。出産の間にいくらか液体を吸い込んでしまったので、看護士が気道をきれいにしたという。その夜は様子を見るためベビールームで過ごすけれど、時々授乳のために連れて来てくれるそうだ。わたしのほうは、出血量が多かった上に気を失ったので、担当医から輸血は避けられないと告げられた。次の日、輸血を受けることになった。

医療ではたまに起こることだが、悲しいことに、純粋な治療行為がもっと悪いことを引き起こすことがある。血液成分である血漿たんぱく質によってアナフィラキシーショックを受ける人が0・003パーセントほどの割合でいるのだが、わたしはそのうちのひとりだった。輸血を受け初めて10分ほどたったとき、側にいた看護師に、足が変な感じがすると言った。その後、人生で経験したことのないような大騒動を起こしていた。最後に憶えているのは、たくさんの顔がわたしのベッドの周りを囲んでいたことだ。意識を失って、抗ヒスタミン剤、酸素、アドレナリン、ステロイドが投与された。最初のときよりもさらに多量の血液が必要だった。次の日、今度は最初に抗ヒスタミン剤を投与してから、再度輸血が行われた。血液量は戻ったものの、ひどく気分が悪かった。赤ちゃんを連れて家に帰るまではさらに三日かかった。しかし、このドラマティックなエピソードの最悪の影響は、息子に愛情を感じなくなったということだ。ウィントフックの隣人の甥っ子を抱いているかのような感覚だった。

幸い一時的なことではあったが、アナフィラキシーショックの後にわたしの脳に起こった何かが、顔認識の経路に影響を及ぼしたのではないかと思う。カプグラ症候群について知ったとき、不気味に感じた。患者の反応についての説明が、わたし自身がニュートンに何も感じなかった経験とあまりにも似ていたのだ。見た目はわたしが愛した生後間もない赤ちゃんと何も変わらないのに、なぜわたしは何も感じなかったのだろうか？

実存主義の中心的主張のひとつに「実存は本質に先立つ」というのがある。人生そのものに意味はないが、意識的行為を通して自分で意義を作り上げるのだという考え方である。退院してから、息子への思いやり行動を最初から行った。心理学者のポール・エクマンによると、同じように作り笑顔も気分を改善する。母親愛行動を真似ている間に、わたしのオキシトシンレベルは上がり始め、数週間のうちに、以前娘に恋したのと同じように息子に恋に落ちた。

それから今まで、息子はずっとわたしの光である。彼を見るたび、彼と話すたび、わたしの精神の中でゆっくりと開花した彼への愛の、畏敬に満ちた広大さを感じる。フェミニストとしては残念であるが、わたしの愛は、母親の息子に対する関係性は「人間の関係性の中で、もっとも感情の両価性からかけ離れたものである」というフロイトの言葉どおりである。ただし、フェミニストとして一言添えると、フロイトの言葉は、娘への感情にもまったく合致している。

わたしの64歳の誕生日にピーターが手紙をくれた。

僕に何か重大なことが起こったとき、その場にいて、美しい言葉を聞かせてほしい。僕は君と同じ時同じ場所で一緒に死にたいとこころから願ってはいるが、もし僕のほうが先に死んだなら、家族や友だちに君の言葉で話してほしい。君の言葉が彼らに届くとき、炉内で激しく燃える間わたしの窒素、二酸化炭素、酸素、水素の原子は、ほんの少し速く振動するだろう。

ピーターもわたしも、わたしたちのどちらか、または両方が存在しなくなるときのことを話すこと、ジョークにすること、時には悲しくなったりすることすら嫌がったりはしない。でも、普段考えているのは死ではない。わたしたちは生の真っただ中にいるのだ。若い人たちが想像する以上に、またはたぶんそうあってほしいと思っている以上に、年老いた人たちには、性を含めた生がある。詮索好きの人たちよ――まあ、わたしもそのうちのひとりなのだけれど――いくつかの論文を紹介しよう。「セックスと高齢者――調査によると多くの高齢者はお盛んである」、「合衆国における57歳から85歳を対象として行ったこれまででもっとも包括的なセックス調査」をまとめた「セックスと高齢者――高齢者の性交のしかた」など。その結果を見ると、ピーターとわたしだけが、「使わなければ失う」の処方箋に従う60代ではないようだ。

夜の生活に関しては、二つだけ告白しよう。(1) 赤ちゃんを作ろうとしていた時代、わたしたちはカレンダーに従ってセックスしなければならなかった。二人のうちの一方はある種の薬の服用を中止しなければならず、もう一方はドーパミンを噴出させるためによれよれの細胞を活性化する薬の服用を追加せねばならなかった。そして、(2) 半世紀前は、どちらかがやる気になれば喜びに達することができたが、今では、ほかの多くのお仲間と同様、「必死でがんばらなければならない。」とはいえ、わたしたちは退職して、時間はたっぷりある。

実際のところ、セックスに年齢制限はない。セックスをする相手がいる限り(または欲望を起こさせるものがある限り)、セックスをし続けるのだ。相手がいなければ、自分で喜びを得る。高齢者向きの健康ウェブサイトではその行為を奨励している。高齢になっても性的にアクティブであり続ける上で、長年連れ添った相手がいる人は有利である。ホルモンがほんの少し「速く振動」し始めたときに、セックスをする相手が近くにいる可能性が高いからだ。面白いことに、「一度離婚して再婚したカップルよりも、最初の結婚を続けているカップルのほうがセックスをする頻度が高いことが多い」と「結婚している夫婦のセックスライフの回復 ── 50年後、研究結果」というタイトルの記事が言っている。

デイリー・ビーストの「シーツの中で」というタイトルの記事で、バービー・ナドーはこう書いている。「もし80代の二人がシーツの中で裸で絡み合っているのを想像してもげんなりしないようであれば、ある年齢を超えてからのセックスは良いかもしれないと思えるレベルに成熟したと考えてもよいかもしれない。」わたしは今や、オウマ・トゥルーアとオウパ・キャレルが六十三年間の結婚生活でずっとセックスをしていたのだったらいいのにと思えるほど「成熟」している。

認知症観察ノート

2014年4月24日

先週、ダイアンはネバダ州メスキートに住む姉妹を訪ねるため、毎年恒例の休暇をとった。五時間のドライブだ。それに先だって、ボブのためにケアセンターを予約した。費用は退役軍人省が出してくれる。ダイアンが出発したら、息子のボビーがすぐそこに連れて行く手はずだ。前年、ダイアンが行ってしまうことをボブは非常に不安がった。それで今回は、ボビーがボブをトラックで外出しようと誘っている間に彼女は出発した。行き先は、ケアセンターだ。

翌日の晩、ボブがセンターから抜け出した。リストバンドをつけてはいたが、ドアのアラームが鳴らなかったのだ。深夜、夜勤のスタッフが彼のいないことに気づいて、911に緊急電話した。ピーターとわたしは朝になってから、行方不明者の問い合わせ電話で知った。それまでには彼らの家には警官がきていて、一軒ずつ探して回ろうとしていた。出てきた近隣の人たちを組織して、別々の方向を探すことになった。ピーターとわたしも割り当てられたエリアを車と徒歩で探したが、見つからなかった。ボブは抜け出してから十七時間後に、センターから十キロほど離れたところで見つかった。見つけた人は、死んでいると思ったそうだ。微動だにせず、電柱に上半身だけ起こして寄りかかっていた。救急隊員は、単に疲労で眠ってしまっただけであることを確認した。

午後、ボブは救急車で家に運ばれた。ボビーはトラックで後ろについてきた。ボブは歩けないほど弱っていたので、二人の救急隊員に支えられて玄関の階段を上った。彼はすぐ、ダイアンを呼び始めた。しかしダイアンはまだ道中だった。彼女の妹は夜目が利かなかったので暗いうちは運転できず、明るくなってから出発せざるをえなかったのだ。ボビーがボブをベッドに寝かしつけた一、二時間後、ダイアンが帰宅した。ダイアンは二度と彼を置いていかないと誓った。

1971年3月26日の結婚式の日は、夜明けと共に起きた。寮でヘアメイクの名人として知られて

いた友だちのベティーと一緒に、両親の家の居間のカーペットの上に枕とブランケットだけで寝ていたので、朝5時に目覚まし時計がなったとき、どちらも疲れてだらしない格好で起き上がった。実家は、親戚たちで溢れかえっていた。わたしの結婚式のためではない。オウマ・トゥルーアが車での大事故の後プレトリアの病院に入院していて、その間実家に滞在する90歳を超えるカラハリのオウパに付き添うために来ていたのだ。ゲストの中でもっとも元気で頑丈だったベティーとわたしは、居間の床に寝るはめになった。最悪なことに、わたしは、髪にカーラーを巻いて寝なければならなかった。

その前の晩、両親の家に行くのが予定よりも遅くなっていた上、ウェディングベールをまだ縫い上げていなかった。ヘニング一家がアイオワから来て、わたしたちのアパートに泊まっていた。わたしは、ベールの縁のレースを縫いながら、アルやドロシーやアメリカの妹たちとおしゃべりしていた。そのベールは、ウェディングドレスを作ったのと同じクモの糸のように薄い白い繊維で作られていた。両親の家に行こうと急いでいたのと気を散らしていたので、ベールの端に近いところを間違って破ってしまった。アイオワにいたときみたいに、すぐさまドロシーが母親になった。嘆き、パニックになっていたわたしに話しかけてなだめ、わたしのひざから縫い物を取って、縁取りを完成させ、裂け目もかがってくれた。次の朝、眠い目を洗うよりも前にしたことは、ベールとウェディングドレスがちゃんとした状態にあるかどうかを確認することだった。今では「衣装の悲劇」と呼んでいるものは、床で寝たことによる悪夢にすぎなかった。すべてが順調だった、後は変身するだけだ。

一時間ほどかけて肩までの長さの髪を頭上でアップにしている間、ベティーはフーリエの非可換調和解析でもしているかのように冷静だった。髪が仕上がると、ベティーは髪束からうまく数本の巻き毛を引っ張り出して、顔の周りに飾った。次は、ドレス。ハイウェストのドレスで、床まで届く長さのスカートには柔らかくギャザーが寄せられ、裾から45センチはレースで飾られていた。裏地のない袖は上腕部分は膨らんでいて、ひじから手首までは正装の長いグローブのようにぴったりと肌に沿っていた。鏡の前で回ってみせると、ベティーがああ、とか、うう、とか感嘆の声を上げた。最後に、ベティーがベールを頭の後ろの膨らませた巻き毛の中に固定して、フランジパニの香水を振り掛けた。わたしは、「モダンな」花嫁になると決めていたので、ベールは単なる飾りで、顔を覆うものではなかった。どれほど薄いものであろうと、今日、わたしとすばらしい世界の間を隔てるものは何もないのだ。

ピーターとわたしが出会ってからたくさんの思い出を作ってきた公園で、7時からひとりだけの写真を撮った後、教会に向かった。父がエントランスで待っていた。結婚行進曲が始まると、フラワーガール（8歳のテルティアと従妹）とブライドメイド（ラナとアメリカの妹のジョイス）の後に続いて通路を歩いた。父がわたしにキスをし、ピーターと握手をして、ピーターがわたしを引き寄せるまで肩に手を添えてくれた。「ほぼ」夫の畏敬と優しさに満ちた目が近くに来てわたしの目と合うと、詩が現実になった。「いつもあなたのこころと共に／わたしのこころと共に。」

アフリカーンス式のオランダ改革派教会の規範的な式は、馴染み深い慈しみの文言を唱える厳かなトーンで執り行われた。ただ一つ教会の伝統に沿っていなかったのは、ピーターの決められた質問に答える「はい」が鳴り響いたことであった。その答えを聞いた参列者がこらえきれずに笑ってしまい、アフリカーンスの教会のいつもの厳粛な静けさを打ち破った。

家族写真とカップル写真を撮ってから、ようやく披露宴に到着した。わたしたちが手に手を取りながらムルダーの原生木の点在する芝生の湖を横切って歩いていく間、すでに到着していたゲストたちが手を振ったり笑いかけたりしてくれた。通り道にあるジャングルジムの上では、幼いゲストたちが、足を空中に逆さまになった軽業をしていたので、フラワーガールたちのライラック色のドレスがジャカランダのベルみたいになって頭を包んでいた。アーチのブーゲンビリアがそこら中に紫と赤の喜びを撒き散らしていた。パティオでは、ゲストたちがすでにテーブルを囲んでいた。皇族みたいにうなずいたり手を振ったりしながら、ピーターとわたしは家族や友だちの間を歩いて席に着き、ピーター一家の長年の友だちであり本日のホストであるタント・レッティのすばらしい腕前を褒め称えた。

それぞれのテーブルの真ん中には絞りたてのオレンジジュースの入ったボールが置かれ、その黄色い太陽の周りをパイナップルとぶどうとバナナとりんごの小惑星帯が取り巻いていた。ピーターとわたしと双方の両親が座っているメインテーブルの後ろには、卵料理やベーコン料理やパンやフルーツサラダやコーヒーポットなどで埋め尽くされたビュッフェテーブルがあった。食卓の上には、母スザンナのトレードマークでもある大きなフラワーアレンジメントがそびえ立っていた。うす茶色の菊と暗い黄色のアフリカーナーの花と明るい黄色のカーネーションのカスケードで、スザンナが自分の庭と近隣の庭から収穫した緑の草木に埋め込まれていた。

正午ころに披露宴を終えて、ハネムーンに出発した。荷造りを開始しなければならないほんの数日前までピーターが秘密にしていた行き先は、ダーバンのビーチホテルだった。ウェディングドレスから新婚旅行用の服に着替えて、さようならを言った。ラナが結婚のお祝いに、体にぴったりした膝丈のクランベリー色のスーツを縫ってくれた。ゲストの間を駆け回ったせいで、ミニスカートみたいにスカートのフレアから足の大部分が露出したので、プルースト風の女主人みたいに、いかがわしく着飾って、ザ・オイスターボックスというそのホテルに隠れる準備をしているみたいな気分になった。しかし、その名声をきちんと認識できるようになったのは、科学の世界を後にしてずうずうしくもフェミニストの文学評論家の領域に踏み込み、ハネムーンホテルの二重の意味を歴史化できるようになってからのことだ。そのときのわたしのリビドーは、知的情報の解読には向けられていなかった。六時間前に結婚したサンダース婦人は、一度も結婚したことのない２０００年前の聖書の中の観察者のように、コリントの書7章33節の言葉にぴったりと当てはまる断固たる非フェミニストのような気分になっていた。「結婚した婦人はこの世のことにこころをくばって、どうかして夫を喜ばせようとする。」

認知症観察ノート

２０１３年2月16日

マリッサとアダムに最初の赤ちゃんが生まれたので、冷凍庫のストック作りとベビー服の洗濯を手伝いにシカゴに行った。わたしの三番目の孫だ！　その間に、二度目の神経心理検査の結果が封書で届いていた。家に帰ると、隣人のダイアンが集めておいてくれた郵便物の大きな箱の中に神経心理検査結果を見つけた。読みはしたけれど、二週間以上経つ今になるまで、それについては何も書く気分にならなかった。

テストのすぐ後、神経心理学者 ── ディーディーと呼ぶことにしよう ── から説明を受けていたときは、四セットの単語を覚えるワーキングメモリのテストの結果には多大な自信を持っていた。二年前のテストでは、「平凡な学習能力」だったが、その規則性が今回のテストまでの間にわかっていたので、二回目はもっとうまくやれる気がしていた。きりん　しまうま　りす　うし、キャベツ　セロリ　タマネギ　ホウレンソウといった具合に、16個の単語が意味的なグループになっている。しかし、結果を見ると、今回の総合得点は61歳のときのものよりも悪かったのでがっかりした。

テスト結果には、細かい字で、下がった総合得点に対する説明が書いてあった。四つのカテゴリーに分けられることは知っていたのだが、繰り返しのときに憶えていられたのは、たいてい、三つのカテゴリーだけだった。「まだ言っていないカテゴリーが一つある」と言ったが、それが何だったのか思い出せなかったことを憶えている。忘れてしまったカテゴリーと一緒に、それに含まれる四つの単語も全部忘れてしまった。そして、それが一番期待していたセクションだったのだ。

テスト中にとても難しいと感じたほかのセクションの点数は、予想していたほどは落ちていなかった。数字をつなげるテストや図形を組み立てるテストのセクションでは、間違いは多くなかったが、スピードが遅かったので点数が低くなった。これらのセクションで苦しんでいるのを見て、ディーディーはわたしが意気消沈してしまったことに気づいたようだ。もう今回は算術のテストはやりたくないんじゃないかとほのめかした。わたしは、喜んで止めることにした。二年前のテストの結果から、すでにわたしの算術スキルがひどい状態であることはわかっていた。

しかし、二回のテスト両方の結果を見て一番落ち込んだのは、高校時代の最後のテストからIQが下落したことである。わたしの時代、南アフリカの学校はウェクスラー知能検査を使っていた。それは、ディーディーが使用したものと同じなので、結果が比較でき、成績の急降下が明白だったのだ。

現代では、IQは成功の可能性を測るには単純すぎると考えられており、人生の成功にはほんのわずかの関係しかないと言われている。そのことはわかっていても、わたしの人生においてIQはずっと重要だった。憶えている限り、IQは学問における高い能力を象徴していた。小学校で初めてテストを受けたときの点数を見て、両親はわたしの魅惑的な発達の早さに幻想を抱いたようだった。大きくなってからは、背が高いことや肌がきれいなことや落ち着いていられることなどと同じように、それが自分の長所なのだとわかった。それが今では、たるんだあご、昔の足の手術のために少し足を引きずること、すぐに注意が逸れることと並んで、IQが短所のひとつになってしまった。

それを冷静に受け入れられるようになるまで、わたしは誰にも話せなかった。ピーターにさえ。

新しい街で、日常生活のリズムをつかむのは大変なことだ。その街が違う国ともなれば、慣れるのにはさらに時間がかかる。ピーターや子どもたちは、引っ越しに伴って新しい仕事や学校などに自分の居場所を見つけた。わたしも同じように、新しい仕事や大学の授業など、定着するための地盤となる環境を見つけようとしていたなら、自分の才能を生かす場所を見つけるのはそう難しくはなかったに違いない。しかし、適切なビザを取得していなかったため、育児をする前にチャレンジしてみたい

と思っていた知的環境への参加は法的に認められなかった。しばらくの間、わたしは「フルタイムの母親」の地位に甘んじて、子どもの学校でボランティアをしたり、芸術やサイエンスのイベントをわが家で開催したりして、子どもや家族が社会ネットワークを築く手助けをすることに注力した。しかし、自分のアイデンティティの一部だけを押し出して行くことには限界がある。新しい生活が始まってから一、二年もすると、わたしはフラストレーションを抱き、自信をなくし、落ち込んでしまった。自己評価がどんどん低くなって、自分を愛せなくなったのだ。

それを解決しようと最初に試みたことが、執筆であった。最初は、新しい生活を南アフリカの家族や友だちに知らせるために、エッセイ風の手紙を書いた。それから、子どものためのライティングの通信教育を通して見つけたアドバイザーの指導の下で、子どものための小説や物語を書いた。それを一〜二年続けた後、就業ビサにはまだまだ手が届く状態ではない時期ではあったが、ユタ大学に留学生ではなく州内生として受け入れてくれるように助けてほしいと、ユタ州上議員のオーリン・ハッチに嘆願書を出した。州内生の学費なら払うことができたからだ。どのようなからくりで実際に受け入れてもらえたのかはよくわからないが、とにかくわたしはユタ大学に受け入れられた。当初の目的は、ユタ州の教員免許を取得することだったのだが、「クリエイティブ・ライティング」のクラスで書いた物語が『ユタ・ホリデー』という地方誌に掲載されると、すぐに気持ちがぐらついてきた。結局、教員免許を取得することはなかった。かわりに、教授のひとりに薦められて、クリエイティブ・ライティングの修士課程プログラムの教育助手に応募して受け入れられた。そのプログラムで一年間過ごしたころ、直接博士課程に応募するべきであったと思えてきて（ありがたいことに教授も同意してくれた）、博士課程に編入した。博士課程に編入したことは、大人になってからの自我確立に大きな役割を果たす重要な経験であった。それまで、アパルトヘイトに培われたアフリカーナーであり、科学志向の学者で教師であり、妻であり、母であり、フェミニストであり、無神論者の移民であったわたしが、さらにゴーゴリ流の哲学者・知識人の外套を身につけた。新しい外套を着たアカーキイ・アカーキエウィッチと同じように、この外套はわたしの存在を大きくして、「まるで結婚でもしたかのように、ふくらんだ」のだ。

別の言葉で言うと、わたしは自分の声をもう一度見つけていた。

フロイト流に言うと、別のエゴの面でも、わたしはリビドーのポートフォリオを多様化させていた。１９９２年に家族全員が、とうとうアメリカ市民権を得たのだ。博士号と市民権を得て、わたしは「本当の」仕事を得ることができるようになった。それでも、その後一、二年はユタ大学の英語科の補助教員のままだったのだが、家族の収入をもっと平等に分担しなければならないという義務感を抱くようになった。パートタイムで教員を続けながら、ユタ大学のコンピュータサイエンス科のテクニカル・ライターの職に挑戦した。それからさらに大きな挑戦を求めて、ビジネス界に進出し、七年間で三つの会社を経験した。最後は、ロックウェル・コリンズからミラー・ビールやデューク大学法学部に至るまで、さまざまなクライアントのためにトレーニング教材を作るチームにいた。そのチームには、四十人ぐらいのライターやプログラマーやグラフィックアーティストがいたのだが、幸運にもそのチームを束ねる二人のマネージャーのうちのひとりになることができた。しかし、商業主義のビジネス界は、わたしには向いていなかった。それは、リュス・イリガライの言葉を借りると、「資本の余剰を精神が浪費し、資本の余剰が精神をすり減らす」世界であった。
２００２年に『デリダ』という映画が上映されている間に、神様の気まぐれによって、学術界に戻ってくるチャンスが訪れた。『デリダ』は、西洋哲学の言葉の中の隠された矛盾について解いた「脱構築（デコンストラクション）」として知られる文学分析の方法論を発展させた同名のフランスの哲学者の伝記的なドキュメンタリーである。ソルトレイクシティの文学批評愛好家の名士たちがそろうドキュメンタリー映画の聴衆の中に、キャサリン・ボンド・ストックトンがいた。現在キャサリンはユタ大学の英語科の著名な教授だが、当時はジェンダー・スタディー・プログラムのディレクターで、準教授の職がもうすぐ空きそうだから応募しないかと誘ってくれたのだ。

ドナ・キホーテ：残りは、陳腐なフェミニストの文学評論家なら言いそうだが、「女の物語(herstory)」だ。

２０１５年４月、各新聞が前アイオワの議員のヘンリー・レイホンズの妻への性的虐待は無罪となったと報じた。「ドナとわたしは『遊んでいた。』ドナがわたしのパンツに手を伸ばしたり時には愛撫することもあった」と彼は証言した。そして、「何かを要求する人には同意する能力があるのだと常に考えている」と検察官に言った。
三時間半の証言の間、レイホンズ氏は十回も泣き崩れた。「わたしたちはただ、一緒にいたかったのだ」と彼は言った。「わたしは妻を女王様のように扱った。妻はわたしを王様のように扱ってくれた。妻を本当に愛していた。毎日、恋しくて仕方ない。」

2011年11月7日の認知症観察ノートを振り返って

ユタ大学の教員は、退職しても図書館を使い続ける権利がある。図書館の請求番号にそって読みたい本リストを順番に探すことができる。探している間も、隣の部屋や上の階や下の階の近辺で見つけた本をつまみ食いすることもできる。マイケル・パタニティ『アインシュタインをトランクに乗せて』、ジョナ・レラーの『プルーストの記憶、セザンヌの眼――脳科学を先取りした芸術家たち』、バーバラ・ウォーカーの『フェミニストのおとぎ話』、ハロルド・ブルームによる序文付きのエディス・グロスマンによる『ドン・キホーテ』の新訳、ルネ・ドーマルの『大いなる酒宴』。

家に帰ろうと車に乗り、授業や仕事で二十数年間も通っていた道を走り出した。おまえは、ビュイックスカイラークのトランクの中のタッパー容器の中のアインシュタインの脳みたいに、ゆっくりと上下しながら見慣れた郊外の景色の中を浮遊していた。歩行者が道を渡るので停止すると、母国語がでしゃばってきた。ゼブラ・オオガング。シマウマの横断。なんでシマウマが太陽系を渡ったりしたのかって？　なぜなら、それは、六十カ国語での挨拶とザトウクジラの叫び声が録音された1970年代の宇宙船ボイジャーに掲載されたゴールデンレコードの画像みたいに不死身だったからだ。

オレンジ色の旗を振る歩行者を見ながら、おまえは考えた。「シマウマが道を横断したのか。道がシマウマと交差したのか。それは、おまえの参照枠次第だ。」南アフリカの科学者たちは、アムステルダム動物園にいたクアッガの保存されていた組織からクアッガのクローンを作り出したのではなかったか？　それはクローンされて配列決定された最初の絶滅動物のＤＮＡであった。それからシマウマを選択交配して、クアッガに毛皮の配色がよく似た子馬のクンバ（原注：子馬は、トリガーフィッシュ・アニメーション・スタジオによる南アフリカのアニメ映画の主人公から名前がつけられた。実際の子馬を作るクアッガプロジェクトは、「クアッガ・リバイバル」と以前は呼ばれたが、資金不足のために消滅した）を繁殖させたのではなかったか？　アインシュタインの逆さまの宇宙は、おまえが突然そこにいると気づくような世界だ。しかしおまえの世界は、心地よい銀河ではない。むしろ不気味だ。おまえはビューマスター（訳注：立体映像が見える望遠鏡型おもちゃ）のフィルムの世界に足を踏み入れたのだ。「ヘンゼルとグレーテル」？　不可解な副題が嘲るように添えられたおまえのいとこのドン・キホーテ・デ・ラ・マンチャ？　頭上の木のアーチ。舞台左手では、幹の後ろのコテージが斜めになっている。おまえは東西に行くのか、それとも南北に行くのか？　この木の茂みは、おまえが西に曲がるべきガソリンスタンドの近くの森か、それともすでに曲がった後に入った木の茂ったトンネルか？　どこにも道しるべはない。鳥がおまえのパンくずを食べてしまったのだ。

バックミラーを見て、おまえは後ろに車がいることに気づいた。親愛なるアインシュタイン教授よ、わたしは世界があまりに早く動くので、相対的に事実上止まってることがわかりました。背後の車が前に進めとクラクションを鳴らす。おまえは道を譲って、歩道に乗り上げかけた。あるときは、その人はちゃんと正しい方向に立っているように見えた。他のときには、その人は頭を下にして立っているように見えた。そしてあるときは、右向きに、別のときには左向きに突き刺さっているように見えた。怒ったドライバーたちが嫌な顔をしながら通っていく。おまえはエンジンをつけたまま、ただ座って待っていた。――何を？　高速の臼に乗ったバーバ・ヤーガ（訳注：スラヴ民話に登場する妖婆）が杵を携えておまえを走らせるのを？　それとも、あのモスクワ？

魔女の大釜から出てきた何かが、おまえの食道をさかのぼってきた。おまえの顔から、いぼいぼでつぎはぎの感情が芽生えてきた。おまえを生きたまま食ってやる。おまえの脳は枯れ果てた。おまえは大ぼけだ。欧州宇宙機関がすぐに、ヒダルゴとサンチョという二つの宇宙機を、地球に向かう小惑星の軌道を変えるために打ち上げる。

トラックトレーラーが近づいてきて、排気管からトロルの息を思いっきり吐き出したので、おまえは直面している水車のサイズがマンハッタンほどでも天体ほどでもないことを思い出した。おまえには科学の素質がある。遅かれ早かれ、この道を行けば何かわかるだろう。おまえは魔法の船で赤道を渡るドナ・キホーテだ。おまえは内なるトロルと対面している大きなヤギのがらがらどんだ。さあ、ジャンプして。おまえは車の往来の合間に入って、行く先を知っているかのようにスピードを上げる。すぐに景色が変わって、「ああ、そこに二つの耐乾性の庭のある家が隣り合っているわ」と言う。

しばらくの間、アメリカのどこかの街がぐるぐる回っている。しかし、とうとう、似たり寄ったりの近隣の家々とは違う二階建ての四角い建物が見えてきた。ニュートンが親知らずを抜いた歯医者だ。るんるん、らんらん。シズラーまで後ちょっとだ。いざトロルのところへ。彼は水の中をばしゃばしゃしている。正しい方角。３００イーストの信号まで後10ブロック。大きなヤギのがらがらどんは橋の上。信号を左、青い家を右、アミット・アンド・リュチカの店を右。大きなヤギのがらがらどんは草に大喜び。食べて、食べて、食べまくる。ここが大好きなんだ、と彼らは言う。

二人がけのソファの隣に図書館の本を積み上げた。おまえは自分の席に沈み込み、フットレストのレバーを上げて、ピーターの母親が鉤針で編んだブランケットにひざをくるむ。プルーストのマドレーヌみたいに、そのときの記憶が特定のときに後悔と共に蘇る。おまえの義理の母親は、すばらしく手が器用だったが、ああ、ほんの数年のつかの間だった。苦労して手に入れた山の一番上の二冊の本を、おまえの手が欲深くつかんだ。おまえは、先生から、息子さんは愚かすぎて何も学ぶことはできないと告げられたアルベルト・アインシュタインの母親のことを考えた。彼女は、息子にバイオリンのレッスンを始めさせた。後で彼女のことを思い出して、アインシュタインは言った。テーブル、イス、フルーツの鉢、そしてバイオリン、男はそれだけあれば幸せだろう？　どの本を開くか決める前に、おまえは、テーブルでノートパソコンに向かって仕事をするピーターの上に目を落とした。

地球の底で逆さまに突き刺さっている間に恋に落ちるなんていうのはばかげたことだと考えるのは合理的でしょうか？

フランク・ウォールより

ウォールさんへ

恋に落ちるというのは人の行為としてちっともばかげたことではありません。しかし、重力が責任を負うことはできません。

アルバート・アインシュタインより

医学的意識が確立されるまでの何世紀もの間、こころと物質が強く結びついているという概念の兆しはあった。マイケル・ガザニガは、18世紀のオーストリアの医師フランツ・ヨーゼフ・ガルが、「脳のさまざまな部分は異なる精神機能を生み出すため、脳の特定の部分への傷害が特定の精神機能に不調を引き起こす」という現代のアイデアの直近の先駆者であるとした。残念ながらガルは、頭蓋骨の形や表面がその人の能力や性格を表すという骨相学の父でもあったため、そのすばらしい洞察も彼の発明したそのエセ科学と一緒くたにされてしまった。

1830年、フランスの精神科医のマーク・ダックスは、類似した発話障害を持つ三人の患者を解剖した結果、左半球の領域に類似の損傷が見られたと科学アカデミーに報告した。ダックスが田舎の医者であったため、パリの有力者たちはその発見に感心しはしなかった。三十年後、大立て者のひとりのポール・ブローカが、タンと名づけられた患者の解剖結果を出版した。言うことのできた唯一の単語がタンだったためにこう名づけられたのである。タンがまだ生きているころからタンの失語を研究していたブローカは解剖によって、患者のコミュニケーション障害が左半球の前頭葉の損傷にあることを突き止めた。それがブローカ野と名づけられた脳領域で、現代の脳神経科学の存在にはなくてはならないこころと脳の相互関係という概念のマーカーとして初めて後世に残ることとなった。

十年後、ドイツの外科医のカール・ウェルニッケが、左側頭葉の損傷と二番目の種類の失語症との関係を発見した。このタイプの失語症の患者は、言語を理解する能力を失うのだが、文法上の規則性を多少残して単語をつなげ、意味のない発話をする能力は残る。ウェルニッケ言語野もブローカ野も、脳卒中やその他の脳障害によって引き起こされる言語障害の多様性と奇妙さを説明するモデルとして、今も重要な役割を果たしている。

損傷と機能障害の正確な関係性がわかると、リハビリ治療の成功確率は高いのではないかと考えられるようになった。主流なものとしては、「障害を負った脳に失ってしまったものを強く当てる、すなわち慣れた社会環境に触れさせる」ことである。２００５年のある研究では、認知症患者の介護者や親族には長く知られていた事実を証明した。すなわち、深刻な脳障害を負った人の脳において、「愛する者の声が広く分布する回路を活性化する」ということである。そして、もっとも刺激的な社会環境が、もっとも高い可能性で老人に正気を取り戻させる。それは、「アルツハイマー病やその他の認知症型の脳障害で脳がすかすかになった人」にも当てはまる。「そのうちの多くが最後まで社会的で、精神的な要求をする友だちとカードゲームをしたり、ディベートをしたりする。」

もちろん、幸いにも自ら精神的な欲求をすることがまだ可能な脳障害を持つ人たちにも、このような社会的な環境へのつながりは大変重要なのである。

認知症観察ノート

2015年10月11日

ボブが退役軍人病院に入ってから、ダイアンは体調が悪すぎて病院に行くことができなかった。肺気腫に加えて風邪をひき、呼吸困難で常時酸素を使わねばならなかった。ボビーに連れて行ってもらうのは不可能だった。携帯型の酸素タンクを持っておらず、家庭用の長いパイプの付いた据え置きのタイプのものしかなかったからである。ある日、気分がいいし数時間は酸素なしで大丈夫だから、バスでボブに会いに連れて行ってほしいとダイアンに頼まれた。バス停にたどり着く前から支える腕がどんどん重くなり、しまいにダイアンは地面にしゃがみ込んでしまった。わたしは彼女の頭をひざに乗せて、髪を撫でながら彼女の名前を呼んだ。彼女は目を開けたが、しゃべることができなかった。わたしはピーターを呼び、彼女を救急処置室に連れて行った。二時間ほどしてボビーの妻が引き取りに来るまで、わたしたちはそこに留まった。

驚いたことに、彼女はその日の午後、家に戻った。ボビーは食料と日用品を持ってきて、その夜泊まった。次の朝、わたしが様子を見に行くと、ボビーは仕事に出ていたが、温めるだけのスープがあるし、大丈夫だと言った。晩御飯を食べてからもう一度様子を見に行くと、彼女はオレンジカップケーキを食べていた。「ああ、デザートね」とわたしは言った。

「あら、これが晩御飯よ。ふらふらして何もできないのよ」とダイアンが言った。晩御飯のミートパイが少し残っていたので、それを持っていった。それ以来、毎日晩御飯を持っていくようになった。彼女は、それだけで十分に朝ごはんも昼食もまかなえるのだと言っている。でも、わたしはもうすぐ十五回目のマトリック同窓会のために南アフリカに行くことになっている。それまでにダイアンが自分でなんとかできるようにならないかもしれないと心配だった。ダイアンの許しを得て、わたしは食事宅配サービスに電話して、登録してもらった。でもそのサービスはわたしの出発の三日後からしか始まらないので、隣人のデイビッドとリンダと話して、宅配サービスが始まるまで食事を持っていってもらうことになった。ピーターも毎日様子を見に行く。

退役軍人ホスピスからの報告によると、ボブの毎日の活動は、窓から窓、ドアからドアへと歩いて逃げ道を探すことだそうだ。疲れると一番近いベッドに入って、そこにいる人を愛撫するらしい。

ボブとダイアンが最後に会ってからもう二週間が経つ。彼女は、携帯型の酸素タンクを医者が処方してくれるように電話するのを助けてほしいと頼んできた。ボビーに時間があるとき、いつでもボブに会いに連れて行ってもらえるようにしておきたいのだ。

ドナ・キホーテ：ゲルダちゃん、どこへ行くの？
ウィルマン：道しるべはない。鳥がパンくずを食べてしまった。
ドナ・キホーテ：ウィルマンには犬がいたわ。
ゲルダ：わたしにはピーターがいる。

うちの玄関の赤いドアのところで、ドナ・キホーテは立ち止まった。彼女はまだ入る許可はもらっていない。わたしはひとりで敷居をまたいで、やんちゃな恋人を探した。彼は、二人の椅子の半分に座っていた。彼のコンピュータは閉じられたまま、コーヒーテーブルの上に置かれていた。彼は横を向いていて、頭はアームレストの方に傾き、リズミカルで大きないびきをかいていた。わたしが17歳で彼が19歳のときから彼のことは知っている。物理のクラスで出会ったのだ。わたしのＩＱがベルカーブ上で大幅に下へと推移したのだと伝えたら、彼がなんて言うかはわかっている。優しさで不明瞭になった声で、こう言うのだ。「テーブル、ミートパイ、ワイン、握りしめてくれる手。それだけで十分に幸せだろう?」

わたしはゆっくりとしゃがみ、フットレストのレバーを上げて、彼の横に座った。彼の肩が母親のかぎ針編みのブランケットの波を押し上げているところに頭を置いた。彼は低くうなって、わたしの足を撫でた。わたしは、あのモスクワに続いて家に帰るクジラたちのおしゃべりの不協和音について考えた。群れの声は、オーケストラの弦や管にかき消された。彼らに生命を与える星の向こうの深遠な静けさの中を横切るボイジャー号に乗る、彼らの仲間のクジラたちのスリルを考えた。ザトウクジラのグリッサードの丸い世界にいるのはなんて奇妙なことだろう。

7章　死に向かう変身

２０１２年8月16日、わたしが育った農場の近くの村のマリカナで、賃金の引き上げを求めてストライキをしていた鉱山労働者に向かって南アフリカ警察が実弾を発砲し、国際的な非難が集まった。この行動は、アパルトヘイトを打倒し、現在国を統治しているアフリカ民族会議の指揮の下で行われた。この対立は、「アパルトヘイト消滅以来の最悪の治安活動」であると認識され、マリカナ鉱山虐殺事件として知られるようになった。

その春の日の戦場は、対等にはほど遠いものだった。鉱山労働者たちがコスモスのピンクの点々のある柔らかい草の茂る緑の藪の中にある丘の側に集まっているとき、妖術師が「彼らを警察から守り、銃弾が効かなくなる」ように魔法の薬を彼らのうちの何人かに塗りこんでいた。別のデモ参加者たちは、こん棒や長刀みたいなナイフや槍や棒を持っていた。デモ参加者が増えるにつれて、「ヘリコプターや武装車や騎馬隊に護衛された数百人の警察官」が、集まっているストライキ参加者を「もっと容易に武装を解除させて取り押さえるために」、有刺鉄線で取り囲み始めた。すぐにすべての逃げ場を遮断されてしまうという恐怖から、参加者の中の一団が離脱して警察の包囲網に飛び込んだ。警察は自動小銃で銃撃を始めた。銃撃が終わると、34人の労働者が死んで横たわり、78人が怪我を負っていた。後に警察は、銃器によって攻撃を受けたのだと主張した。すべてが終わってから、警察は死者や動けなくなった人たちから五丁のピストルとトラックいっぱいの「伝統的な武器」を押収した。

アメリカの友だちとこの虐殺について話をしたとき、わたしの中で互いに結びついた二つの物語の間で揺れ動いていることに気づいた。一つは政治的社会的経済的な力が不安定になる前ののどかな時代の描写で、もう一つは、最近の暴力の噴火の描写である。長く話せば話すほど、わたしの子ども時代にはすでに今日の暴力の芽はあったのだということがはっきりとわかってきた。アパルトヘイトに強制された見せかけの平和の下に隠れていただけだったのだ。

牧場から11キロほどのところにあるマリカナへは、本を借りに行ったり、日用品や野菜や新聞を買いに行ったりしていた。決まった金曜日には特別のごちそうが、ドライアイスの煙の中につめられてやって来た。そう、アイスクリームだ。主に日用品や洋服を買っていたカツェネルンボルゲン雑貨屋は、ほぼユダヤ人専用店として知られていた。オーナーもユダヤ人で、マリカナには住んでいなかったが、毎日ラステンブルグのもっと大きな町から車でやってきた。同じように、角にあるインド商人の布地の店はほぼ黒人用で、クーリーと呼ばれていた。クーリーの側を通るときは、「モハメッドは豚を食べた」と言わねばならないといとこに教えられたことがある。わたしがその知識を親の前で披露すると、それは侮辱的であり、言ってはならない言葉なのだと教えられた。教会の女性によるインターナショナルディナーに着ていくサリーのための布を買うためにクーリーに行ったとき、母がオーナーと握手して挨拶をした。白人と黒い肌の人が握手をするのを見たのは、それが初めてだった。

クーリーとカフェにはすべての人種共通の入り口一つしかなかったが、ユダヤ人の店には黒人のための別の入り口があった。村の図書館は白人専用だった。このような細かいことに気づいたのは、ずいぶん大きくなってからのことだ。牧場地域のほとんどの白人たちにとって、アパルトヘイトの存在は呼吸するぐらい自然なことで、5歳の白人の子どもであったわたしは考えたこともなかったのだ。その後に次々に起こった歴史のレンズを通して見て初めて、わたしは自分の子ども時代の村が黒人――インド人は言うまでもなく――の怒りで煮えたぎっていたのだと理解するようになった。しかし子どものときは、黒人たちがへつらうように帽子を上げて、目を逸らしながら、「おはようございます、お嬢様」と挨拶するのを日常生活の一部として受け入れていた。家のメイドがわたしに教えてくれたセツワナ式の挨拶をすると、みんな満面の笑みを浮かべ、熱烈な挨拶で返してくれた。そのとき、その人たちが子ども時代の誰でもよい登場人物から、突然ひとりの人に見えてきたのだった。


「良いお天気ですね」とわたしが言う。

「お元気ですか?」相手が尋ねる
「元気ですよ。お元気ですか?」

「元気ですよ。」

「お元気で」と立ち去る準備をする。

「お元気で」と親切な相手が言う。


マリカナの虐殺は、子ども時代親しんできた景色とはあまりにかけ離れている。しかし、おそらく遠くない将来には、認知症が最近植えつけられた記憶をすべて消し去り、わたしの記憶に残るのは、無邪気な子どものころのアフリカの牧歌的な牧場だけになるのだろう。とはいえ、例に漏れず、わたしも子ども時代に外で嫌な思いをしなかったわけではない。目に見える種類のものではなかったけれど。

5歳ぐらいのときのことだ。当時子どもは三人いたが、なんらかの理由でわたしだけがユダヤ人の店に日用品を買いに行く母についていった。店にわたしと母が入ったとき、ユダヤ人の女主人はカウンターの黒人側で接客していた。しかし彼女は接客をやめて、他の白人客みんなにするように「丁重に」、わたしたち、いや正確には母に挨拶しにやってきた。「今日はきれいな方はどちらに?」ユダヤ人の妻が指しているのが妹のラナのことだと、すぐに理解した。子ども時代のトラウマが人の精神的な性質の中心になるというフロイトの概念を鵜呑みにしているわけではないが、5歳で「きれいでない」というレッテルを貼られたことが子どもの自己イメージに大きな影響を与えたことは認めざるをえない。しかし、娘や孫が同じような状況に遭ったならもっと傷つくだろうと思うが、憶えている限りではそれほどではなかった。帰り道で、母がその話を蒸し返して、こう言った。「なんて馬鹿な女かしら。あなたはとてもきれいなのに。」その話はそれだけだった。

今になってみれば、母の慰めがそれだけで心理的な影響を消してしまうのに十分だったとは思えない。おそらく、うちの家族において、きれいというのは花や景色や布などに対して以外使われることがなく、たいして重要視されていなかったためであろう。うちにある鏡は、口紅や髭剃りをするのにちょうどよい高さのものが一つ、風呂場にあるだけだった。もしかしたら、父の愛がわたしのエゴを明白で強固なものにしていたためかもしれない。理由はともあれ、わたしは泣いたり、すねたり、ともかく人生が真っ暗になったような気分にはならなかった。店で母が、わたしが一年生になって六ヵ月で二年生に飛び級したというニュースを持ち出さなかったなら、気分が台無しになっていただろうけれど。

わたしが心理的な痛手にめげなかった本当の理由は、おそらくもっと単純なことだった。失言を取り繕おうとして、店主の妻はわたしにロリポップをくれたのだ。

心理的、または肉体的にだらしない状態にあるパートナーを見て、初恋のピンクがかったセピア色の中にいるのはもう無理なのだと思うまでに四十五年はかからない。カップルにとって世界の終わりに思えるようなそんな極端な当惑にわたしとピーターが初めて直面したのは、子どもが生まれたときだ。出産のとき、愛する人が見ているところで、女性のもっともプライベートな部分が侵害されるだけではない。完全に依存的で自己中心的な欲求のかたまりが日常生活に織り込まれてくるのだ。感情的にも消耗する。調和がとれたカップルは、難題に直面したときにも思いやりを築いていく。しかし、赤ちゃんが生まれた後は、それが消え去る。赤ちゃんを見ているとき、その思いやりはイドの大爆発に取って代わってしまうのである。

極度のストレスがある時期に、残酷な「真実」がわたしたちの結婚生活をかき回したこともある。それでも、ピーターとわたしは危機の真っただ中において、いつももう一度絆を取り戻した。メリッサの誕生のときのことを書いたものが、南アフリカの婦人雑誌の『フェア・レディ』に掲載された。

1977年3月26日の夜明けから日暮れまでかかった分娩第一期の後のことだ。

出産には少なくとも後六時間はかかると判断し、医師は街に劇を見に行ってしまった。医師はピーターに席番号を教えて行ったが、分娩のステージが一つ進んだとき、まだ席に案内されてもいなかっただろう。不運なことに、わたしの症状は古典的フルコースだった。吐き気、震え、引き剥がされるような感覚、いきみたくなる感じ。そのときから、わたしにはピーターの声しか聞こえなくなった。彼を通して、付き添っている妹とメッセージのやりとりをした。

午後7時、破水。分娩室に運ばれ、主治医のパートナーが呼ばれた。わたしはそれまで彼を見たことがなかったので、彼は誰かと乱暴に尋ねた。彼とは話したくなかった。またピーターを通してのコミュニケーションが始まった。このときのピーターは、収縮が起こるたびに必要な呼吸の手本を見せなければならなかった。

出産や子育ては、ピーターの愛する能力を測る物差しだった。何が起こっても、ピーターはわたしを愛し続けてくれるのだと悟った。つい最近も、わたしが大騒ぎしている間も彼は冷静だった。二年前の2012年にがんではない結腸の手術を受けたのだが、その五日後のことである。痛みはすでに和らいでいた。股間部はほぼ完治したはずだったので、シャワーを浴びた。そのとき、見たところ一カップもあろう量の血が噴出した。驚いたけれど、冷静だった。血をきれいにしながら、どうやってピーターに知らせようかと考えた。土曜の午前で、ピーターはガレージでごそごそと何か仕事をしていた。バスルームは裏口近くの二階にあり、ガレージはそこから13メートルほど離れたところにある。普段なら窓から叫ぶだけのことなのだが、その日は風邪を引いた後で声が出なかった。そこで、キッチンカウンターの上にある素敵なディナーベルを使って呼ぶことにした。ペーパータオルで血を止めながら、ベルを取って裏口の方向によろよろ向かい、空いている手でベルをがらがらと鳴らした。すると何も知らないピーターがガレージから出てきて、血だらけのペーパータオルの束で股間を片手で抑えている素っ裸の妻がドアのところにいるのを見た。救急室にたどり着くと、外科医が、明らかに不完全な縫い目のやり直しをした。七時間後にピーターはわたしをうちに連れて帰り、青白くなって、元気な以前のわたしに戻るまでずっと世話をしてくれた。

微小血管障害の診断を受けてから、物事の変化にこころがつぶれつつあることを痛いほどに自覚していた。日々もっとも心配しているのは、わたしが屈強な夫に負わせている精神的負担である。出産や怪我は一時的なものだが、わたしの精神の低下には終わりがない。今までに経験しているように、日ごとに悪化する不注意によって、どちらも厳しい状況にある。わたしには推測することしかできないが、認知症によって完全に依存的になり、極端に自己中心的な欲望のかたまりになったわたしを主に介護するピーターのストレスはいかばかりだろう。

ピーターがこれらすべての「何世紀も変わらずに起きる誕生、愛、痛み、死のわだち」すべてを受け入れる広いこころを持っていることには何の疑問もない。四十八年間の関係がそれを証明している。しかし時には、「理解する暇もなく、大きなこころでさえ支えきれないぐらい一度にたくさんのことが起こる」こともある。そのときが来たら、わたしたちは、大きな愛で時の流れに身を任せなければ

ゲルダ４歳、妹のラナ３歳。家族農場に引っ越す直前、南アフリカのケープタウンにて。１９５３年。スザンナがドレスを作った。

ならない。きっとそうできるはずだ。

マリカナの近くの農場に住んでいた時期、わたしたちはとても貧乏だった。母はたまにユダヤ人の店で布を買い、わたしやラナや母自身のために新しい洋服を縫った。クリスマスには、父の母のオウマ・ハンジーが白い布を一反買ってきて、女の子の孫全員にドレス一着分ずつ分けてくれたので、母親たちがそれでドレスを縫った。常にクリエイティブだった母は、他のいとこたちの服にはない、襟や袖や飾りをつけてくれた。後に、母の折衷主義を引き継いだおかげで、スタイルや柄が気に入れば、年齢相応かどうかは気にせず楽しむようになった。

初めてわたしが着た「既製」服は、ラステンブルグから来たオウマ・ハンジーのいとこがくれた何着かのお古だった。店できちんと既製服を買ってもらったのは、九年生か高校一年生のときで、教会の堅信式のためだった。ネイビーブルーのドレスで、白いパイピングがしてあり、襟がついていた。牧場の教会で初めてお披露目した後は、寄宿学校で教会用の冬服としても使うことができた。二つ目の目的は実用的だったが、当時思春期だったわたしのスリムなスタイルを強調する素敵なドレスだった。堅信式では、それに合わせて筒型の小さな白い帽子をかぶった。学校の教会用のドレスとしての役目を果たした後は、三つ目の役割として、大学のよそいきとして活躍した。このときは、頭には何もかぶらなかった。

最初の仕事に就いて、ようやく自分で布を買うことができるようになった。とはいっても、その休暇中の給料で家賃と食費以外の本やその他すべての費用をまかなわなければならなかったので、使えるのはほんのわずかだった。学生時代の数年間で、通学用、仕事用、たまにはダンス用、とたくさんの洋服を縫った。母のやり方を見習って、型紙に示されている形に何か付け加えた。差し引くこともあった。たとえば、ピカピカ光る身体にぴったりしたピンクのダンス用のロングドレスには、左サイドを縫い合わせるのをやめて、太股までのスリットを入れた。その間にも、機会さえあればお下がりももらっていた。

大学を卒業してからも、ほとんどは自分で縫った洋服を着ていたが、たまには既製服を買う余裕ができた。21歳の誕生日には、きらきらするシルバーの布でできた、マイクロミニのドレスを購入した。あまりにも大事にしていたので、ミニの流行が終わった後にも記念に取っておいた。マリッサが5歳ぐらいのとき、それを箱から引っ張り出してきて与えた。裾はマリッサの足まで届いた。その丈がふくらはぎの真ん中ぐらいの長さになり、シルバーのほどけた糸が垂れ下がって房みたいになるまで、マリッサは着ていた。

認知症観察ノート

2013年8月6日

イヤリングを付け、靴を履いて、着替えは完全に終わったが、その後、一番大事な部分に下着をつけていないことに気づいた。

2013年8月17日

着替え問題発生。先日、エプロンの紐を背中で結ぶのがうまくいかず、六回もやり直した。下着は裏表逆問題が起こる。トップスも、前後反対に着てしまう。ある日、セーターを着て脱いだとき、腕の一つが裏返しになったままだった。同じ日にそのセーターをもう一度着ようとしたが、戻すことができなかった。いつものことだ。

「みんなが『ヴォーグ』を読んでいるわけではないだろうけど、それでもみんな朝には服を着るわ。」ナショナル・ウーマンズ・スタディーズ・アソシエーションとカルチュラル・スタディーズ・アソシエーションの学会のプレゼンテーションから生まれたエッセイ集である『ファッション・トーク――流行の力を脱ぎ捨てよ』の中で、シーラ・タラントとマジョリー・ジョールスは言う。

視覚化が進む、商業化された世界に住んでいると、自分のスタイルを持つことが強要される。それが自己表現と自己実現の主要要素なのだ。テレビを付けるだけでも、その文化的な支配の証拠として、アイデンティティや表現や変身などに関する現代の神話を見ることができる。その焦点が、肉体的にスタイルを整えることであれ（「何を身につけないか」）・・・（または）家であれ（極端な改造 ―― 家版）、あらゆる種類の改造ショーがあふれている。

自分のスタイルを形作ることが、「自己表現と自己実現の主要要素」である可能性を論じた後、人の自己表現がその服を着ている人自身の考えを常に「忠実に表している」という概念をタラントとジョールスは打ち砕いている。なぜなら、その人の服装の「意味」を制御することはできないからである。「ファッションが何を表すのかはその文脈によっても変わるが、誰にとって都合がよいのか、見る人と着る人がその格好で何をしたいのか、どのようにそれが社会的な区分を守り変化させるのかによっても変わる。」

認知症観察ノート

2013年6月11日

着替えようとして何かを手に取ったとき、それを何と合わせるべきかを思い出すのが難しくなってきた。そこで、たまに服のコーディネートをメモするようにした。

「きれいでない」事件で自己イメージがそれほど傷つけられることがなかったからといって、わたしが肉体的な見た目の欠点を気にしないというわけではない。まったく逆である。こまごまとしたものは除いて、わたしには三つ、大きな欠点がある。簡単に太りやすい体質は、白いスクールソックスのへりに現れた。アメリカの五年生に相当するスタンダード三年生の9歳のとき、靴下のへりを見て、ラナや他のいとこたちと比べてぽっちゃりしていることに気づいた。いじめられるほどは（まだ？）太ってはいなかったので、体重をたいして気にしていなかったし、母もこのときはカロリー計算の鬼となってはいなかった。おそらく、母はわたしたち四人を産んだ後、赤ちゃんはもういいと思ったのだろう。子育て後に変身を始めた。激しいダイエットをしたのだ。わが家には体重計がなかったので、まだマリカナにいたときには、病院に寄って体重を量っていたのだと思う。でも、主なフィードバックは家族や友だちからの注目であった。あらゆる方面から褒めてもらったのだ。母は、褒めてくれる人たちに、彼女のダイエットは摂取カロリーの制限などを基本とした、「科学的」なものだと一生懸命説明していた。

誰にも相談することはなく、わたしも摂取カロリーを減らすことを決めた。学校のランチにサンドイッチを持っていくのをやめて、家の晩御飯まで我慢した。わたしの体重はとうとう、妹やいとこたちと同じぐらいの体形のところで安定した。それからも小学校から高校まで食事に気をつけたので、交換留学生としてアメリカに行くまで、太っていると感じることはなかった。アイオワ州のブレダでヘニングファミリーと過ごした期間、アメリカの食物の誘惑に勝てなかった。特に、アメリカの母は料理がうまかったので、体重がどんどん増えた。キャロル高校での期間が終わりに近づいてきたことに、迫り来るプロムへのストレスと興奮が加わって、学校でランチを食べるのをやめた。かわりにキャロル高校の近所のダウンタウンを散歩した。アメリカに来る前の体重に戻った。

二人の子どもを産んだ後、赤ちゃんを産む前よりは重くなったものの、なんとか自分の気持ちの良い体重に戻すことができた。合衆国に移住する直前、大西洋を越えて一家がまるごと移転することにわたしは疲れ果て、最初の妊娠を計画して以来もっとも痩せた。ユタ州に着くと、キッチンには電子レンジとシンクしかないホテル住まいだったため、仕方なくほとんどの食事を外食で済ませた。家を見つけると、普段は健康的だった食生活が、安くて温めるだけの食品や、もっとひどいときはファーストフードに取って代わられることが多くなった。わたしの体重は完全な肥満というところまでは至らなかったものの、子どもたちが生まれてから最大のピークを迎えた。

四十代で大学院に入学すると、体形はますます悪化した。「フレッシュマン10」という大学一年目で10ポンド＝4・5キロ増えることを指す言葉がある。わたしの場合、一年ではなく数年間かけてではあるが、18キロも増えてしまった。五十代半ばになるまでその状態であった。安定した職に集中できるようになってからは、もっと運動し、まともな食事をとるようになったので、長く蓄えてしまった脂肪が落ち始めた。退職してからは、脂肪の進出を食い止めるのがずいぶん楽になった。

11歳のときに寄宿学校に入学して、全身鏡を毎日見るようになると、薄くて細い茶色の髪が二番目の悩みになった。高校最後の年には、マトリック・ダンスが心配でたまらなかった。寮には髪を整えるのが上手な友だちがいたので、彼女に髪をアップにしてもらうと、大人になったような気がした。自分がきれいなのだとさえ思えた。次の年、留学生として高校に戻ると、同級生たちの髪にかける努力に驚いた。アメリカの高校は南アフリカでのマトリックの後だったので、わたしももっと髪の手入れに時間をかけ、寄宿舎で推奨されていた週に一度のシャンプーよりも頻繁に髪を洗うようになった。それらに加えてヘアドライヤーを初めて定期的に使うようになったことで細い束になっていた髪が一本ずつ分かれ、少なくとも頭皮が透けて光ることはなくなった。五十代になって髪を短くすると、うれしいことにヘアドライヤーがいらなくなった。現在では、髪をもっと短くしている。言ってしまえば角刈り状態だ。ほとんど真っ白だが、ほんの少しだけグレーの髪が頭の後ろに隠れている。カラハリの祖母と同様、わたしも二十代のときから白髪が生え始めた。

母方の祖母のオウマ・トゥルーアの髪は素敵で、子どものわたしの憧れだった。小学生だったころ、祖母はまだ五十代だったが、すでに髪は真っ白だった。彼女はそれをおだんごに結っていた。わたしたちは毎年決まって一ヵ月ほど滞在したのだが、その滞在中のある晩、彼女が髪を下ろしたので、ブラッシングさせてもらった。とても柔らかくて、つやつやしていて、ライフブイ製の石鹸とゼニアオイのプディングの匂いがした。一週間に一度、祖母はわたしを裏のベランダに呼んで、白い表面がはがれて黒い点々のあるほうろうの洗面器の中で髪を洗うのを手伝わせてくれた。農家では、乾季には井戸が干上がってしまう上、バケツを65メートルも運ばなければならなかったので、水はとても節約して使われた。一回目の洗いが終わると、わたしが洗面器をばしゃばしゃさせながらペパーツリーのところまで運び、ゆっくり木の幹の周りに水をかけた。最後に洗い流すとき、オウマは新しい水をキッチンから汲みに行かせた。そこには、その日一日のためのバケツが二つあって、モスリンの布がかけてあった。一滴もこぼさないように気をつけながら5カップの水を測って、青とピンクと黄色と緑の花模様がついた1・5リットルサイズのほうろうの水差しに入れ、ベランダまで持っていって、オウマの髪にかけた。その間にオウマは残っている最後の石鹸を洗い流した。残っている水はまだきれいだったので、わたしの手や足を洗った。

オウマ・トゥルーアの髪の懐かしい思い出のおかげで、自分の若白髪を嫌だとは思わなかった。三十代と四十代にかけて耳の周りを彩り出したグレーの束をむしろ気に入っていたので、隠そうとしたこともない。しかし、大学院の途中で仕事について考え始めたとき、非常に高い地位に就いていた同じ年代の友だちに薦められて、頭の残りのまだグレーになっていない髪にあわせて白髪を茶色に染めた。白い部分はおとなしく染まってはくれなかった。うまく色が乗らず、さらに根元はすぐに伸びてきた。だらしなく見せないためには、二週間に一度染め直さなければならなかった。七年間にビジネス界で二つの別の仕事に就いていた間は、そんなふうに格闘していた。

ユタ大学のジェンダー・スタディーズの職に就いてから数年の間に、白髪の賢人としてデビューすることに決めた。あらゆる種類の多様性が支持し奨励される環境では、そうすることが分別ある行動だと思ったからだ。そんなわけで、髪をベリーショートにして、根元が延びるままにした。あまりにも見た目が変わったことにわたし自身すら驚いた。髪を染めていた数年の間に、わたしの髪はオウマの髪のように真っ白になっていたのだ。生まれて初めて、そして他のどの身体的な特徴よりも、髪が褒められるようになった。

博士課程で体重を増やした結果、家系的に遺伝した二重あごが四十代の前半からはっきりしてきた。あごの下に垂れ下がった脂肪のポケットは、できれば受け継ぎたくなかった遺伝的な特徴リストの三番目の悩みとなった。家族の前例から、わたしの首が脂肪の詰まったしわになって垂れることはわかっていた。家族とごく親しい友だちにだけ話して、脂肪吸引を受けることにした。これまで、こんなにもばかげた大金を、これほど浅はかで、だけど価値あることに使ったことはない。鏡の中に写る自分は前よりずっと良かった。二十年は若返った。脂肪吸引のとき、担当外科医は、年をとったら「引き締め」が必要になるかもしれないと言っていた。彼は正しかった。しかし、六十代になった現在では、もうあきらめた。盛んに謳われる――わたしの意見では過大評価されている――「内なる美しさ」で我慢することにしたのだ。とはいえ、わたしはまだ混乱時代の気まぐれな人間のままである。自分が何歳に見えるかではなく、何歳だと感じるかに合わせた服を選ぶことで自分のオシャレを楽しむのだ。有名な詩人で、手を入れない美しさによって『グラマー』のウーマン・オブ・ザ・イヤーを受賞したマヤ・アンジェロウは言った。「年をとることについて、もっとも大切なことを伝えたい。もし、肩を出したブラウスを着て、大きなビーズをつけて、ゴムゾウリを履いて、ギャザースカートをはいて、マグノリアの花を髪につけたいなら、そうするべきよ。しわしわだなんて関係ない。」

認知症観察ノート

２０１４年３月２日

冬服から春服に衣替えしようとしていた。もう何日もその作業をしているが、クローゼットが片づく気配はない。これまでのように、コーディネートごとに主要な服を並べてかけるというやり方で整理しようとすると、うまくいかないようだ。なぜなら、何枚かのトップスや短いトップスの下に着る長いTシャツは、いろんな違うコーディネートに使うからだ。昔は違う組み合わせを覚えることができたので問題なかったのだが、最近では、コーディネートの組み合わせを変え始めると非常に混乱してしまうようになった。週末用や平日用のいくつかの組み合わせを忘れてしまった。お気に入りのものでさえだ。そこで、決断をしなければならない。コーディネートごとにまとめるか、パンツ、シャツ、スカートといった種類ごとにまとめるか。ノアの箱舟みたいに「その種類のうち一つずつ」を選べばいいようにするのだ。今日、それに取り掛かったのだが、「種類ごと」にすると、どれとどれを合わせたら好きな組み合わせになるのかをどうしても思い出すことができないということがわかった。前に、備忘録として冬服のコーディネートをノートに記録していたのだが、持っている衣類全部記録するのは複雑すぎて無理なんじゃないだろうか。

２０１４年３月７日

どうすれば、「種類ごとに一つ」がうまくいくか、やり方を思いついた。これから少し時間を割いて、思いつく限りのコーディネートを作って、写真を撮る。そういうわけで、それぞれのコーディネートをベッドの上に作って写真を撮るという壮大なプロジェクトを開始した。ピーターがウォルマートに連れて行ってくれたので、ミニフォトアルバムを購入して写真をまとめて入れた。これで簡単に調べられる。今日までに何日も写真を撮り、一日分をまとめて印刷してきた。今朝、最後の写真を撮ってプリントアウトしたので、それをコーディネートカタログに入れるのを楽しみにしていた。しかし、一日ずつまとめて印刷しておいた写真の束が全部なくなってしまい、家のどこを探しても見つからなかった。そこで、もう一度印刷した。これでようやく、わたしの記憶補助具が使えるようになった。

お気に入りのジュエリーのひとつがメメント・モリ（「おまえはいつか死ぬと憶えておけ」）のペンダントで、同じ長さのパールのネックレスと一緒につけている。ペンダントは、ベッツィー・ジョンソンという、奇抜で美しい装飾のある作品とファッションショーでの横とんぼ返りパフォーマンスで有名なアメリカのデザイナーの作品だ。４センチ足らずの幅のどくろが白い陶器で加工され、宝石で飾られている。赤と黄色とオレンジの房のついたスカートをはき、マルチカラーのエナメルのフルーツと原色のラインストーンでできた帽子をかぶっているので、どくろが女性だとわかる。彼女の心臓は、胸骨の左に固定されたきらきら光る装飾ルビーで表現されて、片方の肋骨の上に乗っている。

先日、そのペンダントをつけているとき、骸骨の肋骨と心臓が彼女の残りの部分とくっついている留め金から外れてしまった。幸いなことに、ジュエリーは、ピーターが交換や修理のできる幅広いアイテムのひとつなので、ハートの壊れた骸骨をピーターの書斎の道具箱の上に置いておいた。彼に直してもらおうと頼むつもりだったのだが、忘れてしまった。次の朝、どくろの少女はキッチンカウンターの上にいた。二つに分かれたままで、ピーターが彼女のために作った紙の棺の中に丁寧に置かれていた。おまけに彼女が安らかに眠れるようにと、墓石まで置いてあった。そのいたずらで一緒に大爆笑した後、ピーターがいつものように彼女のハートを修理してくれた。

ダッパードというウェブサイトの「女性に聞く」というコラムで、「古風できちんとしたオーダーメイドスタイルがもっとも心地よいと感じ、大切にしている男性は、…また貯金や年金も重要視している」とベスは書いている。「わたしたちは、好むか好まないかにかかわらず、ファッションや流行に関わっているのである」とベスは続ける。

男性は、女性のために服を着る。ならば、女性は…他の女性のため？（そうでなければなぜ）男性が嫌うような…服を着るのだろうか？　最悪なことに、女性は他の女性を出し抜くために服を着るのだ。なぜなら、わたしたちは注目や正の強化を競いあうよう社会化したからだ。男性はそんなことはしない。…わたしたちのモチベーションは（必ずしも）（友だちより）セクシーでありたい、細くなりたい、きれいでありたい、といったものではない。たいていはそんな非道なものではない。ただ、本当に他の女性からオシャレで魅力的だと見られることを気にしている。

自分が美しくて楽しくてエレガントだと思う服を着て、その服を着ている間、その服の品質が自分自身の質も高めてくれることを願うのだ。

他のファッショニスタはこう言う。

レディー・ガガ：ただ、世界を変えたいの。一つのスパンコールに一回ずつね。

アレクサンドロス大王：世界中の装飾でも足りなかった彼も、今では墓石が一つあれば十分だ。

アリヤが二つに割れたウィッフルボールの半分を二つ胸に抱いて言った：ぱいぱいよ。（しばらく考えてから）本当は、ぱいぱいはないの。大きくなったら、ぱいぱいがあるのよ。

認知症観察ノート、２０１４年7月26日：先日、わたしは、パジャマのTシャツの上にブラジャーをつけた。

末日聖徒イエスキリスト教会（モルモン教）：「謙虚であるというのは、礼儀正しく、服装や身だしなみや言葉や振る舞いが品の良いことである。わたしたちが謙虚であれば、過度に注目されようとはしない。そうではなく、神への賛美を自分の肉体や精神の中に見つけようとする。（コリント人への第一の手紙6章20節、コリント人への第一の手紙6章19節も参照）……もし自分の服装や身だしなみが謙虚であるかどうか自信がないときは、自分自身に問うべきである。『わたしの外見は、神の御前でも心地よく感じられるものでしょうか？』」

オウマ・トゥルーア：小さなわたしの子羊ちゃん、誰か男の子の服をくれる人がいたら送ってほしいの。フェンスの修理を手伝ってくれていたホットノット夫妻がまだ来ているんだけれど、彼らには男の子がいるの。6歳か7歳ぐらいだと思うんだけれど、ドレスを着ているのよ。母親にズボンをはかせるように言ったんだけれど、一枚も持っていないんですって。ドレスの下には何も履いていないのよ。女の子のブルマーすら履いてないの。もう見てられないわ。旧約聖書には、神は男が女性の服を着ることを嫌われると書いてある。この農場で起こっていることをこれ以上見てみぬふりしておくわけにはいかない。

認知症観察ノート

2013年9月23日

先週、ノードストロームで買い物をしていたとき、ライラック色がかったグレーの素敵なセーターを試着しようとした。ピーターがもうすぐ迎えに来ることになっていたので、試着室に行かずに店の鏡の前でちょっと着てみることにした。鏡を見つけて、持ち物を全部下に置いた。次に気づいて鏡を見たら、シャツドレスを脱ぎ捨てて、上半身下着だけの自分が映っていた。あわててシャツドレスをもう一度着て、セーターをその上から試着した。もともとそうするつもりだったのだ。とても動揺した。誰も見ていなかったとは思う。公然猥褻罪で捕まるところだった！

母が初めて写真に写ったのは、たぶん3歳ぐらいのころだ。弟のピーターと一緒に母方の祖父のひざに座っている。ウォルト・ホイットマンみたいな真っ白なひげと青い目を持つ祖父は、深い暗いまぶたから悲しげにじっと見つめている。写真ではブロンドに見える髪の2歳のピーターの顔の作りは、祖父とまったく同じである。儚げに見えるこの二つの魂とは反対に、正面を向くスザンナの輝く黒い目は生命力にあふれて輝いている。彼女はシンプルな白いドレスと、白いソックスと黒い靴を履いている。肩までの長さのほとんど真っ黒の髪が額のところで後ろに結い上げられ、大きな飾りのリボンが付けられている。それは、食物も本もおもちゃもほとんどなかった彼女の家族には似つかわしくない虚栄心であった。

コーディネートにリボンを加えた両親の感受性を受け継いだのか、それとも家族の中でひとりだけの女の子であるという特別感に触発されたのか、スザンナはいつも洗練された着こなしをするべきと考えていた。父との「結婚写真」の中の母は、自分で作った凝ったレースのロングドレスを着て、これまた自分で作った蔓がひざのところまで垂れ下がるブライダルブーケを持っている。そのときから七十代半ばになるまで、普通以上の上品さを個性として保ち続けた。しかし、最期の六、七年、母

左、スザンナ（3歳）。母方の祖父のオウパ・ホルツハウゼンと弟のピーター・マイバーグと共に。1927年頃。右：ボショフとスザンナの結婚式。南アフリカ、ケープタウンにて。1948年。スザンナは自分でウェディングドレスとブーケを作った。

の髪は（清潔ではあったが）いつもどこかだらしなく、たいてい、南アフリカで「トイレのとき便利な紐付きパンツとラメ入りベロアのセクシーなジャージ」とされるに等しい服を着ていた。または着せられていたのかもしれない。ネットでエクササイズ用のウエアを探していたとき出てきてぞっとしたやつだ。全体的に、少なくともわたしの滞在中、母は身なりを気にしていないようだった。

母の状態が深刻になってからは、母とは電話を通してのみコミュニケーションをとるようになったのだが、時折、「何も着るものがない」と言っていた。同じ調子で、「きらきらするもの」を十分に持っておらず、それは「彼ら」が盗んでしまったからなのだと義理の妹のジューンに嘆くのだという。スザンナのケアセンターのスタッフや、母と同様に理性を失ったセンターの隣人たちが盗んだ可能性がないわけではないが、同時期に「わたしの寝室の壁から言いふらしている彼ら」と同じ人たちである可能性のほうが高い。

スザンナの衣服問題の原因が何であったにせよ、わたしのかわりに模造宝石を買ってくれるようにジューンに頼んだ。というのも、南アフリカへ小包を送ると、届く前に「彼ら」に中身を盗まれることがよくあるからだ。聖人ジューンは、「たくさんのダイアモンドの入ったブローチ」を届けた。それは、蔓が透かし彫りになった銀の丸いブローチで、味わいのあるマット仕上げでスカイブルーのラインストーンが施されている。母の死後は、わたしがよくそれを身に着けている。母を思い出すためだけではなく、時にわたしが好む、ある意味もっともド派手なアクセサリーだからだ。

2013年8月19日、秋なんてものが存在するのかしらと思うような暑い日、ダウンタウン行きのバスに乗ってシティ・クリーク・センターに行った。ダウンタウンの中心から三ブロック離れたテンプルスクエアにあるモルモン教の世界本部の隣にあり、高級店や住居ビルも入っている。中には、作り物ではあるが、川が流れていて、二つの滝と三つの噴水と無数の鯉の池があることを誇っている。屋店は草木で縁取られた歩道でつながり、メインストリートの上にはスカイウェイが渡されている。屋根は開閉可能で、春には開放されているが、夏や冬にはガラスのパネルでできたアーチ型の天井が閉められて空調がかけられるので、夏は涼しく、冬は暖かい。

シティ・クリーク・モールへのショッピングのお出かけは、建物様式を楽しむことでも、まあコーヒー一杯ぐらいは買うだろうが、地域経済を支援することでもなかった。数週間の間、うつになりそうな不調から抜け出せないでいたので、暗雲を払いのけてリラックスして、注意力のある状態を取り戻したいと思ったのである。

モールへのお出かけは、エンドルフィン上昇エクササイズを意識したもので、それは普段心がけている、三つの成功の秘訣となる刺激を組み合わせたものである。（1）怖いと思っていることをする。今回は、バスに乗ることだ。以前は簡単なことだったのだが、ここ一、二回失敗してから怖くなった。（2）好きな身体的運動を取り入れる（歩く）。（3）考えすぎて軽視しがちな感覚を刺激する（小川のせせらぎに耳を傾け、濡れた石や植物の香りを吸い込み、店のディスプレイの色やデザインを摂取する）。

しかし、この月曜の午後は、自然も広告もスランプから救ってはくれなかった。歩道を歩くことも、魚のいる池も噴水も、思考を解き放ってはくれなかった。店に入っても、ファッションや流行に夢中にはなれなかった。喜んで敗北を認めてバスに乗り込むことができるのでなければ、この貧弱な鎮静剤ディスペンサーをもっと強く押さねばならない。そこで、プランBを発動することにした。もっと明確なゴールを見つけること。もっと簡単に満足できる機会を設定すること。アフリカーンス語の表現で「神の水が神の土地を流れる」ままにするのではなく、明確な目的のある探求をすること。

何か「大人っぽい」衣服を、モールの中核店であるノードストロームかメイシーズで見つけるというゴールを設定した。わたしのクローゼットを彩るとてもカラフルな服ではないもの。課題には、何か買わなければならないということは含まれていない。自分の普段の奇抜な好みとは違って、上品な身なりの人たちの中に馴染み、なおかつ欲しいと思えるものを見つけるのだ。その二時間の間は、値段のことは考えない。また、ドライクリーニングマークのことや、わたしのユタでの生活で上品に着飾った人たちと会う機会がそれほどあるのかといったような実用性については考えない、

一時間かそこら探索したが、わたしの目に飛び込んで来るものはなかった。どうやらこの州のブラ

ンド市場は、少なくともノードストロームでは、パロマ・ピカソのような創造的なオシャレではなく、たとえばイザベラ・ロッセリーニのような古風なエレガントさに向けられているようだ。

二つの選択肢の中ではノードストロームのほうが有力だと思っていたのに、どんどん足取りが重くなっていった。そのとき、とうとう求めている商品に目が留まった。マーク・バイ・マーク・ジェイコブスの「ペルシアン・パープル」のワンピースで、12センチぐらいの大きさの赤と白のチューリップに同色のゆりのような葉が添えられている。

エンドルフィンが噴出して、気分が急上昇した。軽い足取りでスカイウェイを渡り、メイシーズでも運試しをすることにした。半時間ほどブランドコーナーやその他の洋服コーナーを見て回ったが、運はなかった。でも、ペルシアン・パープルのドレスがくれた元気を失ってはならないと思ったので、帰り道にある一階のアクセサリーショップをちらっと見ることにした。もうすぐ、わたしの乗るバスが来る時間だった。

メイシーズのブランドコーナーは二階にあった。急いではいたけれど、エスカレーターではなく、階段を使うことにした。毎回何かと理由をつけて行くのをやめてしまうスポーツジムに期待するよりも、日常生活の中で習慣的にエネルギーを消費する習慣を付けてきたのだ。たくさんの赤色のサインのついている非常出口の中で、靴売り場のところにあった緑色のサインを目指した。ふらふらと歩いて行き、ドアを開けて、階段ホールに出た。一階に下りるとすぐ店に出るはずだったのに、たどり着いたのは屋外に出るドアだった。ぶつぶつ言いながらドアを開けるバーを押して開けようとしたが、ドアは動かなかった。手でもっと強く押したり、お尻で突いたりと何度か試したが、無駄だった。

時間を無駄にしたので、アクセサリーを見る時間はなくなってしまった。もう一度階段を上って、さっき階段に出たドアを通って店内に戻ることにした。二階に着くと、アクセサリーを見る時間がなくなった苛立ちがパニックに変わった。ドアにはノブがなかったのだ。わたしが使った出口は非常出口であった。一度階段ホールに出てしまうと、もう戻ることはできない。

この場所には三つしか出口がないのさ：狂気、そして死。

そこのドアは違うかもしれないと思って、三階まで階段を駆け上がった。でも、違わなかった。最初に出てきた二階に戻って、階段に座った。とても暑かった。額に汗の玉ができ、眉毛を通って落ちて来た。何度も体当たりした出口は店の外側の角にあるようなので、両方の壁が一日中太陽に焦がされているに違いない。

脱水症状を感じ始め、水が飲みたくなった。身体の不調はしばらく頭から追い出すことにした。どうにかして抜け出す方法を考えることに全エネルギーを集中させなければならない。落ち着きを取り戻した。選択肢を一つずつ確認する。

(1) ドアをたたいて叫ぶ。
　失敗。ドアは固い金属でできており、こぶしでたたいた鈍い音は届かない。
(2) 床に寝そべって、ドアと床の1センチぐらいの隙間から叫ぶ。
　却下。床はてかてかして気持ちが悪い。なによりも、誰かが突然ドアを開けたら、ドアがわたしの顔に激突する。試すのは危険すぎる。

（3）モールの警備に電話する。

不可能。わたしはスマートフォンを持っていない（わたしの記憶で操作するには複雑すぎる）ので、番号を検索することができない。

（4）ピーターに電話する。

却下。それはできるだけ避けたい。わたしが運転をやめてから、ピーターがいつも送迎してくれている。ピーターを休ませることも今日の午後の目的のひとつなのだ。

（5）マリッサとアダム？

マリッサはわたしに似て、ダンテがどこかに行っているとき以外、そうすぐには携帯電話に出ない。アダムはたいてい電話に出る。可能性あり。

（6）ニュートンかシェリル？

たいていは電話に出る。でも、30分も離れたところに住んでいる。

（7）911番？

大げさすぎる。

ピーターに電話することにした。「本当に困っているの」と言っていきさつを伝えた。彼は、すぐに車に乗って救出しに行くと言った。わたしは、それよりもメイシーズのオフィスに電話して、警備員に救出してもらうように頼むのはどうかと言った。ピーターはとりあえず同意した。居場所を説明すると、ピーターが電話してくれた。およそ5分後、警備員から電話をもらった。こちらに向かっているという。
ジュニアという名のボディビルダーみたいな体格の若い警備員が見つけてくれるまで、20分ぐらい階段にいた。熱さで頭がくらくらしていたので、水が欲しいと頼んだ。店のマネージャーに会いたいとも言ったので、ジュニアが事務所に連れて行ってくれた。マネージャーを待っている間に、二番目の管理者らしきトッドがたくさんの水と気持ちのこもらない謝罪をくれた。二本目の水を飲み終わるころにピーターが入ってきた。とても心配して、わたしを何度も抱きしめ、大丈夫かと確認した。店のマネージャーのウェンディが現れて、気遣いを示し、マナー研修で磨き上げた作法で謝罪した。ウェンディはわたしの言い分を聞き、屋外に出る非常ドアはいつもは開けっ放しになっているのになぜわたしが閉じ込められてしまったのかをトッドとジュニアに確認しに行かせた。

確認しに行った人たちが戻って来ると、最初に謝罪した。通常、ドアが開けられると赤いライトが点灯し、アラームが鳴るのだが、誰かがオフにしていたのだ。しかし、次の言葉は、非難でこそなかったものの、したたかな逆襲だった。ドアを開けると警報が鳴るので開けないでください、という警告がドアに貼ってあると言うのだ。それについては反論できなかった。そういった警告を今までに何度も見ている。ピーターと一緒に後でチェックしたところ、確かにそこには警告があった。アクセサリーを見ようと急いでいたために、まるで気づかなかったのだ。

警告を見落としたことはまあ仕方ない。わたしが出口を見たときには、ドアの上の大きな緑色のLEDサインが目立ちすぎていて、小さな黒い文字の警告に目が行かなかったのだ。しかし、トッドの次の言葉がわたしを突き落とした。屋外に出るドアには鍵はかかっていなかった、と言うのだ。「もう少しだけ強く押さなければならなかったのです。」

後でピーターが、彼らの説明は自己弁明だと思うと言ってくれた。でもわたしはすぐに、自分の押し方が不十分だったか、正しい場所を押していなかった可能性があると思った。もう何ヶ月も、感覚が関与する情報を見逃すという失敗をしているではないか？　認知症観察ノートには、トイレのふたが閉まっていることに気づかずにその上でおしっこをしてしまった、という失敗談を書いたではないか。普段どおりキッチンの窓台に置かれたラジオをピーターの助けなしに見つけられなかったという失敗談も書いたではないか。人は目ではなく脳で見るのだという考えの真実を学んできたのだ。

さまざまな目撃者が別々の説明をするという状況ではよくあるように、実際のところ、どちらかは永遠にわからない。もしかしたら、（ピーターが疑っているように）ホームレスが避難場所を探して店内に入るのを防ぐために（？）ロックされていて、非常時にはメイシーズの担当者が解除できるようにしてあるのかもしれない。もしかしたら、（従業員が説明したとおり、そしてわたしが心配しているとおり）ドアはほんの少し強く押せば開いたのかもしれない。

その夜、友だちのクリスティンに電話して、階段に丸呑みにされてしまった屈辱を話した。

「かわいそうに」と彼女は言った。「メタファーの罠にかかったのね。」

メイシーズ閉じ込め事件でアドレナリンが分泌された後に気持ちよく笑ったおかげで、その夜の数時間はひどく落ち込まなくて済んだ。次の朝、わたしの気分にはまた暗く霧が立ち込め、薬を調節してもらいにしぶしぶ医師を尋ねるまで上昇することはなかった。

一ヵ月後のわたしの誕生日には、クリスティンがメイシーズの商品券をくれた。封筒には、非常階段に閉じ込められたわたしの絵が描いてあった。わたしはひとりではない。わたしには温かく包んでくれる友だちやその家族がいる。気分が変わった。メタファーの乗り物はもはや不毛な罠ではなく、家族と一緒に道中大声で旅の歌を歌いながら国を横断旅行するステーションワゴンのような、心地よい繭に姿を変えていた。

その商品券で、ブルーベリー色のジーンズを買った。スキニージーンズで、きっちりした格好をしようとしている同年代の人が公衆の場で身に着けるものよりももっと全体的にぴったりした形だった。大人の落ち着きにはほど遠いものだった。

助けなしに服を着られなくなったら、もっと悪いのは選べなくなったら、服装に関する虚栄心はあきらめなければならないだろうと最近とみに思う。クローゼットを眺めて、以前はどんな服とジュエリーを組み合わせていたんだっけ?と考えるたびに気が重くなる。コーディネート写真付きカタログプロジェクトも、そのときに終わりになるだろう。書くことや、自分の面倒を見るだけでもものすごく時間がかかり、記憶システムの維持などできなくなってきている。そのときがきたら、自分に「この世で生活するために今よりももっと多くの助けが必要となったとき、もはや存在しないゲルダの自己の分身として誰かが奇抜なファッションを追求してくれることを期待するのは、果たして分別のあることなのか?」と問わざるをえない。物質が世界の一部へと変化していくに任せるというのは、わたしがゾンビの世界を経験しなければならないということではないのか? わたしが何年もかけて培ってきた美学を複製するという重荷を、すでにわたしのために多くの時間を費やしている人たちに押し付けることなどできようか？　その美学ですら、変化する自己意識に合わせて変化し続けるものなのに。

シルバー・バービーの着せ替えが好きな人が家族にいないだろうか？

カニエは、ワイルドに動く邪魔にならない限り、服装はあまり気にしないようだ。ダンテはまだ3歳なのにもかかわらず、自分で編み出したルールから決して外れてはならないという将来有望な厳格さを見せている。彼の専門分野は靴である。まだ歩くこともままならない時期から、脱いだ靴を持ち主に履かせることに責任を感じており、その人が元のように靴を履くまで、「くっく、くっく！」と繰り返した。なにより、セックス・アンド・ザ・シティ風の赤いエルモのスリッポンを履きこなすところに将来性を感じずにはいられない。

三人の孫のうち、カーニバルスタイルの服装を進展させることにもっとも興味を示しているのはアリヤだ。まだ2歳だったころ、アリヤは、母親の目を盗んではブラジャーを取ってきて洋服の下に着けた。アリヤが3歳のクリスマス前、わたしはたまたま、とても小さいぺっちゃんこのスターター用ブラジャーを見つけた。セールで一ドルだった。ニュートンとシェリルに確認すると、買ってもよいといったので、二つだけ残っていたピンクと紫がかった灰色のブラを買った。

このときオウマ点数が上がったのがうれしくて、この前のクリスマスにも新しいブラジャーを二つ買った。ピンクの留め金とストラップの付いた黄色いのと少し緑の模様のある紫のものだ。しかし、アリヤはすでに、次のステージに移っていた。

今のアリヤはわたしと同じで、ぱっと目を引くものに惹かれるようだ。彼女の専門は、どこか普通ではない服とアクセサリーだ。左右ばらばらのソックス、靴も左右ばらばら。しましま模様のタイツ。きらきらした髪留めやリボンや花をつけた髪型。わたしが彼女の髪をセットするときには生花を使う。ワンピースの上には、キラキラしたスカート、タイツ、バレエの衣装、冬のコート、ジーンズなどなどなにもかもが風変わりだ。アリヤなら、わたしの服装オリンピックのバトンを喜んで受けてくれるかもしれない。今のところ、わたしたちはバトン受け渡しゾーンで横並びである。まだまだ正気なので、かわいそうな家族に「一日のかなりの時間を費やして」ドナ・キホーテに王衣をまとわせ王冠を載せてほしいと頼む気は微塵もない。少なくとも、彼らがそれを楽しんでくれるのでなければ。

わたしたちみんなに起こることではあるが、個人的な楽しみはいつか終わるのだ。

伝道の書3章19節：人の子の結末と獣の結末とは同じ結末だ。これも死ねば、あれも死ぬ。両方とも同じ息を持っている。人は何も獣に勝っていない。すべてはむなしいからだ。

ユダヤ店主の妻：今日はきれいな方はどちらに？

ドナ・キホーテ：何も着るものがないのです。

ジェーン・オースティン：愚かな頭を無駄に働かせると、あらゆる失策を生み出す。

ギリシャの船乗りの間に現在まで伝わる寓話がある。ひとりの人魚が嵐の間に船のへさきをつかみ、「メガラゼンドロスはまだ生きている?」と船長に聞く。人魚が尋ねている人物はもちろん、アレクサンドロス大王のことである。歴史的なデータによると、そのギリシャの将軍は2000年以上も前に死んでいるので、何も知らない人が機転を利かせずに真実を示して「いいえ」と答えてもおかしくはない。その答えを聞いた途端に人魚は、身をよじるヘビを頭につけた、怒れるゴルゴンに変身する。その顔つきがあまりに恐ろしいため、つかまれた人もその船に乗っている人も、全員が石になってしまう。不意に重くなったことでバランスを崩し、船は海の底に沈んでしまう。

もう少し知恵のあるものは、「彼はまだ健やかに生きていて、世界を支配している」という以外の返事をしようとはしない。正しい答えを聞いた人魚は優しくなり、姿を消し、嵐は消え、ただ「優しく穏やかな空気が男たちの魂を元気にする。」

8章　あえて名前を言わない出口

この場所には三つしか出口がないのさ：狂気、そして死。

——ルネ・ドーマル

1984年の8月、家族が最初にユタ州に着いたとき、簡易の台所がついた家具つきの安いモーテルで暮らしていた。わたしたちの「スイートルーム」の前は、後に商業ビルが建てられたが、当時はスイッチグラスや雑草に覆われた空き地で、7歳のマリッサと4歳のニュートンは、そこでモルモンこおろぎを捕まえて8月を過ごした。ピーターが仕事から帰ってくるとすぐに、わたしたちは不動産屋と会って家探しに出かけた。南アフリカから持ってきた財産は全額家につぎ込むと決めていたのだが、持ち込みが許されていたのはそのときまでの稼ぎの半分以下だったので、頭金がかろうじて支払える額であった。学校が始まる直前、街の中心から30分ぐらいの郊外のワサッチの山ろく地帯に、手入れはされていないが広い家を見つけた（南アフリカから来てくれるかもしれないお客さんは全員泊まれるようにしたかった)。家の前の道は、天上の道を意味する、スーパーナル・ウェイと呼ばれていた。

家具やその他の生活用品はまだ到着していなかったのだが、子どもたちの通うコットンウッド小学校が始まるのに間に合うように、すぐに引っ越した。最低限の生活用品さえ揃わない間に、隣人たちがわたしたちのミニマリストな生活状況に気づいた。家の中で「野宿する」という試みが、難民生活のように見えたのだろう。衝撃を受けたのも不思議はない。なんといってもわたしたちは、アフリカから来たのだから! 一日が終わるころには、新しい知人たちが親切にも、寝袋、リビングルームに置くランプスタンド、コーヒーテーブルなどを貸してくれた。ポーチからキッチンにピクニックテーブルを運び入れ、電子レンジを購入し、紙皿を大量に積み上げて、アメリカ生活を始める準備は完了した。子どもたちがその後すぐに学校で教わった、手押し車で大草原を横断したアメリカの開拓者たちに比べれば、なんて贅沢な装備だろう。

数週間ほどの予定だった仮住まいは、何ヶ月にも延びた。南アフリカからの荷物の入った船便のコンテナが、間違ってヨーロッパ大旅行に出かけてしまったのである。それがようやく届いたのは、11月の終わりのサンクス・ギビングの直前だった。わたしたちの「Mサイズの服や家具」がとうとうアメリカの土を踏んだと聞いたときには飛び上がって喜んだ。届いた家具を決めた場所に置くとすぐに、もっとも大切な荷物に取り掛かった。掘り出した懐かしい品々が、長い間失っていた宝物の輝きを取り戻した。一夜にして、仮住まいはわが家に変わった。

少なくとも馴染みのある寝室の家具や本や洋服やおもちゃに取り囲まれて、子どもたちもようやく、アフリカのことわざで「自分の殻から出てきた」。しかし、一つだけ予想していなかったことがある。

アメリカに引っ越してきたのは永住するためなのだということを、とうとう子どもたちが理解したのだ。昔と同じ家具やおもちゃに囲まれているのに、一緒に遊んでいたいとこや友だちやオウマたちが普段の生活にはいなくなってしまったのだという実感がわいたのである。もう、誕生日もクリスマスも一緒に祝ってはくれない。お泊まりもできない。ニュートンは毎晩レゴを握りしめながらベッドに行って、「クレッグと遊びたいだけなんだ！」と泣いた。クレッグはパークタウン・ノースのお隣さんである。少し年上のマリッサは、言葉にする前に頭の中で感情を消化する傾向があり、ニュートンのように奔放にストレスを表現することはなかった。クリスマスの少し前のある日、マリッサは、頭の中でぐるぐる回っていたものをとうとう言葉にした。それはどんな親も答えたくない質問だった。「パパやママが死んだら、誰がわたしとニュートンの面倒を見てくれるの？　それが、パパやママがずっと年をとって、わたしたちが大きくなってからじゃなくて、今だったら？」

幸いなことに、マリッサが質問したのは、夕食のときだった。数週間前の11月の最初の週に5歳になったばかりのニュートンは、姉につられて、知りたそうな顔でわたしたちを見た。ピーターとわたしは、できるだけ平静を装い、お互いに割り込んだり言い直したりしながら答えた。わたしたちはずっとずっと死なない。でも、もし死ぬようなことがあったとしたら、子どもたちの名付け親の妹のラナやその夫のバズが面倒を見てくれる。遠く離れてはいるが、ラナおばさんやバズおじさんはここまで迎えに来て、南アフリカに連れて帰ってくれる。そこには、おじさんたち、おばさんたち、二人のオウマのラーチイとスーザンなどがいて、面倒を見てくれる。子どもたちと同じ年頃のいとこの、ラナとバズの子どもたちのジョンとジュリアと一緒に住んで毎日遊べるだろうということを大げさに説明した。

「そんなのわかってるわ。」そんな答えは子どもっぽすぎると言わんばかりにマリッサが言った。

「ラナおばさんと住んだら、クレッグの家に連れて行ってもらって一緒に遊べるね！」とニュートンは奇声を上げた。

マリッサは不安げに続けた。「でも、彼らはわたしたちが住んでいるところを知らないわ。」

その質問を聞いて、数週間前にラナに電話して、住所と電話番号を伝えたでしょ?とマリッサに言ったが、ピーターはマリッサが別のことを必要としているのだと気づき、国際電話をかける方法をカードに書いて電話の近くの壁に貼った。その間もずっと、ニュートンの暴走列車は次の駅まで走り続けていた。「もしかしたらクレッグがおばさんの家に来て、木の上の基地で一緒に遊べるかもしれない。」

「おばさんたちがここに迎えに来るまで、誰がわたしたちのご飯を作って、学校に連れて行ってくれるの?」マリッサは知りたがった。

ようやく、マリッサの不安がどこから来ているのかがわかってきた。何週間か前に子どもたちに教えた手順をおさらいした。わたしたちが子どもたちの面倒を見られないときには、新しい学校の友だちの家族で、すぐ道を上ったところに住んでいるヒラリーと学校の近くに住んでいるネイサンが助けてくれる。ピーターとわたしは後ろめたさを感じて目配せした。当時新しい友だちについて話したときに想定していたのは、たとえば大雪や車の故障なんかの、もっと日常的な小さな事故のことだったのだ。

これらの夫婦を知ったのは、子どもたちの親友の両親と仲良くなるという近道を使ってのことだった。この土地で新しい友だちを作る上でのもっとも大きな阻害要因は、家族の誰もモルモン教の教会に属していないということだった。来る前からソルトレイクシティが末日聖徒（モルモン教）の本部がある街であることは知っていたが、その環境がユタ州における日常生活に大きな影響を与えていることには気づかないでいた。新しく引っ越してきた人が最初に聞かれることのひとつが、どの宗派に属しているのか、またはどの地域の教会に行っているのかということであった。教会の一員ではないことを告白しても、人びとは親切ではあった、しかし、モルモン教の隣人たちは生活のほとんどを教会に捧げているため、本当の友情を築く機会はほとんどなかった。地域のバスケットボール大会や町内パーティーにすら教会が絡んでいた。さらに、教会活動によってメンバーは非常に忙しかった。教会での仕事に奔走しているため、モルモン教でない人と親しい友好関係を築くのに割く時間などないのだ。

モルモン教徒と非モルモン教徒が友情を築くには、もう一つ大きな障害があった。彼らには驚くほど効率的な電話連絡網があって、そこに入っていなければ、主な地域イベントは知らない間に通過してしまう。たとえば、向かいの隣人の成人した娘さんは、自宅で死の床にあった。他の隣人たちと同様にわたしも、クッキーなんかの小さな手土産を持って訪問し、悲嘆にくれた働きすぎの母親がお使いに出かけていたときに娘さんに付き添ったりもした。でも、その娘さんが亡くなったことをわたしが聞いたのは、お葬式が終わってからだった。

取り巻く地域の社会的な環境がわかり始めてきたころに、子どもたちの友だちの親の中で「本当の」友だちになれそうな人たちに出会えて、ピーターとわたしは大喜びした。わたしたちは短い期間の間に、お互いのことをよく知るようになった。テイラー夫妻にもシャンド夫妻にも、新しい家に引っ越して来て二週目にわたしたちに降りかかった災難について話したぐらいだ。マリッサのぜんそくがひどくなって深刻な発作を引き起こし、病院に駆け込んだときのことだ。

南アフリカにいるときからマリッサのぜんそくは深刻だった。風邪の間に突然病気が悪化して入院することが、一度ならずあった。南アフリカでの最後の一、二年はぜんそくをうまくコントロールできてはいたが、常に心配で、上気道の感染症にかかると非常に警戒した。まだ医師すらわからない新しい国であれば、なおさらのことだった。新しい家に住み始めて二週間目のある夕方、マリッサの胸が締め付けられ、息が苦しくなった。すぐに医療処置が必要な症状であった。長い夜になるとわかったので、たまたまモルモン教ではない隣人でコーヒーテーブルとランプを貸してくれた人たちの情けにすがることにした。そこの男の子とニュートンは何度か一緒に遊んでいた。予告もなしにパジャマに着替え終えたニュートンを連れて玄関に立ち、一晩彼を泊めてくれないかとお願いした。すぐに状況を理解して、温かく迎えてくれたので、涙が出た。救急室では、マリッサの病状が非常に重いことがわかり、入院することになった、その後三日間入院して、わたしかピーターがほとんどつきっきりになった。娘の青白く静かな姿を見て、新しい生活の真っただ中で死ぬことを考えた。「もし、彼女が今死んだら、わたしたち以外に誰も彼女を知る人はいないお葬式になる。」こころが張り裂けそうになった。

そのうち、もしママとパパが死んだら…の暗雲は晴れたようだった。スーパーナル・ウェイの家がもっとわが家らしくなることが起きて、みんなの頭がそのことでいっぱいになったからだ。南アフリカに残してきた二匹の大きな毛むくじゃらの黒い犬の到着であった。当時、法律に従ってペットを持ち込むには、アメリカの政府が認めた元の国の犬舎で三週間隔離した後に健康診断をパスしなければならなかった。弟のキャレルから、犬たちが健康だと認められ、すぐに飛行機に乗せられることになったと連絡があった。

次の日、家族みんなで、スタンダード・プードルのクヴァッチとブービエ・デ・フランダースのリーベー・ヘークスを迎えに空港に行った。空港には、ターミナルから少し離れた場所に特別の建物があり、そこでわたしたちは犬と再会することができた。付き添いの人から引き渡されると、犬たちは伏せて再会の喜びを示した。

犬を家に連れて帰ると、また日常の層が一枚厚くなり、外国人であるわたしたちの肩を優しく包んでくれている気がした。しかし、検疫と航空券に大金を払ってアメリカ犬にしようとしたわたしたちの努力は、狼に育てられたかのような振る舞いで返された。裏庭に入り込んできたネコに猛烈な攻撃を食らわせたのだ。

ある朝、ニュートンが裏庭の芝生から叫んだことで、犬たちの罪が発覚した。ニュートンはアフリカーンス語で、「死んだネコの半分がある」と叫んだ。英語では文法上非常によく似ているが、まったく違う意味を持つ言葉がある。「半分死んだネコがいる。」今では家でしか聞かない母国語で話す5歳児がどちらの意味で言っているのかよくわからなかった。「死んだネコの半分じゃないでしょ、ニュートン！」と叫びながら階段を駆け下りて、真相を確かめに行った。ニュートンが尻尾を握ってわたしに見せた。息子の文法は、間違ってはいなかった。

その夕方、家に帰ってきたピーターと一緒にネコの残り半分を裏庭中探し回ったが、何も見つからなかった。それから家族全員で前の道沿いを一軒一軒尋ねて歩いた。謝罪を準備し、子どもたちを守る毛むくじゃらの黒い犬の命を助けてほしいと懇願すれば、殺されたネコの飼い主がこころを動かされてユタ州のなんらかの動物警察を呼ばないでくれないだろうかと願ってのことだった。近所中にこの悲惨なニュースを触れて回ったにもかかわらず、ネコの残骸を要求するものは誰もいなかった。十字架を背負った巡礼の終了後、犬を家に閉じ込めて、不運な動物の残骸を裏庭の丘の中腹のまだ造庭していない広い場所に埋めた。みんなで墓の周りに立って、ネコの分子が土壌に溶け込んで、これから植える木や低木の栄養となり、その原子が木の幹や葉や花の一部となるだろうと話した。お葬式の後、子どもたちが石を集めてしるしを作った。記念の意味もあったが、殺人犯が犯行現場に戻ってきて、被害者の遺体に言葉にするのもはばかられるような行為をするのを防ぐためであった。

その夜、子どもたちへの寝る前の本の読み聞かせを終え、肘掛け椅子にもたれかかろうとしたときのことだった。ニュートンがパジャマ姿でそっと部屋に入ってきた。弟がベッドタイムのご褒美をもらうのを逃してなるものかと、マリッサもリビングルームに入ってきた。しかしニュートンが来たのは、ジュースを一口、またはチーズをちょっぴりかすめ取るためではなかった。知りたいことがあったのだ。「半分に引き裂かれなくても、死ぬことってあるの?」

その日の身の毛のよだつ出来事によって息子がその質問をしているのだということはすぐにわかったけれど、「ママとパパが死んだら」問題を蒸し返しているのだとは、ニュートンの次の質問までわからなかった。「パパとママが死んだら、誰が穴掘りを手伝ってくれるの?」二人が同時に死ぬなんてことはほとんどまったくというほどありえないということをもう一度話してから、万一あったら、たくさんの大人が子どもたちを助けてくれるということを一通り説明した。それから、誰かが死んだということがなぜわかるのかというニュートンの最初の質問に戻った。眠るのを怖がるようになるので、小さい子どもと話すときに死と眠りを比べてはいけないというのを何かの雑誌で読んだことがあったので、死んだときどのように心臓が鼓動するのが止まるのかという説明を始めた。それから、みんなでお互いに手首と首を触って鼓動を感じた。その後、ピーターは子どもたちそれぞれがくすぐったがると思う部分を全部攻撃した。そのうち、みんなで大笑いしながらカーペットの上で取っ組み合いをしていた。ニュートンの質問によって、子どもたちは最終的には家族のにぎやかな団欒を得ただけではなく、両親の口から出た情報の苦い味を消し去るためのミルクとクッキーを手に入れたのであった。

子どもたちが寝室に戻ると、ピーターは二つのグラスにワインを入れた。ソファに沈み込み、手を握りあいながら、話し合った。わたしたちがチャンスを求めたことで、子どもたちの無邪気さが犠牲になった。それは果たして良いことだったのだろうか。

他の多くの「たられば」問題と同様、答えは出なかった。

＊＊＊

２０１０年の終わり、わたしが認知症の予後の予想にすっかりこころを奪われていたとき、ダミアン・ハーストによるコンセプチュアル・アートの作品がメトロポリタン美術館での三年間の展覧を終えた。それは、一匹のイタチザメが23トンのホルムアルデヒドが入ったガラスと金属ができた陳列ケースに浮いている作品である。晴れた日には、窓際の光が背面から照らして、防腐剤の液体がスカイブルーに見える。日の光によって、トラの縞模様に似たイタチザメ（訳注：英語でTiger Shark）の身体の黒いストライプがくっきりと見える。四角い水槽の頭側に立つと、サメの大きく開いた口のぎざぎざの歯の並んだ要塞を通して内臓の暗い穴に目が吸い込まれていく。暗くなると、見ている人の後ろにタンクが写り、二匹になったサメが弧を描いて、生と死を同時に抱擁しているように見える。

ハーストはその作品に「生者のこころにおける死の物理的な不可能さ」とタイトルをつけた。これは彼が１９８０年代に書いた超現実に関する学生時代の論文の中で「死という概念を自分自身に説明するために用いた」表現であったという。ハーストは、「『そこにある何かやそこにない何か』を表現する方法として、その詩的なぎこちなさを気に入っていた。」

１９８９年にイギリスの広告界の大物でコンテンポラリー芸術のコレクターでもあるチャールズ・サーチに、サーチの名前を冠したギャラリーのためのコンセプチュアル・アートの作品を作ってほしいと依頼されたことで、ハーストは論文のアイデアを作品にする機会を得た。アーティストはオーストラリアの漁師に「あなたを食べてしまうぐらい大きい」イタチザメを捕ってくるように頼んだ。漁師は、今のコンセプチュアルな表現で、２０１４年のもっとも小さいＮＢＡバスケット選手ともっとも大きい選手を足した大きさ、つまり、ハシーム・サビートの２２１センチとアイザイア・トーマスの175センチをつなげた長さの魚を捕まえ、ハーストの願いをかなえた。サメ自体の価格だけでほぼ1万ドルであった。作品全部にかかったコストは1990年の為替レートで8万ドル、または現在の為替レートで14万9千ドルであった。当時イギリスのコンセプチュアル若手の芸術家の小さな輪の中以外ではほとんど知られていない人の作品としては、その総額があまりにも破格であったので、イギリスのタブロイド紙の『ザ・サン』は、「5万ポンドのチップなしフィッシュ」というタイトルの記事を載せた。

ハーストは、ホルムアルデヒドのタンクの中に保管されている死んだ動物や時には解体された動物の作品を何年も作り続けた。サメの作品はそのシリーズの一作目である。「母と子、分断されて」という作品では、牛と子牛がどちらも半分に切断され、四つのガラスのタンクに入れられて展示されている。子牛の二つの半身が隣同士に置かれ、その後ろには、同じように半分になった母親の二つの半身が置かれている。半身と半身の間には十分な空間が空けてあるため、見物者は真ん中を通って動物の内臓を見ることができる。工場式農場や商業的漁業の壁の後ろから死んだ動物たちを引っ張り出してきたこれらの作品を見ると、わたしを含む西洋社会の多くのメンバーが普遍的に消費する、解体されてプラスチックで包装された動物のたんぱく質は、実際にはかつては生きていた動物からできているのだということを認めざるをえなくなる。それは、個々の作品からも見て取れるが、総合的に見るとなお顕著だ。

ハーストは、ホルムアルデヒドにサメを漬け、保存液を注入してすべての体液と入れ替えることによって「生と死の具現」をその瞬間に凍結させようとした。しかし、体液と保存液を交換するという古代のミイラ技術は、ハーストのサメのような大きな動物ではうまくいかなかった。うまく浸透していない部分もあった。この作品の悪名が鳴り響く間にも、サメは腐り始め、周囲の液体が濁り始めた。作品の寿命を延ばそうとして、サーチ・ギャラリーはホルムアルデヒド溶液に消毒液を注ぎ込んだが、これは劣化を早めただけだった。1993年、劣化があまりにも顕著となったため、「ギャラリーは内臓を取り出して、ファイバーグラスの型の上にその皮を伸ばした」。ハーストは、「本物でないのは一目瞭然だった」と訴えた。

作品の悲惨な状態を知りながらも、2004年、アメリカのヘッジファンドのマネージャーのスティーブ・コーエンと妻のアレクサンドラがサーチから作品を800万ドルで購入した。『ニューヨーク・タイムズ』によると、「水槽に浮いていたものは、以前の姿の形をしたファイバーグラスの影だった。」面白いことに、サメが不死から死になったという論争がコーエンの気をひいたようだ。「その全体的な不気味さが気に入ったのだ」と彼は言った。

しかし、ハーストのほうはまだ、元のアイデアをあきらめるつもりはなかった。そのときまでにホルムアルデヒドが適切に注入されていなかったことがわかっていたので、やり直したいと思っていたのだ。コーエンはしぶしぶではあったが、長期持続と引き換えに「不気味さ」を失うことに同意した。さらには、そしてサメを交換する代金すら支払うことにした。新しい死体に液体を注入するプロセスだけで10万ドルがかかった。コーエンは、この出費を「とるに足りない」と言った。作業が終了すると、サメはまた博物館を訪れる人たちに、シュレーディンガーのネコのスマイルを投げかけるようになった。

しかし、最初の「チップなしフィッシュ」の5万ポンドでは、永遠に生と死を同時に宿す肉体を作ることはできなかったのと同様、８００万ドルにとるに足りない10万ドルを足しても、二番目の「有名な死んだサメ」を不死状態に保つには足りなかった。ニューヨーク市のメトロポリタン美術館で三年の展覧を始める前の２００６年、作品全体が再修復された。新しい水槽に三番目の新しいサメが入れられたのである。

ハースト：わたしは自分が作ったときの新しい状態の（不可能）を常に見てほしいのだ。だから、契約にはこのようなものを含めた：ガラスが割れたら、われわれがそれを直す、水槽が汚れたら、われわれがきれいにする。もしサメが腐ったら、われわれが新しいサメを見つけてくる。わたしは、このホルムアルデヒド作品を２００年間保障する。

ヴォルテール・クストー、２００年前：「サメと一緒に泳ぐ方法：決して血を流さないこと！　出血をコントロールすることを学べない人は、サメと泳ごうとは考えるべきではない。」

ブラッド・ピット：わたしの持論は、サメになれ、だ。ひたすら動き続けるのだ。

ハースト：わたしが言いたいのは、人は自身の死と毎日取り組まなければならないということだ。恐れを持ちすぎずに死と取り組む最善の方法は、物体の死に取り組むことだ。

シュレーディンガーのサメ：箱の中で同時に死んで生きることによって、わたしは生命や宇宙やすべてを鳥瞰することができた。今、わたしはそれを世界に発信するためにここにいるのだ！

ロベルタ・スミス、『ニューヨーク・タイムズ』にて：実際に見るまで理解できないような方法で、サメは水槽の中で静かにじっとしたまま同時に生と死を体現している。それは、もともと凶暴な本能に死のような形の凶暴な生を与える。：・それは決して起こることなどないと考えられている交差に関する、筋の通った視覚的メタファーである。

わたしたちはそんな交差が決して起こることなどないと考えている。しかしそれは、末期がん、末期の精神的退化などで、人生のおおよその寿命を知ってしまうまでのことだ。寿命を知ると、運命に決められた時間枠の中で、日々その交差を垣間見ることとなる。身体的な病気に起因する場合には、痛みをもっとも上手にコントロールする方法やその他の死への旅に関することに集中するだろう。それが認知症の場合には、病が「自然死」に導くずっと前に、精神が死んでしまう。生と死を「同時」に宿す肉体となるのだ。認知症の診断を受けてから、ハーストのサメに非常に親しみを感じるようになった。ただの何かではなく、そこにいて、同時にそこにいない誰かである。そして、その誰かとはわたしだ。

ハーストは、「栄光の日々」とされる時期からずいぶん長い時間が経った現在でも、進行中のプロジェクトとしてまだ死を探求し続けている。彼が作品の中で死との終わることなき格闘をしていることについて調べているとき、ハーストが長い間自伝を書くのを拒否し続けていたことを知った。自伝は「終末活動」なのだそうだ。しかし、51歳になった2015年、彼は自叙伝を書き始めた。忙しすぎて自分で書く時間がないので、ハーストはローリング・ストーンズのキース・リチャードの手助けをしたジェームス・フォックスを共著者に選んだ。

ハーストが共著者を必要としているのは、忙しすぎるという理由だけではないという。自分の過去を思い出せないというのだ。フォックスの主な役割は、ハーストにインタビューをする中で逸話を「引き出し」、他からの情報と合わせて芸術家の記憶を呼び起こすことだ。キース・リチャードと同様、ハーストも「人生のある部分の記憶全体を消し去って」しまったのだという。ダミアン・ハーストも、そこにいて、同時にそこにいない状態に突入したことがあるのだ。「死ぬ前に認識を失ってしまう。それこそが問題なのだ。」ハーストは最近のインタビューで言った。「だから、「自叙伝を書くことは」それをどうにかして取り戻す方法ではないかと思っている。」

認知症観察ノート

2011年8月24日

今夜、自分の薬を飲んだ後、間違えてピーターの薬も飲んでしまった。ピーターのシンバスタチンの処方量はわたしの量の二倍なので、三倍の量を飲んだことになる。ピーターとわたしは、明日空腹時の血液検査に行くことになっていた。わたしに関しては、微小血管を詰まりにくくするためにエボン先生が処方してくれたシンバスタチンとリシノプリルに対する経過を確認するためである。わたしたちは、検査を金曜日の朝に延期しなければならなくなった。

こんな日にはいつも、インターネット上の死の混合薬を過剰摂取することを考えて、面白がっている。おそらく、取得するには家族の助けが必要となるのだろうが、実際に飲ませてもらわなくても大丈夫だろう。ゾンビみたいな頭のおかしい女性がよくある計算ミスで死んだのだと思われるような、衝撃的な薬の飲み違えがこれからも積み重なっていくだろうから。

「わたしは誰？」

西洋的な人間観を持つ人がこの質問を聞くと、言われなくても、人は「アイデンティティという核、自己」を持っているという前提がその背景にあると考える。たとえば、「見つける」ことや、「忠実である」ことが奨励されるあの自己のことだ。大学院などで自己に関してのポストモダニストの概念の基礎を学ぶと、それが哲学、人類学、フロイト流、文学批判であれ、個人とは単独の、独立した、統一された自己であるという考えが間違いであると気づかされる。これらのポストモダニスト学者たちの概念には、共通していることがある。

わたしたちが探し始めたその瞬間に、自己は分断される：見つけようとしている自己と、探している自己、今しているかくれんぼゲームの中にいる自己だ。目覚まし時計を寝室の中で手の届かないところに置いておくという習慣からでも、少なくとも二つの自己があることがわかる。責任感のある夜の自己と、だらしない朝の自己である。

この観点において人は、自己を何年もかけて本当の自分が明らかとなるよう展開していくようには生まれついていない。むしろ、自己とは人生でたまたま出会った人びとによって形成されるものである。自己とは相関的なものであり、自ら選んだわけではない人びととの交流の中で築かれていく。それは、産みの親か、里親か、養父母かではなく、第一保護者が家族以外かどうかでもなく、選んだ専門家が小児科医か呪術医か、モンテッソーリ学校か神学校か、雑貨屋か露天市か、教会かユダヤ教教会か、でもない。

ジャック・ラカンはフランスの精神分析家で、人類学や精神分析の父であるフロイトの文章を、フロイトの死以降に研究されるようになった人類学・言語学の発達に則って解釈した。ラカンによると、われわれの社会の象徴的構造 —— ラカン流の言葉では、「大文字の他者」 —— が、それぞれ個人の自己を定義する習慣やしきたりや言語に影響を与える。大文字の他者は、自分が誰なのかを理解する機会が与えられるよりも前の、生まれたばかりの人を形成し始める。人生のスタート地点では家族の一団で表される大文字の他者は、その人の国籍、話す言葉、信奉する宗教やその他の価値などを決定する。大人になれば、個人は自分の名前を変えたり、母国語以外の言語を日常的に使用したり、家族の宗教やその他の価値観から離脱したりする選択をすることができるが、形成期におけるこれらの要素から受けた影響を消すことはできない。わたしは、無神論者であることを17歳のときに自覚し、二十代でみんなに告白した。それでも、聖書物語と白人ピューリタンの南アフリカバージョンのキリスト教は、母乳と一緒にわたしの体内に取り込まれ、わたしを形成してきたのだ。

自己は大文字の他者によって実在化するという事実を説明するために、ラカンやその他のポストモダニストは自己のことを個人（individual）ではなく主体（subject）と呼んだ。なぜなら、「個人」という言葉は、ルネッサンス時代に人は自身のアイデンティティを意図的に形成することができるという考えを表して生まれたからである。個人とは、その人がなりたい人になるために努力し、意図的に文化的な規約をコントロールした最終結果なのだ。この個人という概念は、いまだに不用意に信じられている、保守的な社会態度と結びついている自分という考え方と同義のものだ。つまり、社会の中のすべての個人は、貧困、社会階級、その他どんな教育や職業の成功を阻害する障害があっても、自力で這い上がることができるべきであるという考え方である。社会的な力によって人が教育的、職業的なチャンスを得る能力は左右されるのだということを見過ごしているところが、主体という概念とは違っている。

しかし、「個人」ではなく、「主体」と呼ぶことで、大文字の他者のみが、個人を無理やり社会に共通した期待に添わせるよう引き留めると言っているわけではない。反対に、1976年に人類学者のマッキム・マリオットによって紹介された分人（dividual）という言葉は、大文字の他者が個々の人間にトップダウンで無理やり押し付けるのではない、個々の人間とその人たちのコミュニティとの深い絆や、個々の人たちと大文字の他者の間のギブ・アンド・テイクの関係を通して築き上げられた絆を特徴とする主体の形を例証している。

分人というポストモダンの概念は1970年代に始まったが、自己は他人の自己を通して形成されるという考えは古代からある。この考えは紀元前に「外部要因にその状態が依存しているものはすべて、それらの条件要因が変化すると必ず変化する（無常）。依存しないものなどないのだとすれば、本質的に守られた核となる自己など間違いである（無我）」という仏教の教義に根差していた。それがキリスト教に取り入れられると、十二使徒のパウロはこう書いた。「わたしたちも数は多いが、キリストにあって一つのからだであり、また各自は互に肢体である。」それが科学へと到達し、1753年にカール・フォン・リンネは自然の体系を出版した。その中では、生物は、界、門、綱、目、科、属、種というように構造上の類似性に基づいて階層構造に分類された。リンネ流分類法は「問い」を投げかける。「聖書に書かれたことをそのまま受け取ると、それぞれの種は別々に作られたことになるが、なぜ種や属や門などに体系的な類似性が見られるのだろうか？　なぜリンネ流の分類が合理的なのだろうか？」

一世紀後、チャールズ・ダーウィンが『種の起源』という本の中で、リンネの功績が投げかけたその問いに答えた。ダーウィンは35億年前に地球に出現した原始的な生命体が、三葉虫や木生シダや、ハドロサウルスやヒトへと進化するのが可能となるメカニズムとして自然淘汰を提案した。分人の概念がいったん生きている組織の分野に入れば、それが宇宙全体の非生物物体へと拡張されるのには、「ひとりの人にとっての小さなステップ、人類にとっての大きな跳躍」をすればよいだけだった。テレビシリーズの『コスモス』の中のカール・セーガンの宇宙への賛歌に分人の考えが鳴り響く。

「生物の美しさは、その中にある原子のみならず、それらの原子が集まる方法にもあるのだ。宇宙はわたしたちの内にもある。わたしたちは星の物質によってできているのだ。わたしたちは宇宙が自身について知らしめる道である。」それはニール・ドグラース・タイソン（訳注：アメリカの天体物理学者で、セーガンの後コスモスの司会者を務めた）の「街を行く人を捕まえて、『君は聞いたことがあった？　わたしの体の分子をたどれば、宇宙現象に行き着くんだよ』と言いたい」という欲望の中でこだまする。

仏教からキリスト教、生物学、ポストモダニストの思想、そして天文学へと進む道の中で、「自己」は多様になり、不均一になった。そして、決して完成しない。むしろ、永遠に成り続けるのである。「わたしは誰？」への答えは、宇宙へと広がった、あるいは再び広がった。

保守的キリスト教徒からあらゆる種類の人類学者にいたるまで、この束縛できない「自己」を嫌がる人たちがいる。保守的キリスト教徒は、ポストモダンの自己とは「神の道に従うことを嫌がり、自身の楽しみのために自由になりたがる人たちによる」「聖書の神に対する反逆である」と信じる。人類学者は、そのことによって、個々人の「起源と目的が奪われる」と考える。

ポストモダニストの自己はわたしの経験する自身と共鳴する。わたしは決して完成されず、常に変化し、人びとや出来事やわたしの身体を構成する物質などの外部要因に依存し、そしてたいていは、理屈ではどうにもならない。この枠組みにおいて、「わたしは誰？」への完全な答えはない。「汝自身を知れ」は、プラトンの神殿の壁に刻まれた影である。しかし、ビッグバンがもたらした四次元の星の崩壊によって生じた三次元の影として数学的に説明される宇宙においては、その影のために多くの作業が必要なのだ。天文学者が宇宙の歴史を1兆分の1兆分の1億分の100分の1秒まで掘り下げるのと同じように、ポストモダンの主体は、「そのディスコース、その行動、その他者と共にいる存在、その超越の経験を通して」読み解くことができる。

ところで、わたしは、ルネッサンスの個人にもふさわしいであろうという利己的な理由のために、自分自身の分人性にこだわっている。発達心理学者でジャーナリストのスーザン・ピンカーは、『村の効能 ── 対面での接触がわたしたちをより健康に、幸せに、賢くする理由』の中で、「認知症を逃れた人たちは、もっとも複雑で込み入った社会ネットワークを築いていた」という神経科学の研究結果を引用している。

認知症観察ノート

2011年11月10日

ピーターと一緒に、シカゴにいるマリッサとアダムのところに来ている。昨晩、マリッサとピーターとわたしは、リビングでいつものように冗談ぽく、かつまじめに人生について語っていた。トピックは、わたしがピーターより先に死んだら、ピーターに何が起こるかということだった。アダムは部屋の隅の机で仕事をしていた。

ゲルダ：再婚するほうがいいわよ。

ピーター：子どもたちが小うるさいからね。誰を二番目の奥さんに選んだとしても受け入れないよ。
ゲルダ：あなたが連れ合いを持てばみんな喜ぶわよ。そうじゃなかったら、寂しくて惨めなあなたと付き合わないといけないでしょう。
マリッサ：パパ、問題はね、二番目の奥さんは、テクノロジーについて話ができて、パパの電気のおもちゃに興味を持ってくれないといけないってことね。
ゲルダ：わたしとは違ってね。
マリッサ：いいことを思いついたわ。パパの二番目の奥さんをインドから調達するのよ。
ピーターがテクノロジーに精通した人をインドかどこかからの移住者から探すというアイデアをあれこれと話し合った。「グリーンカード」目当ての結婚に興味のある人もいるに違いない。
ゲルダ：そういう女性はまだ料理ができるわよね。数年の間、グリーンカードの料金としてお料理して、あなたの世話をして、その後は彼女の好きなようにしたらいいっていう同意ができるんじゃないかしら。
ピーター：インド料理は好きだよ。だけど、セックスは？
「セックス」という言葉に、アダムは仕事の手を止めた。一言も聞き逃さないように、椅子を回転させた。

ゲルダ：契約に含めても含めなくてもどちらでもいいんじゃない。わたしの知ったことじゃないわ。
ピーター：メキシコ料理のほうが好きかもしれないな。
ゲルダ：以前のわたしの不法滞在のすばらしい生徒さんたちには手を出さないでね。
ピーター：でも、レイラ（原注：本名ではない）が言ってたじゃないか。お父さんがいつも「なぜおまえはいつも不法滞在の男ばかり好きになるんだい？　おまえを合法にしてくれる誰かと恋に落ちるべきなのに！」って言うのよって。
マリッサ：ママの遺言には、パパの二番目の奥さんはわたしより年上のことって書くべきね。

小説家のジョナサン・フランゼンは、父親がアルツハイマー病で亡くなった日、こう記した。「アルツハイマー病は進行がとても遅いので、父は、二時間前より、二週間前より、いや二ヵ月前よりももっと死んでいるってわけでもない。」認知症の身内を持つ人のなかで、愛する人が事実上まだ生きているのに死んでいると考えたのはフランゼンだけではない。簡単に言うと「アンデッド（生きているのに死んでいる）」なのだ。驚くことでもないが、学術書でも大衆文学でも、認知症の人はしばしばゾンビと表現される。
「生きている死人？　アルツハイマー病者をゾンビと見る構造」というタイトルのエッセイの中で、政治学者のスーザン・ベフニアックは認知症の人への「アンデッド」のメタファーを使うことへの注

意を喚起した。スーザンは、すでに病の生物医学的モデルによって苦しめられている患者たちへの汚名が、このメタファーによってさらに拡大されると論じた。このモデルのせいで認知症の人が「病によって脳は破壊されてしまっているため、人としてはすでに存在しないが、身体だけは管理しなければならない非人間」として位置づけられることになると彼女は批判する。

認知症に関する学術的な文書や大衆読みものを調査して、ベフニアックは、認知症が「死の前の死」「永遠に続く葬式」「こころ泥棒」「恐怖を抱かせる厄病」などと表現されてきたと言う。そういった表現はまた、直接的に、「ゾンビ」という文言に結びつくことが多い。続けて彼女は、ゾンビと認知症の人に共通する特徴をリストアップしている。「特殊な身体的特徴、自己認識の欠如、他人を認知することができない、人肉を食らう、……圧倒的な絶望により存在し続けることよりも死ぬことを好む」など。彼女は、認知症の人たちがしばしば、髪を振り乱し、ひどい身だしなみで、足を引きずって歩き、とりつかれたかのように徘徊することから、これらの特徴が認知症の人の説明と合致することを認めた。ゾンビの人肉食については、認知症の患者たちが、自分の病を「生きながらにゆっくりと食われていくのに近い」と表現している例や、別の患者が介護者との関係について「アルツハイマー病の独特の呪いは、病に冒された脳のひとつひとつがさらに複数の被害者に損害を与える」と述べた例などを引用している。

これらの例は、看護学や老人学の雑誌や認知症患者自身やその身内者などによって書かれた出版物からの引用である。つまり、ベフニアックと同様、認知症患者のもっと人道的な扱いを主張しているものである。ベフニアックは、言語の社会的な力の危険性を伝えることこそが、自分の目的なのだと強調する。言語は、社会的に「完全な人間」はこのようであると信じられている要素の中の重要なものが欠けている人を隔離するために使われてきたし、今現在でもそれは変わらないのだという。結果的にその基準に満たない人たちは、「普通の」人たちが自分には権利があると感じているような完全な自己決定をする権利を持つにはふさわしくないとみなされてしまうのである。

わたしは終生言語に関わることを愛し、ジェンダー・スタディーズの授業で20世紀の主な人権闘争について教えてきたので、権利が剥奪されたコミュニティが完全な人権を獲得する上で、いかに言語が大きな役割を果たすかについてはよく知っているつもりである。さまざまな運動の活動家たちは例外なく、そのグループの軽蔑に使われる言葉に対してのキャンペーンを、闘いに不可欠な要素の一つだと考えていた。「ビッチ」「ホモ」「かたわ」などといった差別用語を、適正な言葉からほぼ完全に失くしたことが成功の証である。しかし、言葉には気まぐれな性質がある。軽蔑語のなかには、栄誉のしるしとして再度利用されるものもある。ただし、そこには常に選ばれた人だけがその用語の「権利」を有するという明確な期待がある。死んでも生きてもない認知症の自己へとよろよろと向かっている状態のわたしとしては、この文脈で「ゾンビ」という言葉を使うのをやめようというベフニアックの提案には言いたいことがある。とはいえ、最初に告白しなければならない。直接の体験としてはゾンビをほとんど知らないし、ゾンビ映画を最初から最後まできちんと見たこともない。その言葉でわたしが思い出す視覚イメージは、いくつかのユーチューブの動画からのものだ。

ジェンダー・スタディーズのクラスで、どうしてゾンビの話題が出てきたのかは憶えていない。ただ、はっきり記憶に焼き付けられているのは、わたしが吸血鬼とゾンビを同じものとして使ったときに、これまでほとんど口を開いたことのなかったクラスの後ろのほうにいた若い男の子が、それを訂正したことだ。その学生は、あまり良くないものではあるが、印象に残り、次のクラスでもっとはっきりと印象づけられた。他の学生たちの野次と拍手と共に、彼がわたしに『ゾンビ・サバイバル・ガイド』を一冊プレゼントしてくれたのだった。もちろん、できる限りエレガントに、わたしはそれを受け取った。

自分のプライドにかけて、少なくとも一つか二つ、コメントが言えるように次のクラスまでにそれを読む、まあ少なくとも、目を通すしかなかった。驚いたことに、マックス・ブルックスのこの小説は、これまでの同類のものよりも面白かった。同時に、二つの有名な映画にわたしがまったく気づかなかったことも衝撃的だった。まったく新しいジャンルを作り出した、ジョージ・ロメロの『ナイト・オブ・ザ・リビングデッド』が公開された1968年、わたしはプレトリア大学でサイエンスの学位を取得している最中だった。『デッド・アライブ』が公開された1992年は、英語の博士号取得の真っただ中で、その映画は、夜の船のようにわたしの側を通り過ぎていた。明らかにゾンビ界の電話帳に、わたしの名前はなかったようだ。

本の中で、存在すら知らなかったカルト世界も垣間見ることができた。もっと優しくておとなしい新しいゾンビ世界の、ユーモアがあって自嘲的なものが好きなゾンビジャンルの愛好家がいる。その世界では、ディズニーのアリエルや白雪姫さえもが、ゾンビのプリンセスであった。それならば、わたしも次のゾンビ姫になろうではないか。「ドナ・キホーテ姫」の使用権を獲得するとしよう。

冗談はさておき、ベフニアックのエッセイの中で気になった指摘しておきたいことは、彼女が認知症の生物医学モデルを必要悪として特徴づけていることだ。まず、彼女の定義は、まったく医学辞書や医学や精神学の学術誌の定義と一致していない。たとえば、メディカル・ネットは、認知症を「社会的、職業上機能することが難しくなる程度に記憶容量などの知的な能力が大幅に失われる病」と定義している。国立メンタルヘルス共同センターは、「以前に比べて機能レベルが低下するなど、全体的な認知障害によって特徴づけられる臨床症候群で、機能的能力上の障害や多くのケースで行動や精神上の混乱を伴う」としている。

ベフニアックが生物医学モデルを間違って伝え、非難したのは、カテゴリーの混同の結果ではないかと思う。哲学やその科学への応用においては、言葉の意味に関して二つの定義が区別される。記述的というのは事象の状態を説明するものであり、規範的というのは事象の状態から発生する倫理的な行動を説明するものである。わたしが上にあげた生物医学モデルの定義は記述的ではあるが、規範的ではない。介護やその他の医学的な文献には、認知症の人とどう接するべきか、という認知症の状態に起因する規範的な期待があふれている。ベフニアックは、そこから認知症と関わる上で介護はどのような雰囲気に見えなければならないかという例を引用してきたのである。そのような規範的な定義は、生物心理社会的モデルとして知られ、トム・キットウッドやその他のベフニアックが引用するパーソン・センタード・ケアを推奨する理論家によって発展してきたものに近い。彼らの主張する認知症へのアプローチは、「認知症を、神経学的変化だけからではなく、社会的な対人関係の環境によって形作られ、定義された状況であると考え、アプローチすべきである」というものだ。

脳が破壊される病の文脈における「健康」も含んだ「健康」の生物心理社会的モデルは、1980

年代にアメリカの大きな医学組織の多くで受け入れられた。西洋医学が実施されている他の国でも同様である。とはいえ、言葉の変化は医療業界に入り込んだものの、きちんと広まらなかった。だから、認知症の介護における問題は、否定的な言語と同じぐらい、トレーニングや生活賃金のための財源の不足が原因である可能性がある。

わたしの病を物理的に物質的に理解することを概念階層の頂点に置く者として、わたしは脳の病の記述的定義を非常に重要視している。それは、まさに人間の脳の物理的物質的探求にフォーカスするもので、注目すべき知識ベースが集積されつつあり、その速度は、神経学領域の専門家でも追いつけないほどだ。それを示すひとつは、わたしがバスルームで読んだ科学雑誌『ＭＩＴテクノロジー・レビュー』の7月／8月号である。それは「わたしたちが何を考え、感じ、覚えるかを変えることを可能にする、こころの中を覗き込む新しいテクノロジー」を特集したもので、「精神をハッキングする」というタイトルが付いていた。

ベフニアックは、認知症の人たちは「社会的に『生きる屍』とされることによって人間性を奪われること」をもっとも恐れていると考えたが、わたしがもっとも恐れていることはむしろ、認知症がすでに見かけも機能も正常ではないニューロンや血管やその他の脳の構成物質を食い荒らしてしまって、自分自身の意思で、ゾンビ的存在を抜け出すことができなくなることだ。つまり、最終手段である自殺という計画が怖くなり、まだ早すぎると思ってしまうであろうことだ。

認知症観察ノート

2011年11月28日

スーザンと一緒にスポーツジムに行って、トラックを5キロぐらい歩いた。緑のエクササイズ用の靴は痛いということを忘れて、間違えて履いてしまった。何周か走っている間に、腱膜瘤のひどい水ぶくれができてしまった。

スーザンと一緒に歩きながら話している間に、友情が拡大したり縮小したりすることについて何か主張しようとしていたのだが、話しているうちに何を言いたかったのか忘れてしまうことが何度もあった。幸いなことに、執筆中は、前に戻って自分のロジックを見直し、最終的には議論としてまとめることができる。会話では、ますます困ることが多くなってきたようだ。

認知症の診断を受けてから、わたしたちは真っ先に長期介護医療について調べた。とても高額であることは知っていた。だから、可能なうちに南アフリカに定期的に行くといった定年退職後の夢はあきらめるつもりではいた。しかし、一度そういった記憶テストの類を受けてしまうと、もはや介護保険をもらう資格すらなくなるということがすぐにわかった。オバマケアだって救ってはくれない。介護保険は、医療保険ではなく、火事や地震や車の保険などと同じ分類の法で規制されている。つまり、木造家屋や地震帯に住んでいるとか、悪い運転記録を持っているとか、記憶困難を持っているとい

うのは、「既存の条件」として法的に拒絶されるということだ。ある程度までは、巨額のお金を払えばこの種類の保険に入ることができるが、長期の介護保険は別だ。一度記憶に関する問題を抱えると、たとえ医者に相談しただけでそれ以上の検査や治療はしなかったとしても、それが医師の診断書に書かれてしまったら、どれだけお金を出してももう長期介護保険に入ることはできない。幸いなことに、ピーターはそういった介護の保険に入る資格があったので、すぐに加入した。彼が衰弱したときにわたしが面倒を見ることができないことは確かなので、ピーターが長期介護保険に入ることで、安心できるのだ。

２０１４年の7月のわたしの記憶テストの結果から、当初考えていた別の保険にも入れないことがわかった。「入院費用定額払い保険」で、入院やリハビリ施設にかかる医療費への支払いを助けてくれる保険だ。

このような現実の中、わたしの精神衰退を対処していく上で頼れるのは、メディケア（米国の老人医療保障）以外では、自分たち自身の退職後の蓄えを何であれ可能な限りに切り詰めることと、子どもたちやその家族や、地域の人からの精神的支援しかないとわかった。

認知症観察ノート

２０１１年12月10日

ピーターの会社のクリスマスパーティーのために、ニューヨークへ行く飛行機に乗っている。ピーターは在宅のコンサルタントなので、会社のパーティーなど自分には関係ないと思っていた。しかし、数日前に上司が電話をくれて、土曜日のパーティーにわたしとピーターの両方を誘ってくれた。二人でＮＹＣに飛んで、週末の間ずっとダウンタウンのマリオットに泊まってよいと言うのだ。そればかりか、親切な上司は、ＮＹＣから三時間ほど離れたところで開催されるパーティー会場まで行くためのリムジンまで用意してくれた。

飛行機に乗り込むと、灰色の旅行かばんのシートベルトみたいな形のクリップをはめた。一つ目は何の問題もなくはめることができた。しかし、二つ目に取り掛かったとき、クリップの下半分ではなくファスナーのタグ部分をつかんで、クリップの上半分に差し込もうとしていた。ピーターが心配そうな顔で見ているのを見た瞬間、彼もわたし（たち）が思っている以上の速度で認知症問題が進行していると実感したのだなとわかった。

10月にシカゴに滞在していたとき、マリッサに『安楽死の方法』という本を貸してほしいと頼んだ。未来の参考にしようと読んでいたのだが、後まわしにするのではなく、もっと早く、わたしの脳みそがまだそこそこ働く間に、終末計画を真剣に考えなければならないと気づいた。すぐに実行しようというわけではないが、ピーターや子どもたちと必要な話し合いをして、その時が来たときの手順を作成しておかなければならない。わたしの自殺を手助けするか（ただし合法な方法で）、それとも、生に執着する身体にくっついたわたしの空っぽの頭を強靭な心臓が止まるまで保管するか、最終的には彼らが決めることになるだろう。

２０１４年８月、この国に来て三十周年を家族で祝った。アメリカのサンダース一家は九人に膨れ上がった。ニュートンの妻シェリルが家族の一員になってから十五年が経ち、マリッサの夫のアダムが加わってからは五年が経った。ニュートンとシェリルの二人の子どものカニエとアリヤは７歳と４歳で、移住してきたときのマリッサとニュートンとそれぞれ同じ年だ。マリッサとアダムには、18ヵ月のダンテがいる。最初はわたしたち家族がお互いにタブーなしで話すことにショックを受けていたシェリルとアダムも、今ではその刺激にまたまた違ったスパイスを加えている。

成人した家族の中に、自分が厚い信仰心を持っていると考えているものはいない。孫たちは大きくなってから自分で決めるだろう。六人の大人たちの倫理観やその他の人生の原則は、大まかには似かよっている。ピーターとわたしは、子どもたちが小さかったとき、子どもたちのなぜなに質問に耳を傾けた。子ども夫婦も両方同じ方針だが、わたしたちよりも不安は少ないようだ。（わたしたちは、「子どもは見てやるだけでよく、おしゃべりを聞いてやってはいけない」という育て方から離れて、自分たちのやり方を模索する開拓民だったのだ。）だから家族の中には、わたしの認知症に関して自由な討論を理想的に進める基盤はほぼ整っている。

診断を受けてからのわたしたちが取り上げた問いは、わたし個人に特化したものではあったが、その概念的な基礎はすでに馴染みのあるものだった。というのも、シェリルの祖父が栄養チューブにつながれて、その後三年も惨めに生きたとき、同種の会話をしたからである。だから、もう一度わたしたちは問うた。わたしたちはどの程度の生活の質や能力の低下を受け入れられるだろうか？　人生の最後の一年、または一ヵ月をどのように過ごしたいか？　もし、わたしたちのうちの誰かが、身体は比較的正常に動作するのに、自分では理性的な決断をする能力がなくなり、常に惨めな状態に陥ったらどうだろう？　わが家の経済力において、メディケアと個人資産のみで受けられる長期介護の質はどのようなものだろうか？　死ぬ間際の延命努力と三家族にのしかかる経済的・肉体的な負担についてどう思うか？　どのような状況であれば、自殺や安楽死を望むか？　身体が壊れてしまう前に終わりにしたいと望む人がいたとしたら、周りのみんなはそれぞれどのように感じ、どんな反応をするだろうか？

ピーターとわたしはもう何年も前から、惨めに何年も生きるよりも人道的に人生を終えるほうに賛成であるという立場をとってきた。しかし、今は思想だけではなく、実現性に取り組まなければならない。子どもたちも思想的には同様の立場で、今では実際に自殺プランの実行をサポートすると宣言してくれている。そこで、わたしたちは自殺と安楽死の実現性と法律について調査を開始した。もちろん、ピーターもわたしも、調査や告訴の対象となりうるような行為に子どもたちを巻き込むつもりはさらさらない。

それから何ヶ月も、今では何年にもわたって、死ぬ権利を取り巻く状況について調査をした。家族も常にアンテナを張り巡らせ、リンクや記事やたまたま見聞きしたエピソードを送ってくれた。調査してわかったことは、（1）この国において、合法ぎりぎり、または少なくとも告訴されない尊厳死は、末期の精神病患者には適応されない。というのも、死ぬ権利を認める五つの州 —— オレゴン、ワシントン、バーモント、モンタナ、ニューメキシコ —— すべてにおいて、死を望む人が六ヵ月以内には死ぬであろうことと、正気であるということを、二人の医者に証明してもらう必要があるからだ。認知症の患者が病のために気が狂ってしまったときには、定義によってすでに正気ではないので、現在の形でのアメリカの尊厳死に関する法律はうちの家族には何の役にも立たない。(2)法的な状況は急激に変化している。まだ法が改正されていない場所でも、安楽死を求める家族は、公衆の同情が味方するため、告訴されることはまずない。ケヴォーキアン医師(訳注:積極的安楽死の肯定者)ですら、1998年以降、安楽死をさせたことによって刑務所に入った人も有罪となった人もいない。三回も安楽死の裁判で無罪になっている。

致死量の薬を砕いてカクテルを作って身内の死を手伝った家族のほとんどが、求刑されることもないばかりか、告訴すらされることがなく成功している理由は、ほとんどの安楽死においては、「技術」や「薬」の使用があからさまでないことであるようだ。見つけた中で一番最近に告訴されたのは、フィラデルフィアの看護師のバーバラ・マンチーニである。彼女は、まだ理性のある93歳の不治の病の父親にほぼ満タンのモルヒネのボトルを渡したが、それ以上は何もしなかった。父親は、バーバラが部屋を出て行ってからそれを飲んだ。父親は、救急を呼んだホスピスの看護師によって「九死に一生を得」、四日後に病院で息を引き取った。

マンチーニは最終的に無罪となったとはいえ、一年間に及ぶ捜査と裁判のために看護師の仕事で「無給休暇」をとることを余儀なくされ、「裁判費用として10万ドル以上」を負担した。バーバラの夫のジョー・マンチーニは「救急医療隊員として残業して、家計を補完」した。もちろん、身内に自分が死ぬのを手伝ってほしいと頼む人は、世界で一番愛する人をそのようなひどい目に合わせることだけはしたくないのだ。

2014年10月、29歳の女性のブリタニー・メイナードは末期の脳腫瘍という診断を受け、医師のほう助による安楽死（PAD）によって人生を終わらせることを決めた。彼女のおかげで、死んでいく人が自分の死の時期や方法を決めることに対する公衆の理解と受容が急激に進んだ。「若いのにしっかりしていて知識のある」メイナードは、尊厳死の選択を合法化することを主張するアメリカの団体のコンパッション・アンド・チョイセズにコンタクトをとり、自分の話を提供することによって支援を願い出た。それまでに彼女は映画制作会社とチームを組み、撮影をし続けていた。カメラの前で、病の詳細を説明し、故郷のカリフォルニア州では自分で決めた死を実現するのが不可能なため、PADが法的に許されているオレゴンに移住することを家族で決めたのだと話した。

コンパッション・アンド・チョイセズがメイナードのビデオ声明を公開すると、世界中から注目が集まった。メイナードは、若くて、魅力的で、説得力があり、愛する家族からの支持も得ている。だから、PADが冷たいこころを持つ特別な家族だけの特殊な選択ではなく、自分たちも選ぶ可能性があるものなのだと人びとに考えさせることに成功した。彼女の気品と威厳だけでなく、こころが張り裂けそうになりながらもメイナードの意志を支持した彼女の母親と夫の勇気にも、前代未聞の同情と支持が集まった。それは2014年11月1日の彼女の死後も続き、その結果、カリフォルニアでは一年も経たない間に死ぬ権利を認める法律が通った。健康に関する政策や思想や研究で先駆的な雑誌の『ヘルス・アフェアーズ』によると、メイナードの件がきっかけとなって、他の州も死ぬ権利を認める法律の検討を始めているという。「年末までには、26州がPADの合法化を真剣に検討するという予想もそう的外れなものではないだろう。」

認知症に関して言うと、コンパッション・アンド・チョイセズやデス・ウィズ・ディグニティー・ナショナル・センターなどの団体を通して、自分でどうにかする死を選択するというのは難しいだろう。ＰＡＤが合法である州においても、自らの死に関係するすべての行為は自ら実行しなければならない。重篤な状態の認知症患者が、家族の助けなしにその手順を追うことはほぼ不可能である。すでに一週間の薬を仕切りのある薬入れに並べることや、正しい曜日の薬を選んで飲むことがわたしには難しいのだ。それなのに、今から十年か十五年後、自分の最後の夕暮れの一杯のために、致死薬を入手し、粉にして、混ぜるという行為を家族に助けてもらわずにできるはずがない。今でさえ、玄関を出る前いつも、ピーターに自分が髪を梳かしたかどうか確認しなければならないのだ。それなのに、ヘリウムのタンクを準備して、ビニール袋の中に管を入れ、そこにガス漏れしないように自分の頭を入れるなんてできるはずがあろうか？　ゾンビになるのだけは絶対に嫌だ。現時点では家族も、倫理的にも現実問題としても、死ぬのを助けたいと思ってくれているようだ。それでも、自分の意思を遂行することより家族が法的に責任に問われないことのほうがもっと大切だ。それならば、医師に助けられた自殺が望ましいと気づき、別の選択肢を調べ始めた。ヨーロッパに行って、そこで合法的に死ぬのだ。

ヨーロッパの国の中には、外国人が尊厳死を求める方法が実際に存在する。重度の認知症の患者には海外旅行という最後の任務が課される、しかし、海外旅行をすることによって、家族がかつてわたしであった青白い影のゾンビの面倒を何年もみることを避けられるなら、なんとかやり遂げたい。家のもっと近くで医師に助けられた死を実現することができるようになったら、みんな、そのほうがいいだろう。しかし、インターネット上のうわさではいろんな抜け道があるそうだが、アメリカで安楽死が認められている州では、「よそ者」が安楽死をすることはほぼ不可能である。ユタ州で安楽死が合法化される日は、わたしたち、いやわたしたちの孫が生きているうちに来ることはほぼないだろう。時代精神の変化が起こって、わたしたちの「美しい、すばらしい州」の近くに安楽死が来てくれない限り、ピーターと子どもたちは、わたしのヨーロッパへの「死の旅行」を引き受けると宣言している。

分人性？　わたしの家族がそれを定義している。

認知症観察ノート

2012年3月3日

今朝、間違って夕方の薬を飲んでしまった。朝用と夜用の薬ははっきりとしるしがついた別の容器に入っているのに。

今、コロンブス・コミュニティ・センターの図書館に座っている。近所の人の娘さんが夏にある芸術アクティビティに参加したいというので連れてきたのだ。教えるのは、ユタ大学の教授で、何年も前、女性週間のポスターでその人の作品を使ったことがある。そのポスターにはスーパーウーマンの服を着てポーズをとった素敵な有色人種女性が描かれた。このイベントは近所の娘さんよりも年上の子どもを対象としているので、例外を許してくれるように頼みに来たのだ。頼みは聞き入れてもらった。

このノートを書き終わったら、『安楽死の方法』を読むつもりだ。本にはビリー・コリンズの九匹の馬尊厳死はその時がきた人の重要な話題なのだから、もちろんみんなに触れ回るところだけれども。

のカバーをつけた。ここで、わたしの自殺を触れ回りたくはない。もし子どもたちが周りにいなければ、

ピーターとわたしは、弁護士の助けを借りて、死の旅行を含めた終末プランを書類にした。それが終わってから、すでに法的文書に書いてしまったものよりもうちの家族にはふさわしい自殺の方法を知った。そのすばらしいところは、その方法なら法的なあれこれをかいくぐらなくてもよいということだ。その方法とは、自主的に食べたり飲んだりをやめることで、医学界ではＶＳＥＤと呼ばれている。

シェリルが送ってくれたその記事は、終末ケアを追っているレポーターのネール・レイクの書いたものだった。「死を助ける抜け道 ―― 擁護者が知ってほしいのは、飲食を止めることができるということ」というこの記事は、ＷＢＵＲというウェブサイトのボストン・ＮＰＲ・ニュース・ステーションに投稿されたもので、重度の認知症の母が飲食をやめるのを手伝った娘の話であった。ずいぶん先には行っているものの、同じような状況にいる人が、飲食という目の前の喜びに打ち勝つという精神の強さを必要とする計画に執着するだけの自制心を奮い起こすことができたと知って力づけられた。

ジャッキー・ウィルトンは、診断がつくまでに数年認知症を患っていて、その後も「数年」生きてきた。２０１２年の春、ジャッキーが84歳のとき、初めて娘のキャサリン・クラインに死ぬのを助けてほしいとはっきりと頼んだ。これまでの人生で断固として独立を守ってきたジャッキーにとって、

日常の活動すべてをキャサリンに頼らなければならないのは、非常につらいことであった。彼女の頼みは、ただつらい気持ちから来たものではなかった。診断を受けてから、本当に何もできなくなるまでに死ぬことについて自分の言葉で何度も口にしてきた。キャサリンと彼女の兄弟たちは母の意志がわかってはいたものの、特定の自殺の方法について話し合ったことはなかった。そのため、ジャッキーが最初にキャサリンに助けを求めたとき、キャサリンはどうやって母が死ぬのをアシストすればよいのか、まったく見当もつかなかった。それだけではなく、自分が告訴されるリスクを冒す覚悟があるかどうかすらわからなかった。しかし最初の会話からすぐに、キャサリンはラジオのインタビューで「飲食の自発的な中止（ＶＳＥＤ）」について話しているのを聞いた。「自殺ほう助の唯一合法な手段」であり、尊厳死主張者からの支持が高まっているという。合法であるだけではなく、ＶＳＥＤは長い期間かけて死んでいく人びとにおいては自然に発生する症状であり、医療従事者やその他死に行く人の介護者の間ではよく知られたものである。

自殺が犯罪ではないアメリカ合衆国において、精神的には有能な末期疾患の患者が自らの死を早める手段としてしばしば使うということを考えると、ＶＳＥＤは実行可能な選択肢なのかもしれない。またキャサリンは、ジャッキーが苦痛を感じるだけの期間飲食をやめて、ベッドから起き上がれなくなるか、または体重が10パーセント減れば、メディケアによってホスピスのサポートを受けることができることを知った。これらの条件のどれかに適合すれば、医師は彼女の余命が六ヵ月以内という宣告をすることができ、ホスピスがすぐに受け入れてくれる。

ジャッキーは飲食をやめることに同意した。キャサリンは母の死後、母の死んでいく様子をブログで描写した。

兄弟にジャッキーの決断を知らせてから、キャサリンと母は開始した。ジャッキーは守るべきルールを尋ねた。ジャッキーが何か食べ物や飲み物を求めたら、キャサリンが彼女のゴールをリマインドするということで合意した。ジャッキーがVSEDを続けたいと言えば、キャサリンは飲食物を与えない。ジャッキーがもう続けないと決めたら、キャサリンは何でも欲しいものを与える。

母娘はジャッキーが口にするものを大幅にカットすることで計画を実行に移した。一日、ヨーグルトを数さじずつ、最大カップ一杯の水。ジャッキーの体重と体力はどんどん落ちていったが、二週間近く経ってもまだ死まではほど遠かった。ジャッキーは毎朝起きるたびに、まだ生きていることに失望した。ジャッキーが自分の遺影を選べるように、母娘は古い写真を見て時間を過ごした。死にゆく女性は、16歳か17歳のときの写真を選んだ。「たぶん、それが今のものより彼女にとってより現実的に感じたのでしょうね」とキャサリンは書く。

ジャッキーの摂取が大幅にカットされるようになって、キャサリンの姉と兄とその子どもたちが続けて到着した。ジャッキーの主治医もやってきた。彼はすべての形の自殺に反対であったが、自分の信念は脇に置いて、長いこと診て来た患者をサポートした。計画には四日間の往診代も含まれていた。医師はキャサリンにジャッキーの死が二、三週間よりも長くならないようにするためには、すべての飲食を絶つべきだと言った。キャサリンはジャッキーに、「500円玉大の氷」をほんの少しだけ与えるだけになった。

七日目、キャサリンの兄がさようならを言った。息子が去ると、ジャッキーはもう寝室から出られなくなった。痛みを訴えたので、キャサリンがホスピスに電話をした。彼らは家に来て、モルヒネを投与した。すでにからからだった死に行く女性の口が、モルヒネの副作用によってさらに乾きが増した。兄が子どものころに話してくれた「古いインディアンの技」を思い出して、キャサリンはジャッキーが飾っていたグラスの中から小さなピカピカした滑らかな石を取り出して、母に与えた。効果があった。ジャッキーは目を覚ましているときはいつもそれを吸っていた。九日目、こん睡状態に入った。十三日目、彼女は亡くなった。

キャサリンは、ジャッキーの死の日についての思いを述べ、ブログを締めくくった。「モーロ湾で太陽が輝いていた。そよ風が吹いていた。それは、昔の母がドライブや散歩などして外出を楽しむような日だった。」

2012年5月24日のノートを振り返って

あまりにも忙しくて、しばらくノートを書いていなかった。最後に書いてからもはや二ヵ月以上が経っている。書いていないことは不安でイライラするし、疲れているときには特にわたしの脳があらゆるヘマをするので、正常な脳が働く時間は刻々と過ぎていくのがわかる。

今、ニュートンとシェリルと孫たちと一緒にザイオン国立公園の近くのハリケーンに来ている。ピーターは、この休暇で、愛されていることを実感すると言う。わたしも同感だ。ニュートンとシェリルは本当に思いやりがあるし、カニエとアリヤは刺激的なお伴だ。わたしの脳が崩壊していく間にも子どもたちがどんどん成長していくのを見られて、本当にうれしい。

ここに来る間にマリッサが妊娠していることを聞いて、みんなで喜んだ。赤ちゃんは、来年の1月末に生まれてくる予定だ。もちろん、孫ができればますます執筆時間は減るが、孫といる時間というのは、決して無駄にしたと後悔しない時間である。

ここに来た金曜日の夜、腹立たしいミスをした。車の中で何かを取ろうとして、空間がわからなくなった。そこにシートがあると思って手を置いたところに何もなかったので、車から落ちてしまった。ショックを受けたし、落ちていく間悲鳴を上げてしまったので、とても恥ずかしかった。こんな小さなことでいつもよりも動転してしまったのは、7歳か8歳の子どものころクートおじさんとウィエンキーおばさんの近くの家に住んでいたときの事故のせいだと思う。

どこかに車で行くため、母がウィエンキーおばさんと話し終わるのを外で何人かの兄弟と待っていた。退屈したわたしとクラシエは窓に上って出たり入ったりし始めた。あるとき、窓の枠をつかんでなんとかしがみつき、開いている窓から逆さまにぶら下がっていた。おそらく、手が汗で湿っていたのだろう。徐々に下に滑り落ちていった。つかんでいられなくなると気づいて、叫び始めた。母は子どもの叫び声に慣れていたせいか、何も反応しなかった。わたしは地面に落ちた。腕に擦り傷ができて、頭にこぶができた。当時は自分がかわいそうだと思っただけだったけれど、後で母に申しわけないと思った。彼女は明らかに、わたしに注意を払っていなかったことに動揺していた。皮肉なのは、母は、今思えば、他の農家の母親たちの誰よりも、子どもたちに想像力豊かな注意を払っていたということに子どものわたしでも気づいていたということだ。母は、麻布で覆ったディスプレイ・ボードを玄関の近くにかけて、草原で見つけたカールしたアカシアの殻や、特別大きい棘のある小枝や、花や、ネズミの頭蓋骨などをわたしたちに引っ掛けさせてくれた。

二年ほど前に終末計画を子どもたちに詳しく説明すると、ピーターとわたしはそれを法律的に書類化する準備ができた。2013年の春、担当医師と共に、法的財政的に安楽死を遂行することに関してオープンな意見を持っている弁護士に相談した。一ヵ月にわたって弁護士とやりとりをする間も自分たちで法的な可能性を調査し、何かわかればどんな些細なことでも子どもたちに知らせていた。たとえば、末期の身体的な病に冒された人が正気であれば、安楽死が合法なオレゴンやバーモントやワシントンやモンタナなどの州に引っ越し、最低限必要な居住期間を満たすことでPADを申請することができるが、その選択肢はわたしのような人は除外されるということや、わたしたちの弁護士は、自殺混合薬を処方してくれる別の州の医師の（おそらく似た志を持つ医師のネットワークを通して）連絡先を知っているので、それをインターネットでどうこうしなくてもよいと言っているということなどだ。

弁護士が必要な書類のドラフトを完成させると、家族で面会した。ピーターとニュートンとわたしは、弁護士の事務所に行ってミーティングを行った。シェリルは彼らの住んでいるサウス・ジョーダンから、マリッサとアダムはシカゴからウェブビデオで参加した。書類のどのページを見ればよいかを示しながら、弁護士は安楽死にかかる費用計画を見せた。ファイナンシャル・アドバイザーと一緒に設計したもので、サンダース一家の大人がヨーロッパへ「死の旅行」をする費用を捻出するためのものだ。

その日は誰も弁護士事務所で泣かなかった。計画のこの時点では、もう泣くことはなかった。時に笑うことさえあった。この数年に食卓でしていたディスカッションの内容が法律用語にされるのを聞くのはなんだかおかしかった。いろいろ大変な仕事をすべて終え、三十年分割払いを承諾する準備ができて、家の書類にサインするみたいな感じだった。死と同じように、水漏れするパイプや壊れたコンロや閉まらない窓を避けては通れないが、それを補ってもまだあまりあるぐらい、これから住む場所で、家族の絆がどんどん強くなっていくだろうという期待が高まっていくのだ。

弁護士がミーティングを開始したとき、予想外のことは何もなく、何度も見てきた事項が要約されていただけだった。終末期医療に関する事前指示書のところでは、弁護士が、ピーターとわたしが自分の子どもたちだけではなく、その配偶者にも終末の決意の代理人として行動する権利を委譲したことを説明した。遺書と事前指示書の説明箇所をプロジェクターとコンピュータのスクリーンに映しながら、弁護士は、細かい字の注意事項を読み上げた。事前指示書に関する説明のときには、わたしが書いたドラフトを法律用語に訳した陳述書が見せられた。それは、わたしとピーターのそれぞれ個別の安楽死を望むという意思に関して、わたしたちの「終末医療の代理人」の権限を子どもたちに拡大するためのものだ。それは、「認知症の状況において容認できる生活の質」という題で、これがその一部である。

「精神的および身体的な」苦しみを避けることに加えて、意味のある人生には、喜びと受け入れられることと、「家族と共にいて、他の人びととの接触を持ち、意識があり、他者の重荷にならない」ことが必要である。そのような質を持たない人生は、受容できる生活の質とは言えない。死は、誕生、成長、成熟、老化と同様に現実的なものである。しかし、死に、価値のない衰退、依存、望みのない痛みの侮辱を含めてはならない。そのため、わたしの死に関わるわたしの代理人と愛する人たちを罪悪感と責任から解放するために、この事前指示書を実行する。わたしの家族や、権限を委譲したわたしの代理として医療上の意志決定のためのインフォームド・コンセントをする人、担当医師とその医療アシスタント、弁護士と医療施設とその従事者が、わたしの人生の質が受容できないものになったならばそのときにわたしの指示を実行し、安楽死やほう助自殺によってわたしを尊厳死させるために、わたしと、そしてお互いに協力することを意図している。

わたしのリクエストか、わたしが事前指示書の効力のもとで指名した代理人のうちの誰かのリクエストによって、医師がわたしが死ぬのをほう助することによって、わたしが尊厳を持って、痛みなく、人間的な方法で死んでいくことができるように指示する。

友だちや親戚の人たちには、以下の状況になれば、その時点でわたしが家にいるか介護施設に入っているかにかかわらず、わたしの望む生活の質が受容できるレベル以下に低下している印だと考えてほしい。

・可能な知的活動がどのようなレベルであろうとも、ほとんどの日は、目が覚めると、わたしは新しい一日が楽しく、喜ばしいと感じることができるだろうか？
・怖いと思うよりも、楽しみにしていることのほうが多いだろうか？
・一日の中で、わたしは不幸に見えたり不幸そうな活動をしているよりも、幸福そうに見えたり活動しているほうが多いだろうか？
・わたしは、孤独である、うつである、退屈であることについて文句ばかり言っているだろうか？
・一日のほとんどの時間を、寝て過ごしているだろうか？
・家族であろうが、施設の従業員であろうが、わたしは介護者に対して欲求や要望があまりにも貪欲であろうか？
・一日の中で、介護者たちがわたしに対して費やした時間を合わせた時間は、わたしが介護者なしで過ごした時間よりも長いだろうか？
・わたしが家にいることで、ひとりまたは複数の主な介護者がストレスを感じ、疲れ、常に倒れるぎりぎりの状態にいるだろうか？
・わたしは自分の家（または施設）の庭にいて植物や鳥や虫を見ることを楽しんでいるだろうか？　わたしは、複数の人がチームになって助けることなく、そこに物理的に到着できるだろうか？
・わたしの介護によって、介護者の子どもや仕事や生活の質が低下していないだろうか？

・その状態で長年生きるとしたときに、わたしがまだ意味のある人生を送っていると家族は感じられるだろうか？

・わたしは友だちや子どもや孫たちに安らぎを与えているだろうか？　それともわたしは彼らの存在を疎ましく感じ、彼らの目的を疑っているだろうか？

・わたしは、（わたしの母と同じように）子どものころの南アフリカのアパルトヘイトで学んだ人種差別主義者に逆戻りしているだろうか？

・わたしに恐怖や怒りを感じさせることなく、物理的にわたしに近寄ることはできるだろうか？　つまり、友だちや子どもや孫に抱きしめられることをまだ楽しんでいるであろうか？　別の言い方では、わたしはまだ、「温かい身体の安らぎ」を与えて（楽しんで）いるだろうか？

弁護士の事務所で、質疑応答——ほとんどなかったけれども——が終わると、ピーターとわたしは文書にサインした。家に帰る道すがら、これまでの思い出やエピソードをあれやこれや挟みながら、わたしたちは世界でもっとも運のいい親だねと繰り返し話した。

＊＊＊

物理学者のエンリコ・フェルミは、リトルボーイやファットマンといった第二次世界大戦を終わらせた原子力爆弾製造にいやいや従事したが、それよりもずっとポジティブな遺産を残している。「フェルミ推定」だ。直接計測するのが不可能であったり難しかったりするものの量をすばやく推定する方法を学生に教えるために考案した物理の問題である。フェルミ推定のひとつに、物理おたくや化学おたく（わたしもその内の一人なのだ）の間では、カルト的に祭り上げられているものがある。その問題は、「カエサルの最後の息」として知られるもので、あなたが一回吸い込んだ息の中に、カエサルが吐いた最後の息の中にあった原子が何個含まれているか？というものである。

フェルミは、世界の一般的な知識と物理の基本的な原理を組み合わせることで、どのようにすれば概算の答えを短時間で見つけることができるのかを学生に教えた。カエサルの最後の息の件では、すでに地球のおおよその半径や球体の体積の出し方、1リットル中の原子の数、つまりロシュミット数と言われる2／687×10^{19}、酸素や窒素といった大気の主な構成要素の分子量などはすでにわかっている。この情報を使うと、その答えを計算するのは簡単だ。一度呼吸をするたびに、紀元前44年のローマ暦3月、「ルビコン川を渡ったときに彼が捧げた馬の群れが食事を拒み、深く悲しんだ」出来事が起こったちょうどそのときにガイウス・ユリウス・カエサルが吐いた息のうちの、少なくとも1分子をわたしが肺に取り入れた可能性は十分にある。

ローマで勝利の行進の後にカエサルは、「わたしは自然も栄光も満足させるだけ十分に長く生きた」と言った。まだ何年か先のことだとは思っているが、その日が来たら、わたしも家族や友だちに言おうと思っている言葉がある。カエサルの最後の息が物質世界とのつながりを保っているという奇抜な話を考えれば、わたしの構成要素も、わたしの死んだ後にも生物の世界が終わるまで、いや、もっと……少なくとも宇宙の終わりが来るまでは、永遠に存在し続けるのだと。

わたしが自分に語る物語において宇宙 —— 生まれる前も今も死んだ後も —— の中の自分の位置を語るとき、大きな輪の中の自分の役割に重点を置いているのだが、その中でわたしの意識的な人生は、「永遠の中のほんの一部にすぎない」。人生の意味についての壮大な物語がどれもそうであるように、わたしの物語もこれまでに見つけた物語のパッチワークだ。うまくできている、詩的な魅力がある、などさまざまな理由で取っておいた物語を、自分流に作り変えたものである。これが、「人生の意味」に関するわたしの多角的で個人的なマニフェストの根本である。

創世記：最初に……地球は形がなく、むなしかった。闇が深く覆っていた。神の霊が水の表を覆っていた。

出エジプト記：最初に、宇宙はとても小さくとても熱かった。ビッグバンの爆発後数分以内に、原子粒子が集まって、単純な分子になった（原注：ビッグバンの話は、子どもに話し、今では孫に話している）。

民数記：多くのアフリカの社会が人間を三つのカテゴリーに分けている。まだ地球上に生きているもの、……まだここにいる人と時間が重複していた、最近出発したもの……、生きる死人。まだ生きている人の記憶の中に生きているため、完全に死んでいるわけではない。生きている人たちは、こころの中で呼びかけ、面影を芸術の中に映し、話すことでこの人たちを蘇らせることができる。その人を知る最後の人が死んだとき、生きる死人は第三カテゴリーに入る。死者である。一般的に言われる祖先である。彼らは忘れられずに崇められる：しかし、生きている死人ではない。そこには違いがある。

賛美歌：

最初は言葉だった
言葉は光の堅い基礎から生まれ
空の文字を抽象化する
そして、息の曇った基点から
言葉は花開き、こころにつながる
誕生と死の最初の文字になる。

雅歌：あなたの体を作っているまさにその分子を構成している原子をたどれば、かつて質量の大きい恒星の中心にあったるつぼにまでたどり着く。その恒星は化学物質の豊富な内臓を銀河系に噴出し、原始のガス雲に生命の化学を豊富に与えた。そのため、わたしたちはみんなお互いと生物学的に、地球と化学的に、残りの宇宙と原子的につながっているのだ。

使徒言行録：実存は本質に先立つ。人間が存在する前には、人生の意味も本質もない。生きることは、生物学的な原動力であり、それは細胞の仕事である。わたしたちは、そのような本質を、時間内に、具体的に、まったく固有の環境の中で創造しなければならない。わたしたち自身が自分の人生に意味を与えなければならない。サルトルが『実存主義とは何か』の中で述べたように、「人が最初に存在し、自身に対峙し、世界の中で成長していく。そして、その後自分を定義するのだ……人とは、まず最初に、自分自身を未来へと駆り立て、そうしていることに気づいている何かである。人とは、実際には事業なのである。」

ヨハネの黙示録：ドナ・キホーテはかく語りき：わたしの自己確立に必要不可欠だった故郷は、わが家の赤い玄関から物理の法則がもはや保たれない、外側を遮断するわが宇宙の事象の地平面まで続いていた。その弧のほんのかけらであるわたしの意識は、成長する脳が処理中の感覚を最初のインプットとして受け取った瞬間と、故郷やそこに住む人たちについて思いを馳せることができなくなる瞬間の間に閉じ込められている。この荒々しいかけがえのない人生の一コマ一コマに、「未来が巻きつく／穴の中の木に。つかめ／食べよ。わたしたちはお互いがいて／初めて完璧なのだ。」

同世代の1500万人の精神が混乱したベビーブーマーの仲間と同様に、生から狂った生きた屍へと渡るときまでに、つまり、人びとが「ゲルダはもはやゲルダではない」と物知り顔で言うときまでに、狂い始めたゲルダは、死んでしまった脳の物質からこの世の家族の元気で健康な精神の中へと移住するのだ。硬い愛のかぎ針でしっかりくっつけて、彼らのこころに住み続けるのだ。「こころからの愛情の高潔さ」の中に永遠に……少なくとも彼らが「生きる屍」のゾンビ族の生きた死人の一員になるまでは、永遠に安住するのだ。

奥さん、出口は一つしかない：狂気と死だ。

カテゴリーの重複部分が生きている死人と完全な死人をつなぐ。この交差点は物質的なもので、分子と原子のレベルで生じる。生きているものはすべて、質量の大きい恒星たちの原子炉で作られた成分が集まったものだ。祖先の星たちは、完全に死ぬ前の最後の再集結の間に大爆発して、その成分を広い範囲に撒き散らした。暑すぎず寒すぎず、ちょうどよいゴルディロックス惑星である地球は、その豊富な破片が集まってできたものだ。これらの素材をさまざまなことに使用することで、地球はそれを何度も何度もリサイクルし、岩や植物や動物や空気などを作り続けてきた。それは、太陽が50億年の間に悲しいかな最後のガスを使い果たし、爆発するには小さすぎるために膨張して、地球を焼いて原初の不毛な状態にするまで続くのだ。その後、兄なる太陽には、そのときまでに凍りつくほど冷やされた惑星の従者ともども、すでに始まっているミルキーウェイとその姉妹のアンドロメダの衝突が待ち受けていて、われらが太陽系は永久に瓦解する。しかし短い永遠の後、わたしたちやわたしたちの中にあるものはリサイクルされ、新しい始まりにつながり、新しい星々が生まれ、もしかしたら一つか二つのゴルディロックス惑星が生まれて、その上で生命が、母なる宇宙の最後の星が瞬かなくなるまで、最後の永遠を生きるために呼吸を始めるかもしれない。最後のときには、生命が与えられた生物と共にその物質までが母なる宇宙の膨張のもとで衰退し、宇宙を推進するダークエネルギーが燃え尽き、ついには絶対零度に達する。そのときには量子の断片までが不動となり、ビッグバンの中で生まれた宇宙は、ぐすぐす言いながら消滅していくのだ。

「カエサルの最後の息」は、これらすべてを簡潔に表したもので、それをわたしは人生を通して、もっとも大切な思いを守る神聖な場所に隠していた。このように幾層もの重なり合いが、まさにわたしの人生の主目的を表している。それは誠実さと高潔さを持って、鉱物、植物、動物、天文学的な世界や宇宙的な世界、特に動物界の小さな部分集合である仲間の人間につながることだ。「想像の真実」にアクセスする能力が与えられた、このすばらしく複雑な脳を持つ人間とつながっていることだ。

想像してごらん：フェルミおたくによるカエサルの最後の息についての計算は、このわたしたちの地球上のすべての生物にも当てはまる。わたしが一生の間に肺に吸い込んだ分子は、わたしが愛した人間や動物たちの最後の息からの分子だけではなく、その人たちの生涯の中でわたしが選ぶすべての瞬間の彼らの呼吸の分子でもある。マリッサやニュートンが最初に空気を吸い込んだ後の泣き声、ピーターがわたしたちの結婚式のときに発した真心のこもった「はい」、母がわたしを世界に押し出して出産したときのフーフーハー、父がタバコのかぐわしい煙をゆっくり吐き出すたびにできる小さならせん状の天の川、1918年のインフルエンザ・パンデミックでフィアンセとその両親が死んでしまったときのカラハリの祖父の悲しいため息、入り江の帆舟からテーブル・マウンテンを見つけたときのオランダ人の祖先たちの畏怖の叫び、そして石器時代の二足歩行の人類のいとこのルーシーが、ほかの指と対置する親指で初めてつかんだ石を打ちつけてシロアリの塚を開け、そのトンネルの巣いっぱいのまるまるとしたジューシーなごちそうを見つけたときの喜びの声。

想像してごらん：わたしを愛してくれる人がわたしを吸い込む。

想像してごらん：最後の永遠。そして、それからは、あなたはいない。わたしもいない。明日はない。昨日はない。名前はない。記憶はない。分子はない。物質そのものがエネルギーとして放出され、光の粒だけが空間を何光年も広がる。

しかし、今ここでは、まだ：こころが主導する。存在しない世界の布告が発せられるまでの合間が与えられている。

謝辞

カースティン・スコットとシェン・クリステンソンに感謝する。繰り返し繰り返し読み込んでくれただけではなく、アイデアや食事を提供し、泣くための肩を貸してくれた。

家庭医のシャーナ・エボン先生は、認知症診断からの最初の五年間、ピーターとわたしを辛抱強く、思いやりを持って診察し、誠実に受け答えしてくれた。また、神経心理学者のジャニス・ポンパ先生は、非常に寛大に、必要な情報と適したサポートを提供してくれた。

隣人のダイアン・ボンドは、彼女自身と彼女の亡夫と彼の認知症における苦難に関するわたしの日記を本に載せることを許可してくれた。

夫のピーター・サンダースは、写真を集めてきて編集してくれた。義理の娘のシェリルは本の中に出てくるイラストを作成してくれた。

ジョージア・レビューの編集者のステファン・コーリー、ジェニー・グロップ、ドウ・カールソンは、最初に出版されるまでにわたしの認知症のエッセイに過大な関心を寄せ、助力してくれた。彼らの協力なしでは本の出版に漕ぎつけることなどできなかっただろう。同時に、ジョージア・レビューのビジネス・マネージャーのブレンダ・キーンは、その後の再版のために必要な業務をこなしてくれた。

ケイト・ガーリックが著作権代理人になってくれたのは本当にラッキーだった。彼女は、修正や訂正や削除をすべきなのかどうか、わたしを鼓舞すべきなのか止めるべきなのかがわかっていた。また、スコット・コルブとキャシー・ジャックは原稿を読んでフィードバックをくれた。

アシェット・ブックのシニアエディターであるポール・ウィットラッチは最初からわたしの本を信じてくれた。ポールは知性と誠実さを持ってわたしが原稿を本にするのを導いてくれた。また、編集アシスタントのローレン・ハメルは本の小さなことにも細心の注意を払って仕事をしてくれた。そして、アシェットのAチームの皆さんの経験と知識によってわたしの本を世界に送り出すことができた。

注

献辞　岸壁の守護神　この文章は、ズールー王国の偉大なる王であるシャカへの賛歌である。the great Zulu warrior king Shaka, 1787頃 (September 22, 1828)。英語への翻訳：Ezekiel Mphahlele. Encyclopaedia Britanica. Copyright 2016, Encyclopaedia Brittanica. Web. October 31, 2017 閲覧。

1章　自分が誰だかわからなくなる前に自分を語る

9　区別がつかなくなるといった症状　National Institute of Neurological Disorders and Stroke で用いられている認知症の定義。*National Institutes of Health* (NIH). Web. August 25, 2011 閲覧。

11　何とでも言えばいいさ　Lewis Carroll, *Alice's Adventures in Wonderland*, 6.57-62. Web. Shmoop University. August 22, 2014 閲覧。

11　人生そのものがばかげているなら　Man of La Mancha, 1972, Miguel Cervantes の17世紀の小説 *The Ingenious Gentleman Don Quixote of La Mancha* をベースとしたミュージカル。監督：Arthur Hiller. 脚本：Dale Wasserman. Web. IMDb Quotes. September 8, 2014 閲覧。

12　狂気の羽に風を感じていた　"My Heart Laid Bare" *The Columbia Dictionary of Quotations*. Web. Googlebooks. August 21, 2014.

2章　量子的パフアダーと記憶の断片

33　大脳辺縁系の図　シェリル・サンダース作図。出典："The Limbic System," Wikipedia.org, and "The Limbic System," Indiana University の Web Dictionary. February 10, 2012 閲覧。

34　感情を理解せずに思考を理解するなど不可能である　Rebecca Sato, "Vulcans Nixed: You Can't Have Logic without Emotion," Great Discoveries Channel: The Daily Galaxy, May 29, 2009. http://www.dailygalaxy.com/my_weblog/2009/05/vulcans-nixed-y.html. December 14, 2011 閲覧。

35　自分の電気的興奮を伝達しやすくする　Jonah Lehrer, "The Forgetting Pill," *Wired*, March 2012, 84.

35　すべての長期記憶は、常に消失の危機にある　同右, 93.

36　再構築される　これと次の引用は Lehrer, 同右, 90 より。

39－40　パフアダーの図　タイトルはシェリル・サンダースによる。

46　速いほど収縮する　"Albert Einstein Quotes," Quoteauthors.com.http://www.quoteauthors.com/albert-einstein-quotes. September 8, 2014 閲覧。

46　ほとんど寝ずに本を読みすぎたので　Miguel Cervantes, Chapter 29, "About the Famous Adventure of the Enchanted Boat," *The Ingenious Gentleman Don Quixote of La Mancha*, John Ormsby 翻訳, 1604. Cervantes Project, Texas A&M University and Universidad de Castilla-La Mancha. Web. November 6, 2012 閲覧。

51　物語の中の嘘つきがつくような　John Ormsby, 翻訳者の序文 "II. About Cervantes and Don Quixote." *The Ingenious Gentleman Don Quixote of La Mancha*. The Project Gutenberg EBook of Don Quixote, by Miguel de Cervantes. Gutenberg Project. Web. October 3, 2014 閲覧。

53　山々によって閉じ込められた　Miguel Cervantes, Chapter 14, "Wherein the Dead Shepherd's Verses of Despair Are Set Down, with Other Unexpected Incidents." *The Ingenious Gentleman Don Quixote of La Mancha*.

53　真実というもので死なないように　Ray Bradbury の詩／エッセイのタイトル "We Have Our Arts So We Don't Die of Truth," のもじり。*Zen in the Art if Writing: Essays on Creativity* (New York: HarperCollins, 2015).

3章　消えていく自己の文法

58　ここでの愛が初めてであるかのごとく　Iris Murdoch, *The Black Prince* (New York: Penguin Books, 1973).

59　散文的・・・教訓主義・・・奇抜さやたとえ話や魔法への依存　Susan Eilenberg, *London Review of Books* 24, no. 17 (September 5, 2002).

60　言語学者でも神経科医でも夫にでも誰にでも　Roger Highfield, "Decline of Iris Murdoch in Her Own Words," *Telegraph*, October 24, 2011.

60　どんどん近く離れていった　John Bayley, *Iris: A Memoir of Iris Murdoch* (London: Time Warner Books UK, 2002).

70　「非常に成功した」女性　Anne Rowe, "Critical Reception in England of *Iris: A Memoir* by John Bayley," *Iris Murdoch Newsletter* 13 (1999): 9-10.

70　アイリスに関するベイリーのあからさまな暴露　Pamela Osborn, "'How Can One Describe Real People?': Iris Murdoch's Literary Afterlife," Academia, www.academia.edu/12898733/How_Can_One_Describe_Real_People_Iris_Murdochs_Literary_Afterlife. September 25, 2016 閲覧。Osborn がエッセイの中でデリダについて引用したもの。

70　そのようなアンビバレンスと認知症の恐怖の両方に真っ向から対峙　Anne Rowe, 前掲。

74　人生の完全に孤立した空間　Mary Gordon, "A True Case of Love That Does Not Alter When It Alteration Finds" [book review], *New York Times*, December 20, 1998.

75　最初のころ、どんな形であれ嫉妬をにおわすこと　John Bayley, *Elegy far Iris* (New York: St. Martin's Press, 1999).

76　自発的な執筆における初期のアルツハイマー病の影響　ScienceBlog article from University College London (UCL). "Iris Murdoch's Last Novel Reveals First Signs of Alzheimer's Disease." (C) 2004. Web. November 1, 2011 閲覧。

76　あたまだ愛あた？まだあた？　Bayley, *Elegy for Iris*, 前掲。

77　特定の文法体系に沿って言葉を配置する　V. S. Ramachandran, *The Tell-Tale Brain: A Neuroscientist's Quest for What Makes Us Human* (New York: W.W. Norton and Company, Inc., 2011).

79　脳の意味論的なシステムを破壊する　"Iris Murdoch's Last Novel," 前掲。

79　今までに感じたことのないぐらい高い物書きの壁　同右。

84　神聖なる真の愛情　John Keats, Benjamin Bailey への手紙の文中より, November 22, 1817. http://www.John-keats.com/briefe/221117.htm.

4章　壊れてしまった脳

87　もし、わたしについて来ると決めたなら　Virgil. 出典：*Aeneid*, book 2, lines 350-352. Project Gutenberg. http://www.gutenberg.org/files/228/228-h/228-h.htm. February 13, 2012 閲覧。

88　シャワーキャップみたいにしわを寄せて　粘土を使って脳のモデルを作るアイデアは、Timothy Verstynen and Bradley Voytek, *Do Zombies Dream of Undead Sheep? A Neuroscientific View of the Zombie Brain* (Princeton, NJ: Princeton University Press, 2014) より。

89　爬虫類脳　InnerBody.com. September 9, 2014 閲覧。

89　動作の遅延　Bill Adams, Stray Ideas. http://stray-ideas.blogspot.com. March 25, 2012 閲覧。

90　軸索は、細胞体から延びる長い糸状のもの　Ka Xiong Charand, "Nerve Cell," Hyper-Physics, Georgia State University. http://hyperphysics.phy-astr.gsu.edu/hbase/biology/nervecell.html. February 15, 2012 閲覧。

90　生きている脳では　Nachum Dafny, "Overview of the Nervous System," Neuroscience Online. http://neuroscience.uth.tmc.edu/s2/chapter0I.html. February 23, 2012 閲覧。

91　しわの発達した大脳新皮質の図　シェリル・サンダース作図。出典：the *Journal of Cosmology*. Web. March 12, 2012 閲覧。

91　さまざまな種の脳の表面の比較　Patricia Kinser, "Brain Structures and Their Functions." *Serendip/Bryn Mawr College*. Web. January 19, 2012 閲覧。図の使用は著者の承諾を得ている。

92　典型的なニューロンの構造の図　シェリル・サンダース作図。出典：Ka Xiong Charand, 前掲。

93　たとえ年老いていようが、末期のがんに冒されていようが　Eric Jensen, "One of the Five Greatest Discoveries in Neuroscience History Is Being Largely Ignored," Brainbased, Jensen Learning. http://www.jensenlearning.com/news/discoveries-in-neuroscience/brain-based-teaching. February 19, 2012 閲覧。

94　ニューロンはしぼんで死んでしまう　"Adult Neurogenesis," Brain Briefings (Society for Neuroscience), June 2007.

94　社会的判断をし　James Shreeve, "Beyond the Brain," *National Geographic* 207, no. 3 (2005): 22-23.

94　生物学的レベルでは、ニューロンの獲得は　Peter S. Eriksson, Ekaterina Perfilieva, et al., "Neurogenesis in the

Adult Human Hippocampus," *Nature Medicine* 4 (1998): 1313-1317.

94　その時期非常に不安定な状態にある　Louise Carpenter, "Revealed: The Science behind Teenage Laziness." *Telegraph*, February 14, 2015.

95　すばらしい役割を果たしていると考えている科学者もいる　"Adult Neurogenesis," *Brain Briefings*, 前掲。

95　脳の可塑性のアイデア　Michael S. Gazzaniga, *Tales from Both Sidesof the Brain* (New York: Ecco, 2015).

100　すいかみたいに広いこころ　Anne Sexton, "The Big Heart," PoemHunter. http://www.poemhunter.com/poem/the-big-heart-2. March 27, 2015 閲覧。

101　神様のところからやってきたばかりの　Charles Dickens, *The Old Curiosity Shop*. Web. February 26, 2015 閲覧。"It is not a slight thing when they, who are so fresh from God, love us." という行から引用した。

105　前方の・・・穴　Ame'lie A. Walker, "Neolithic Surgery." *Archeology* 50, no. 5 (1997).

105　ハチに刺されるみたいに　"Intracranial Pressure Monitoring," MedlinePlus. https://medlineplus.gov/ency/article/003411.htm. August 9, 2011 閲覧。

106　すさまじい騒音と振動　G. Farzanegan et al., "Does Drill-Induced Noise Have an Impact on Sensorineural Hearing during Craniotomy Procedure?" *British Journal of Neurosurgery* 24, no. 1 (2010): 40-45.

106　チャールズ・ライエル卿は　Charles Lyell, *The Geological Evidence of the Antiquity of Man* (Philadelphia: George W. Childs, 1863).

106　統一された理論はなかった　Eric A. Zillmer, Mary V. Spiers, et al. *Princzples of Neuropsychology*, 2nd ed. (Belmont, CA: Thomson Wadsworth, 2008).

108　オメガ3脂肪酸の豊富な貝など　Will Block, "Did Shellfish Omega-3s Spur Brain Evolution?" Life Enhancement. http://www.life-enhancement.com/magazine/article/2238-did-shellfish-omega-3s-spur-brain-evolution. February 12, 2012 閲覧。

108　美しい牧草地　Samuel Purchas, *Purchas His Pilgrimage*. Archive.org. https://archive.org/details/purchashispilgri00purc. October 21, 2014 閲覧。Coleridgeは "Kubla Kahn." を執筆中、Purchasの本を読んでいた。

108　インプットにおける側頭葉の主な役割　Nachum Dafny. "Overview of the Nervous System," 前掲。

113　豊かで見慣れぬものに変わった　William Shakespeare, *The Tempest*. Ariel's song.

122　永遠。わたしが耐える永遠　Dante Alighieri, *The Divine Comedy: Infarno*, canto 3, lines 8-9, The Harvard Classics (1909-1914), Bartleby.com. http://www.bartleby.com/20/103.html. March 27, 2015 閲覧。

127　他に何かいたかしら　Pattiann Rogers, "The Family Is All There Is," EnviroArts. http://arts.envirolink.org/literary_arts/PRogers_Family.html. February 26, 2015 閲覧。

134　生物学的に類似する二つの身体の間のエネルギー　Adrienne Rich, *Of Woman Born: Motherhood as Experience and Institution* (London: W.W. Norton, 1976).

136　怖いものなど何もない　William Shakespeare, *Julius Caesar*. Aidan Coleman and Abbie Thomas, Julius Caesar Googlebooksを参照. February 25, 2015 閲覧。

5章　狂気と愛Ⅰ

141　たいていの場合、勝利した　David Owen, "The Psychology of Space," *New Yorker*, January 21, 2013, 29.

141　組織内の局所的な変化　H. J. Rosen, S. C. Allison, et al., "Neuroanatomical Correlates of Behavioural Disorders in Dementia," *Brain* 128, pt. 11 (2005): 2612-2525.

141　集合として活動し　Michael S. Gazzaniga, *Who's in Charge? Free Will and the Science of the Brain* (New York: HarperCollins, 2011), 47. ガザニガは、K. S. Lashley, *Brain Mechanisms and Intelligence: A Quantitative Study of Injuries to the Brain* (Chicago: University of Chicago Press, 1929) より引用。

149　この場所には三つしか出口がない　Rene' Daumal, *A Night of Serious Drinking*, David Coward and E. A. Lovatt 翻訳 (Boston: Shambhala, 1979).

149　わたし自身のために、家のために　*As for me and my house*, [we will serve the Lord]. Joshua 24:15, *The Holy Bible*, King James Version (Victoria, Australia: Book Printer, World Bible Publishers, n.d.).

150　群れは船に従い始めた　Serge Schmemann. "Russians Tell Saga of Whales Rescued by an Icebreaker," *New York*

Times, March 12, 1985.

150 ツルゲーネフならそんなことしなかった　Grace Paley, "A Conversation with My Father," *Enormous Changes at the Last Minute* (New York: Farrar, Straus, Giroux, 1960; 12th printing, 1985), 78.

150 言葉では言い表せないほど攻撃的だ　Brian Foster, "Einstein and His Love of Music," *Physics World*, January 2005.

150 あまりにも個人的で、ほとんど丸裸だ　"Why Einstein Didn't Like Beethoven (Except the *Missa Solemnis*)," LvB and More, May 4, 2011. http://lvbandmore.blogspot.com/2011/05/54-why-einstein-didnt-like-beethoven.html. October 8, 2014 閲覧。

151 黙りたまえ　Brian Foster, 前掲。

151 フロイトの現実原則と戦い続ける限り　Harold Bloom, "The Knight in the Mirror," *Guardian*, December 13, 2003. https://www.theguardian.com/books/2003/dec/13/classics.miguelcervantes. November 6, 2014 閲覧。

152 わたしたちの魂が触れあい　Walt Whitman, "Who Learns My Lesson Complete," *Leaves of Grass* (1855) より。

167 つじつまの合わない情報もちゃんと含めるようにと主張する　Gazzaniga, 前掲 85.

167 それぞれの半球に、一枚の大きな絵と四枚の小さな絵　Michael Gazzaniga, "The Split Brain Revisited," *Scientific American* 297 (1998): 61-55.

167 患者はその絵にもっとも適切な　Gazzaniga 1998, 前掲。

168 左半球はそうは決して言わない　Gazzaniga 1998, 前掲 82-83.

170 南アフリカにいるすべてのシマウマを指していた　"The Quagga Revival," The Quagga Project South Africa. http://quaggaproject.org. October 9, 2014 閲覧。

179 認知症の人の世話をする老人　Kyla King, "Report: Alzheimer's Caregivers Suffer Heavy Toll," *Grand Rapids Press*, March 15, 2011.

6章　狂気と愛Ⅱ

183 愛情に満ちた関係　Pam Belluck, "Sex, Dementia and a Husband on Trial at Age 78," *New York Times*, April 13,

2015. 特に言及がある場合以外、本章における引用はここからである。

184　レイホンズ夫人は病院に連れて行かれ　"Room for Debate: Can feople with Dementia Have a Sex Life?" *New York Times*, April 22, 2015.

189　純粋な治療行為がもっと悪いことを引き起こすことがある　Gerald Sandler, Delores Mallory, et al., "IgA Anaphylactic Transfusion Reactions," *Tranfusion Medicine Reviews* 9, no. 1 (1995): 1.

190　作り笑顔も気分を改善する　Roger Dooley, "Why Faking a Smile Is a Good Thing," *Forbes*, February 26, 2015.

190　人間の関係性の中で、もっとも感情の両価性からかけ離れたもの　Sigmund Freud, "Femininity," *New Introductory Lectures on Psycho-analysis* SE 33, 165, 1933a. Googlebooks. Web. March 28, 2015 閲覧。

191　これまでもっとも包括的なセックス調査　Marilynn Marchione, "Sex and the Seniors: Survey Shows Many Elderly People Remain Frisky," *New York Times*, August 22, 2007.

192　結婚している夫婦のセックスライフの回復　Yagana Shah, "Married Couples' Sex Lives Rebound—After 50 Years, Study Finds," *Huffington Post*, February 19, 2015. http://www.huffingtonpost.com/2015/02/19/married-couples-sex-ilves-rebound-study_n_6713126.html. April 17, 2015 閲覧。

195　いつもあなたのこころと共に　E. E. Cummings, "[I carry your heart with me]," Poetry Foundation. https://www.poetryfoundation.org/poetrymagazine/poems/detail/49493. February 11, 2015 閲覧。この詩は"*Poetry* 誌の１９５２年6月号が初出。

201　まるで結婚でもしたかのように　Nikolai Gogol, "The Overcoat." http://intranet.micds.org/upper/ArtDept/Drama/Inspector/Overcoat.pdf. February 27, 2015 閲覧。

202　精神が浪費し　Luce Irigaray, *The Speculum of the Other Woman* (New York: Cornell University Press, 1985).

202　ドナとわたしは「遊んでいた。」　"Room for Debate," 前掲。

202　わたしたちはただ、一緒にいたかったのだ　"Former Iowa Legislator Henry Rayhons, 78, Found Not Guilty of Sexually Abusing Wife with Alzheimer's," *Washington Post*, April 23, 2015.

203　南アフリカの科学者たちは　P. Heywood, "The Quagga and Science: What Does the Future Hold for This Extinct

Zebra?" *Perspectives in Biology and Medicine* 56, no. 1 (2013): 53-64.

204　世界があまりに早く動くので　Banesh Hoffmann and Helen Dukas, *Albert Einstein, The Human Side: New Glimpses from His Archives* (Princeton, NJ: Princeton University Press, 1979).

207　脳の特定の部分への傷害　Michael Gazzaniga (2011), 前掲。

208　そのうちの多くが最後まで社会的で　Benedict Carey, "After Injury, Fighting to Regain a Sense of Self," *New York Times*, August 8, 2009.

7章　死に向かう変身

213　最悪の治安活動　Pascal Fletcher, "South Africa's 'Hill of Horror': Self-Defense or Massacre?" Reuters, August 17, 2012. http://www.reuters.com/article/us-safrica-lonmin-shooting-idUSBRE87G0MS20120817. October 15, 2014 閲覧。

218　出産には少なくとも後六時間はかかると判断し　*Fairlady*, November 8, 1978, 183-185.

219　理解する暇もなく　W. B. Yeats, "Introduction," *Irish Fairy and Folk Tales*, ed. W. B. Yeats (New York: Modern Library, 2003).

223　視覚化が進む、商業化された世界に住んでいると　Shira Tarrant and Marjorie Jolles, "Introduction: Feminism Confronts Fashion," in *Fashion Talks: Undressing the Power of Style* (Albany, NY: SUNY Press, 2012).

231　わたしたちは、好むか好まないかにかかわらず　Beth [姓は不明]. "Who Do Women Dress For?" Dappered, September 19, 2013. https://dappered.com/2013/09/who-do-women-dress-for. May 23, 2014 閲覧。

232　一つのスパンコールに一回ずつね　"The Outrageous Lady Gaga," *Glamour* (UK), July 7, 2010. http://www.glamourmagazine.co.uk/celebrity/celebrity-galleries/2010/07/lady-gaga-interview-quotes/viewgallery/388077. June 21, 2014 閲覧。

232　今では墓石が一つあれば十分だ　"Alexander the Great Quotes," Brainy Quote. http://www.brainyquote.com/quotes/authors/a/alexander_the_great.html. July 27, 2014 閲覧。アレクサンドロス大王の碑文とされているものをわたしが言い換えた。

232　謙虚であるというのは　"Modesty." The Church of Jesus Christ of Latter-Day Saints [website]. https://www.lds.org/topics/modesty. July 8, 2014 閲覧。謙虚ではないメモ：息子のニュートン・サンダースは、末日聖徒イエス・キリスト教会（ＬＤＳ）の「新しい」ウェブサイトの開発リーダーの一人である。ウェブサイト作成の契約をした企業のトッププログラマーのひとりなのだが、ＬＤＳのプロジェクト委員会はニュートンの参加を却下した。理由は、彼がＬＤＳ信徒でないことではなく、教会のリーダーたちの面接後に彼が「価値ある人間であることが認められた」ことを示す書類である「テンプル・リコメンド」を持っていなかったからだ。プロジェクトがついにトラブルで行き詰まり、スケジュールが遅れたとき、ニュートンの会社がニュートンに助っ人を頼むように勧め、教会側が折れた。プロジェクトが終了したとき、ニュートンと妻のシェリル（元々はモルモン教徒だった）は、教会運営で最も高い地位を占めるトゥエルブ・アポストルズ（十二使徒の意味）のメンバーとの食事に招待された。そこにシェリルは、ボレロジャケットを着なければＬＤＳの謙虚さの戒律には見合わない、胸の開いたドレスを着ていった。ディナーの席で、使徒がニュートンについて褒めた。彼のすばらしい仕事ぶりだけではなく、モルモンの経典についてよく知っているということだった。ウェブサイトを作る仕事上必要だったのだけれど。

233　小さなわたしの子羊ちゃん　１９７８年の電話での会話の記憶。アフリカーンスから翻訳。

245　愚かな頭を無駄に働かせると　Jane Austen, *Emma* (1815). http://www.austen.com/emma/vol1ch8.htm. March 31, 2015 閲覧。

246　優しく穏やかな空気が　Homer, *Odyssey*, book 4, line 605, The Project Gutenberg EBook of *The Odyssey of Homer*, by Homer, William Cowper 翻訳. https://www.gutenberg.org/files/24269/24269-h/24269-h.htm. July 12, 2014 閲覧。

８章　あえて名前を言わない出口

256　その詩的なぎこちなさを気に入っていた　Damien Hirst, "The Physical Impossibility of Death in the Mind of Someone Living, 1991," DamienHirst.com. http://www.damienhirst.com/the-physical-impossibility-of. July 12, 2014 閲覧。The quote was taken from Gordon Burn and Damien Hirst, *On the Way to Work* (London: Faber and Faber, 2001), 19.

257　５万ポンドのチップなしフィッシュ　Carol Vogel, "Swimming with Famous Dead harks," *New York Times*, October 1,

2006.

258 本物でないのは一目瞭然だった　Carol Vogel, 前掲。

259 ガラスが割れたら、われわれがそれを直す　Sean O'Hagan, "Damien Hirst: 'I still believe art is more powerful than money,'" *Guardian*, March 10, 2012.

259 サメと一緒に泳ぐ方法　Voltaire Cousteau, "How to Swim with Sharks." Paris, 1812. http://infohost.nmt.edu/~dan/per/quotes/How%20to%20swim%20with%20sharks.htm. July 7, 2014 閲覧。

259 わたしの持論は、サメになれ、だ　Duncan Riley, "Brad Pitt Defends Angelina ... and Jennifer Aniston," Inquisitr, January 7, 2009. http://www.inquisitr.com/14595/brad-pitt-defends-angelina-and-jennifer-aniston. June 28, 2014 閲覧。

259 人は自身の死と毎日取り組まなければならない　Hans Ulrich Obrist and Damien Hirst, "An Interview," 2007, DamienHirst.com. http://www.damienhirst.com/texts/20071/feb—huo. July IS, 2014 閲覧。

260 同時に死んで生きることによって　美術雑誌 *Omaggio de Venezia* の漫画より。

260 同時に生と死を体現している　Roberta Smith, "Just When You Thought It Was Safe," *New York Times*, October 16, 2007.

261 ジェームス・フォックスを共著者に選んだ　Catherine Mayer, "Damien Hirst: 'What Have I done? I've Created a Monster,'" *Guardian*, June 30, 2015.

262 アイデンティティという核　Mitchell Stephens, "To Thine Own Selves Be True: A New Breed of Psychologists Says There's No One Answer to the Question 'Who Am I?'" *Los Angeles Times Magazine*, August 23, 1992.

262 探し始めたその瞬間に、自己は分断される　Mitchell Stephens, 前掲。

264 人は自身のアイデンティティを意図的に形成することができる　John N. King, "*Renaissance Self-Fashioning: From More to Shakespeare*" [review], *Modern Philology* 80, no. 2 (1982): 183-185.

265 仏教の教義に根差していた　Robin Cooper (Ratnaprabha), review of David P. Barash's *Buddhist Biology: Ancient Eastern Wisdom Meets Modern Western Science, Western Buddhist Review*, Buddhist Centre, March 7, 2014. https://thebuddhistcentre.com/westernbuddhistreview/buddhism-biology-interconnectedness. July 30, 2014 閲覧。

265　キリストにあって一つのからだであり　『ローマ人への手紙』12:5.

265　それぞれの種は別々に作られたことになるが　Ansar Fayyazuddin, "On Darwin's 200th Anniversary," *Against the Current*, no. 143, November-December 2009. http://www.solidarity-us.org/node/2444. July 20, 2014 閲覧。

265　ダーウィンは・・・自然淘汰を提案した　*Prehistoric Life: A Definitive Visual History of Life on Earth* (New York: Darling Kindersley Publishing, 2009).

265　ひとりの人にとっての小さなステップ　Natalie Wolchover, "'One Small Step for Man': Was Neil Armstrong Misquoted?" Space.com, August 27, 2012. http://www.space.com/17307-neil-armstrong-one-small-step-quote.html. 地球に無事帰還してから、ニール・アームストロングは一貫して、彼の言葉が間違って引用されており、実際には彼の発言には"man,"の前に不定冠詞"a"があったと主張した（訳注：a があればひとりの人、無ければ人類を指すこととなる）。それで初めて彼の主張が意味をなす。

266　神の道に従うことを嫌がり　Johan Malan, "The Dangers of Postmodernism," Bible Guidance, July 20i0. http://www.bibleguidance.co.za/Engarticles/Postmodernism.htm. August 11, 2011 閲覧。

266　起源と目的が奪われる　Robert S. Gall, "*Tlze Self after Postmodernity*" [review], *Journal of the American Acodemy of Religion* 67, no. 1 (1999), 248-250.

267　そのディスコース、その行動、その他者と共にいる存在、その超越の経験を通して　同右。

267　もっとも複雑で込み入った社会ネットワーク　"Effects of Increasing Digital Connections on Relationships and Community," *The Diane Rehm Show*, August 11, 2014.

269　アルツハイマー病は進行がとても遅いので　"My Father's Brain," *New Yorker*, September 10, 2001.

270　患者たちへの汚名が、このメタファーによってさらに拡大される　Susan M. Behuniak, "The Living Dead? The Construction of People with Alzheimer's Disease as Zombies," *Ageing & Society* 31, no. 1 (2011): 70-92.

270　病に冒された脳のひとつひとつ　Behuniak, 前掲 82. Behuniak は'*Losing My Mind: An IntimateLook at Life with Alzheimer's*' の著者 Thomas DeBaggio と'*The Forgetting: Alzheimer's: Portrait of an Epidemic*. の著者 David Shenk を引用している。

273 知的な能力が大幅に失われる病　“Definiti on of Dementia,”　MedicineNet.com. http://www.medicinenet.com/script/main/art.asp?articlekey=2940. July 12, 2014 閲覧。

273 全体的な認知障害によって特徴づけられる臨床症候群　National Collaborating Centre for Mental Health, “Dementia: The NICE-SCIE Guideline on Supporting People with Dementia and Their Carers in Health and Social Care,” 67. https://www.scie.org.uk/publications/misc/dementia/dementia-fullguideline.pdf.

273 認知症を、神経学的変化だけからではなく　Behuniak, 前掲 74. Behuniak は Thomas Kitwood を引用している。

277 10月にシカゴに滞在していたとき　Derek Humphry, *Final Exit: The Practicalities of Self-Deliverance and Assisted Suicide for the Dying* (New York: Delta, 2010).

280 三回も安楽死の裁判で無罪になっている　Derek Humphry and Mary Clement, *Freedom to Die: People, Politics, and the Right-to-Die Movement* (New York: St. Martin's Press, 1998); Euthanasia Research Guidance Organization (ERGO), http://www.assistedsuicide.org. June 24, 2014 閲覧。

280 告訴すらされることがなく　“Kevorkian Released from Prison after 8 Years.” NBCnews.com, June 1, 2007. http://www.nbcnews.com/id/18974940/ns/health-health_care/t/kevorkian-released-prison-after-years#.WAfSwZMrKEI. Jun 25, 2014 閲覧。

280 見つけた中で一番最近に告訴されたのは　Yasmine Hafiz, “Barbara Mancini Innocent of Assisted Suicide: Nurse Accused of Aiding Father's Death Has Case Thrown Out,” *Huffington Post*, February 12, 2014. http://www.huffingtonpost.com/2014/02/12/barbara-mancini-innocent-assisted-suicide_n_4774275. html. October 13, 2014 閲覧。

281 若いのにしっかりしていて知識のある　Katherine Seligman, “Taking Control: Facing Terminal Diagnosis, Brittany Maynard Plans to End Her Life,” *California Magazine*, October 27, 2014. http://alumni.berkeley.edu/california-magazine/just-in/2015-10-05/taking-control-facing-terminal-diagnosis-brittany-maynard. March 27, 2014 閲覧。Seligman は、コンパッション・アンド・チョイセズの会長である Barbara Coombs Lee を引用している。

281 死ぬ権利を認める法律が通った　Nicole Weisensee Egan, “Cancer Patient Brittany Maynard: Ending My Life—My Way,” *People*, October 27, 2014; Marcia Angell, “The Brittany Maynard Effect: How She Is Changing the Debate

on Assisted Dying," *Washington Post*, October 31, 2014; Mollie Reilly, "Right-to-Die Bill Passes in California," *Huffington Post*, September 11, 2015. http://www.huffingtonpost.com/entry/california-right-to-die_us_55f1fbbae4b002d5c078cd6b. September 24, 2015 閲覧。

281　ＰＡＤの合法化を真剣に検討するという予想　Charles Baron, "Physician Aid in Dying: Whither Legalization after Brittany Maynard?" Healt Affairs Blog, March 12, 2015. http://healthaffairs.org/blog/2015/03/12/physician-aid-in-dying-whither-legalization-after-brittany-maynard. March 26, 2015 閲覧。

285　ラジオのインタビューで「飲食の自発的な中止（ＶＳＥＤ）」について話している　Nell Lake, "Aidin-Dying Loophole: Advocates Want You to Know You Can Stop Eating and Drinking," CommonHealth (WBUR), April 18, 2014. http://www.wbur.org/commonhealth/2014/04/18/dying-loophole-stop-eating-and-drinking. July 15, 2014 閲覧。ＷＢＵＲはボストンの公共ラジオ局。

285　これらの条件のどれかに適合すれば　Kathleen W. Klein, "On Jackie's Terms: My Mom Was Ready to Die," Hubpages.com, March 20, 2014. July 17, 2014 閲覧。

291　家族と共にいて、他の人びととの接触を持ち　Atul Gawande, "Letting Go," *New Yorker*, August 2, 2010.

294　彼が捧げた馬の群れ　Gaius Suetoni us Tranquillus (ca. 70-ca. 135 CE), *Lives of the Twelve Caesars*, Joseph Gavorse 翻訳, 80-82. "Suetonius on the Death of Caesar," Livius.org. http://www.livius.org/sources/content/suetonius/suetonius-on-the-death-of-caesar. August 15, 2014 閲覧。

294　自然も栄光も満足させるだけ十分に長く生きた　*The Commentaries of Caesar, to Which Is Prefixed a Discourse Concerning the Roman Art War*, trans. William Duncan, vol. 2 (1806), 188.

295　永遠の中のほんの一部にすぎない　Thomas Browne, *Christian Morals*, ed. John Jeffery (London: Henry Washbourne, 1845). Browne の実際のフレーズは以下の通り："The created world is but a small parenthesis in eternity."

295　創世記　『創世記』の冒頭。1: 1 & 2.

295　多くのアフリカの社会が　James Loewen, *Lies My Teacher Told Me: Everything Your American History Textbook Got Wrong* (New York: New Press, 1995), 260.

296 最初は言葉だった　Dylan Thomas, "In the Beginning." http://www.poemhunter.com/best-poems/dylan-thomas/in-the-beginning. August 19, 2014 閲覧。

296 あなたの体を作っているまさにその分子を構成している原子　Neil deGrasse Tyson, "Beyond the Big Bang," *The Universe* [TV show], September 4, 2007.

297 人が最初に存在し　Jean-Paul Sartre, ***Existentialism Is a Humanism*** (Cambridge, MA: Yale University Press, 2007).

297 未来が巻きつく　Marge Piercy, "September Afternoon at Four O'Clock," ***The Moon Is Always Female*** (New York: Knopf, 1980).

298 こころからの愛情の高潔さ　John Keats, 前掲。

299 ぐすぐす言いながら消滅していく　Neil deGrasse Tyson, "Ends of the World," ***Natural History Magazine***, June 1996.

299 想像の真実　John Keats, 前掲。

300 光の粒だけが空間を何光年も広がる　Fraser Cain, "How Will the Universe End?" ***Universe Today***, October 17, 2013. http://www.universetoday.com/105588/how-will-the-universe-end. October 21, 2013 閲覧。

訳者あとがき

本書は、ゲルダ・サンダース（Gerda Saunders）著、*Memory's Last Breath: Field Notes on My Dementia*, Hachette Books, 2017 の全訳である。本書は、若年性認知症の診断を受けた元学者の著者が、自らの過去や現在について内側と外側の両方から観察し、未来についての決断に至るまでの手記である。その過程で、自己とは何か、人間とは何か、生きているとはどういうことなのかということまで模索している。認知症をテーマとしているが、決して単なる闘病記ではない。冷静で客観的な観察眼を持ちながらも、どんな状況でもそこにユーモアを見出す著者の前向きな人柄が溢れる明るい内容となっている。認知症を患う人や家族が、様々な知識を得たり違った考え方を知るチャンスになるだけではなく、認知症とは無関係な人にとっても、人の生への洞察を深めることのできる本であろう。

手記は、大きく三つの流れで構成されている。一つ目は、認知症についての調査内容であり、現在までの学術的背景である。単純に科学的な調査結果を述べるのみならず、哲学や文学など幅広い視点から認知症やそれに関わる記憶、脳、生と死を見つめたものとなっている。また、医療関係者やジャーナリストなど第三者の立場からの文献なども引用しているところから、ゲルダの客観的な姿勢を保とうという強い意志が感じられる。元大学教員で物理や数学の素養があったとはいえ、認知症によって記憶が保てない中で、分野外の医学や科学の領域も含めてこれほど深く、細かく観察し記録しているという事実だけでも、人間の能力の神秘を見ることができる。

二つ目は、認知症の人たちの観察記録である。知識としての認知症ではなく、身近な認知症の人と家族を観察した記録だ。一人目は言うまでもなく、ゲルダの愛し尊敬する母親だ。元々はアパルトヘイト政策下でもリベラルで、田舎生活の中でもエレガントさを失わない知的な女性だったが、認知症を発症してからは、人種差別主義者となり、身なりにもかまわなくなった。それでも独立心が強く、最後まで自分のスタイルを貫こうとした人である。文中の彼女の描写からは、ゲルダが母親を理想の女性と考え、愛し尊敬していたことが窺える。もう一人は近所に住むボブだ。ボブが認知症になってからも妻のダイアンは献身的に支え続けている。支える側も支えられる側も一緒にいられることに幸せを感じ、何があっても愛し合うことのできるまさに理想的なカップルである。しかし同時に、どれほど愛し合う夫婦であっても、介護者にのしかかる負担は大きいのだという認知症の現実の厳しさも浮き彫りとなっている。この2人が、ゲルダにとって「自分の認知症が進んだらこうなる」というモデルになっていることは間違いない。

三つ目は、著者ゲルダの自叙伝的な内容である。生まれ育った南アフリカのこと、移住先のソルトレイクシティでの生活、夫ピーターとの馴れ初めや結婚生活、そして子育てなど、現在のゲルダを形作ってきた様々な出来事が赤裸々に描かれている。このゲルダの思い出が本書の中心となっていると言っても過言ではない。訳者自身は南アフリカについてあまり知らなかったので、アパルトヘイト政策下の人々の考えや、まだ設備が整わない中での暮らしについての記述は非常に興味深かった。また、そんな暮らしの中での才女ゲルダの恋愛や結婚やプライベートな生活についての記述は、物語のように面白く感じた。と同時に、読み進めていく中で、なぜ認知症の手記なのに、これまでの人生についてこれほどまでたくさん書く必要があるのだろう?という疑問が常に頭をよぎった。

しかしながら、この三つの流れが一つの大きな流れにのみこまれていった後半、初めてすべての要素が必要であったのだとわかる。自叙伝は、単にゲルダの薄れゆく記憶を記録にして、失われていく自己を埋め合わせるためだけのものではなかったのだ。最後の決断に至るための理由や背景、思想を伝えるためだったのではないかと思う。困難にぶつかった時、受け止め方や対処法は人によってまったく違う。それは、それまでの人生や、置かれた環境や、思想や背景などすべてが複雑に絡み合った結果であって、ある人にとっての最善の策が他の人にも良いとは限らないのである。

高齢化が進む現代の日本において、認知症の患者は増え続けている。介護者の負担や患者の人権は大きな社会問題である。実際のところ現代の日本では、家族が犠牲になって認知症の患者を支えていくべしという風潮がある。訳者個人的には、ゲルダの決意はまことに勇気のあるすがすがしいものであると思う。また、認知症を患うものにとってこんな選択肢もあるのだと知ることだけでも非常に価値があると思う。とはいっても、これはゲルダの選択であって認知症の人すべてに当てはまるものではない。知性に対してすさまじいまでの執着があり、アパルトヘイトへ逆戻りすることを忌み嫌う彼女だからこその選択なのである。さらには、日本に比べて施設や医療が高額であるためにやはり家族がケアをする以外の選択肢がない場合が多いアメリカに住んでいることや、実際に保険制度に加入できなかったという現実的な面もある。それでも、ゲルダにとってこの選択が気軽なものではないということも何度も強調されている。ゲルダは現在無宗教であるが、幼少から慣れ親しんできた厳格なカトリックにおいては、自ら命を絶つことは罪なのだ。

現在、Gerda Saunders で検索すると、彼女のツイッターが見つかる。ブログやフェイスブックやYouTube もある。興味をもたれた読者は是非検索してみて欲しい。文章から感じられる以上に個性的な凛とした女性であることに驚くであろう。２０１８年11月30日の現時点では、どのメディアも定期的に更新されているようである。いくつかの記事を読んでみると、いまだにユーモアに溢れた生き生きした文章が健在だ。写真や動画で見る彼女は、とても元気で若々しく活気に満ち溢れている。まだまだユニークなファッションを諦めている様子もない。彼女がこれからもどのように病気と闘いながら情報を発信していくのか、最後の決断はどのように実行されるのか、訳者自身、今後も応援していきたいと思っている。

最後になったが、このすばらしい本を紹介し、翻訳の仕事を任せてくれた新曜社の塩浦社長、その他出版までに尽力くださった多くの人にこの場を借りてお礼を申し上げたい。

藤澤玲子

著者紹介

ゲルダ・サンダース（Gerda Saunders）

1949年南アフリカに生まれ、1984年アメリカに移住。ユタ大学英語学の博士号を取得し、退職するまで同大学でのジェンダースタディー・プログラムの副所長を務めた。著作に本書のほか、短編集『Blessings on the Sheep Dog』がある。夫と共にユタ州ソルトレイク市に住む。

訳者紹介

藤澤玲子（ふじさわ　れいこ）

フリーライター、翻訳家。1996年同志社大学文学部卒。2006年ニューヨーク州立大学アルバニー校経営学修士課程修了。現在は福井大学子どものこころの発達センター研究補助員として勤務。著書に『虐待が脳を変える――脳科学者からのメッセージ』（共著、新曜社）、訳書に『しあわせ仮説――古代の知恵と現代科学の知恵』（共訳、新曜社）、『愛を科学で測った男――異端の心理学者ハリー・ハーロウとサル実験の真実』（共訳、白揚社）がある。

記憶がなくなるその時まで
認知症になった私の観察ノート

初版第1刷発行　2019年3月25日

著　者　ゲルダ・サンダース
訳　者　藤澤玲子
発行者　塩浦　暲
発行所　株式会社　新曜社
101-0051　東京都千代田区神田神保町3－9
電話（03）3264-4973（代）・FAX（03）3239-2958
e-mail : info@shin-yo-sha.co.jp
URL : http://www.shin-yo-sha.co.jp

組版所　Katzen House
印　刷　新日本印刷
製　本　積信堂

ISBN978-4-7885-1625-0 C1011